국내 출간

『시월의 시』, 이상섭 역, 민음사, 세계시인선 23, 1975 (개정판, 1995).

젊은
개예술가의 초상

Nora Summers, *Dylan Thomas* (1938)

앞 초상화
Augustus John, *Dylan Thomas* (1937~1938)
35 x 41.4cm, 캔버스에 유화, National Museum Wales

젊은
개예술가의 초상

딜런 토머스

이나경 옮김

아도니스
출판

완역본

Portrait of the Artist as a Young Dog, J. M. Dent & Sons Ltd.

ⓒ 이나경, 2020 ⓒ 아도니스, 2020

차례

일러두기

원문은 문단 행갈이가 없음.
모든 주는 옮긴이와 편집자 주.
웨일스 지명과 인명은 별도의 언급이 없는 한 모두 영어식 표기.

저본: Dylan Thomas, *Portrait of the Artist as a Young Dog*, London, J. M. Dent & Sons Ltd, 1958, 5쇄 (1940).

참조: ① 같은 책, London, Dent & Sons, Everyman's Library, 1984 ② 같은 책, New York, A New Directions Paperbook, Nº 51, 32쇄, 연도미상 ③ 프랑스어판, *Portrait de l'artiste en jeune chien*, Paris, Seuil, Coll. Points, Nº 201, 2013 (1983) (© Eds. de Minuit, 1947, Francis Dufau-Labeyrie 역).

복숭아^A

'고스힐의 J. 존스'라고 비뚤비뚤 적힌 초록 수레가 '토끼 발'과 '한 잔' 사이의 자갈길에 섰다.^B 사월의 어느 날, 늦은 저녁때였다. 빳빳한 노칼라 흰 셔츠에 장날에 입는 검은 정장을 걸치고, 눈에 띄는 새 부츠와 체크무늬 모자를 쓴 짐 아저씨가 삐거덕 소리를 내며 마차에서 내렸다. 아저씨는 수레 구석 짚단에서 두꺼운 고리버들 광주리를 꺼내 어깨에 걸머졌다. 짐 아저씨가 '한잔'의 고객용 문을 여는 순간, 바구니에서 꽥꽥거리는 소리가 들렸고, 분홍색 꼬리 끄트머리가 돌돌 삐져나와 있는 것이 보였다.

"금방 마치고 오마." 아저씨가 내게 말했다. 술집에는 사람이 가득했다. 밝은색 드레스를 입은 뚱뚱한 여자 둘이 문 옆에 앉아 있었고, 그중 한 명은 피부색이 검은 아이를 무릎에 안고 있었다. 그들은 짐 아저씨를 보더니 긴 의자에서 조금씩 움직여 자리를 내주었다.

"곧장 나올 거다." 아저씨는 마치 내가 자기 말에 반대라도 한 듯 사납게 말했다. "거기 조용히 있어라."

아이 없는 여자가 양손을 들었다. "어머, 존스 씨." 그녀는 웃음기 가득한 높은 목소리로 말했다. 여자는 젤리처럼 몸을 떨었다.

그리고 문이 닫혀 말소리가 잘 들리지 않았다.

나는 좁은 길에 세워둔 수레 끌채에 홀로 앉아 '토끼 발'의 창문 안쪽을 멍하니 쳐다보고 있었다. 창문 절반은 얼룩 묻은 블라인드가 가리고 있었다. 연기 자욱하고 비밀스러운 실내의 절반이 밖에서 보였고, 남자 넷이 카드게임을 하고 있었다. 한 사람은 덩치가 크고 피부색은 거무스름했고, 양끝이 위로 올라간 콧수염에 이마에는 곱슬머리가 내려와 있었다. 그 옆에는 마르고 머리가 벗겨진 창백한 노인이 뺨이 홀쭉하게 들어간 얼굴로 앉아 있었다. 나머지 두 사람의 얼굴은 어둠에 가려 있었다. 그들 모두 갈색 파인트 잔에 맥주를 마시고 있었고, 아무 말 없이 카드를 탁 내려놓거나, 성냥을 긋거나, 파이프를 뻐끔거리며 못마땅한 얼굴로 술을 마셨고, 종을 울려 꽃무늬 블라우스에 남자 모자를 쓴 뿌루퉁한 여인에게 손가락으로 신호를 보내 술을 더 시켰다.

좁은 길이 느닷없이 어두워졌고, 마치 양쪽 벽과 지붕이 밀고 들어오는 것처럼 느껴졌다. 낯선 도시의 어둡고 좁은 길에서 소심하게 앞만 쳐다보고 있던 내게 그 거무스름한 남자는 구름에 둘러싸인 우리 속에 등장한 거인 같았고, 머리가 벗겨진 노인은 끄트머리만 하얀 검은 덩어리처럼 쪼그라들었다. 구석에서 두 개의 하얀 손이 보이지 않는 카드를 들고 불쑥 튀어나왔다. 뒤꿈치에 용수철을 붙인 부츠를 신은 양날의 칼을 든 남자가 유니언 스트리트 쪽에서 나를 향해 달려들 것 같았다.

나는 "짐 아저씨, 짐 아저씨" 하고 아주 작게 불렀다. 아저씨에게는 들리지 않을 정도로.

이빨 사이로 휘파람을 불기 시작했지만, 불기를 멈추자 그 소리가 등 뒤에서 계속 들리는 것 같았다. 나는 수레에서 내려와 블라인드로 반쯤 가린 창가로 다가갔다. 손 하나가 유리창 위로 올라가 블라인드의 술 장식으로 다가왔다. 자갈길 위의 나와 테이블에서 카드 게임을 하는 사람들 사이의 거리는 얼마 되지 않았지만 그 손이 유리창 어느 쪽에서 블라인드를 천천히 내리고 있는지 알 수 없었다. 얼룩 묻은 네모난 천이 나와 캄캄한 밤 사이를 갈라놓고 있었다. 따뜻하고 안전한 섬 같은 나의 침대 속에서 졸음을 청하는 스완지의 자정이 집 주위를 천천히 흘러가며 에워쌀 때 지어냈던 이야기 한 편이 그 순간 문득, 자갈을 밟는 소리와 함께 떠올랐다. 그 이야기 속 날개와 갈고리를 가진 악마가 내 머리에 들러붙어 있었던 것이 기억났다. 나는 그놈을 머리에 달고, 스완지 수녀원의 키 크고 현명하며 금빛을 한 왕실 소녀를 찾아 웨일스 여기저기서 싸우며 돌아다녔다. 그녀의 진짜 이름과 날씬하고 긴, 검정 스타킹을 신은 다리, 키득거리는 웃음소리와 종이로 말아서 꼬불거리는 머리카락을 기억해보려고 했지만 악마의 갈고리 날개가 나를 잡아당겼고, 그녀의 머리카락과 눈 색깔은 좁은 길의 벽과 벽 사이에 어두운 회색 언덕처럼 서 있는 초록색 수레처럼 희미하게 사라져버렸다.

그러는 내내 늙고 덩치 크고 참을성 많은 이름 없는 암말은 꼼짝도 않고 서 있었다. 자갈길을 구르거나 고삐를 흔드는 일도 없었다. 나는 말에게 착한 녀석이라고 부르면서 귀를 쓰다듬어주려고 발뒤꿈치를 들었는데 '한잔'의 문이 벌컥 열리면서 술집에서 흘러나오는 따뜻한 불빛에 눈이 부셨고, 이야기는 사라져버렸다. 더이상 겁도 나지 않았다. 화가 나고, 배가 고플 뿐이었다. 왁자지껄한 소음과 편안한 냄새 속에서 문 옆의 뚱뚱한 여자 둘이 "잘 가요, 존스 씨"라고 키득거리며 인사했다. 아이는 긴 의자 아래서 몸을 웅크리고 누워 자고 있었다. 짐 아저씨는 여자들의 입술에 키스했다.

"잘 가요."

"잘 가요."

"잘 계시오."

그리고 골목길은 다시 어두워졌다.

아저씨는 말 옆구리에 붙어 서서 참을성이 많다고 하면서 콧잔등을 두드려주었고, 말을 유니언 스트리트로 다시 끌고 나갔다. 우리는 둘 다 수레에 올라탔다.

"술 취한 집시들이 너무 많아." 등불이 깜빡이는 시내를 덜컹거리며 지나가는 동안 아저씨는 이렇게 말했다.

*

고스힐로 가는 내내 아저씨는 듣기 좋은 저음으로 찬송가를 불렀고, 채찍으로 허공을 가르며 지휘를 했다. 고삐는 잡을 필요도 없었다. 흙길로 접어들자 삐져나온 덤불에 말의 굴레가 걸리고 우리의 모자를 찔렀고, 아저씨의 "워워"하는 작은 소리에 수레가 멈췄다. 아저씨는 파이프에 불을 붙여 어둠을 밝혔고, 그의 기다랗고 취해 불그레해진 여우 같은 얼굴이 드러났다. 뻣뻣한 구레나룻과 젖은 예민한 코도 보였다. 길 너머의 야트막한 언덕 들판, 방 한 곳

창문에서 불빛이 새어나오는 하얀 집이 서 있었다.

말은 침착하게 서 있었는데 아저씨는 "자, 진정해라, 진정해"라고 속삭이고는 내게 어깨너머로 갑자기 크게 말했다. "저기 교수형 집행인이 살았다."

아저씨는 끌채를 발로 툭 쳤고, 우리는 칼바람을 뚫고 덜컹덜컹 움직였다. 아저씨는 몸을 부르르 떨면서 모자를 귀까지 꾹 눌러썼다. 하지만 암말은 어설픈 조각상처럼 뚜벅뚜벅 걸었다. 내가 만든 이야기에 등장한 악마들이 죄다 튀어나와 바로 옆에서 걷는다고 해도, 또 그들이 한데 모여 녀석의 눈을 째려보며 웃는다고 해도 이 말은 고개 한번 까딱하거나 걸음을 재촉하지도 않을 것 같았다.

"그자가 지저스 부인의 목을 매달아버렸으면 좋았을 텐데." 아저씨가 말했다.

찬송가를 부르는 사이사이 아저씨는 웨일스 말로 암말을 욕했다. 하얀 집은 등 뒤로 사라졌고, 불빛과 언덕도 어둠에 묻혔다.

"이젠 저기 아무도 안 산다." 아저씨가 말했다.

우리는 고스힐의 농장 안으로 수레를 몰고 들어갔다. 자갈 밟는 소리가 울렸고, 아무도 없는 어두운 마구간이 그 울림을 받아 퍼질 때, 우리는 텅 빈 어둠 속으로 들어갔다. 암말은 텅 빈 동물이었고, 농장 끝에 서 있는 텅 빈 집에는 순무를 잘라 만든 얼굴이 대롱대롱 매달려 있는 막대기 두 개 말고는 아무도 살고 있지 않았다.

"빨리 가서 애니 아주머니에게 인사해라." 아저씨가 말했다. "뜨거운 수프와 감자가 있을 거다."

아저씨는 텅 빈 털 달린 조각상을 마구간 쪽으로 이끌었다. 쥐가 사는 집까지 또각또각 소리가 났다. 현관문을 향해 달려갈 때 자물쇠 쩔겅거리는 소리가 들렸다.

*

집의 정문은 검은 조개껍질의 한쪽 면이고, 아치형의 문은 소리를 듣는 귀였다. 나는 문을 밀어 바람이 없는 복도로 들어갔다. 어쩌면 내륙의 해안에 수직으로 놓인 긴 조개껍질을 통과해 텅 빈 밤과 바람 속으로 걸어 들어간 것일지도 모르겠다. 그때 복도 끝의 문이 열렸다. 선반에 놓인 접시들, 유포를 씌운 긴 테이블 위에 밝혀놓은 등불, 벽난로 위에 손뜨개로 짜서 걸어둔 '주님 오실 날에 준비하라'는 글귀, 웃고 있는 도자기 강아지들, 갈색 나무의자, 조금 작은 괘종시계가 보였고, 나는 부엌으로 들어가 애니의 품에 안겼다.

그제야 비로소 나는 환영을 받았다. 시계가 열두 시를 치자 애니는 내게 입을 맞추어주었고, 나는 거지 변장을 벗어던진 왕자처럼 반짝이는 것들과 뎅뎅거리는 소리 속에 서 있었다. 방금 전까지 나는 작고 추웠고, 빳빳하게 다린 좋은 옷을 차려입고 겁에 질린 채 컴컴한 골목길에 움츠리고 있었으며, 꾸르륵대는 텅 빈 뱃속과

시한폭탄 같은 심장을 안고 여전히 낯선 문법학교[C] 모자를 꽉 움켜쥔 채 내 자신이 만들어낸 모험에 정신이 팔려 집에 돌아갈 생각만 했던 들창코 이야기꾼이었다. 하지만 바로 그다음, 나는 깔끔하게 차려입은 귀한 조카가 되어 포옹과 환영을 받으며 내 이야기의 아늑한 한가운데에서 나의 도착을 알리는 괘종시계 소리를 듣고 있었다. 애니는 커다란 벽난로 옆자리에 서둘러 나를 앉혀 신발을 벗겼다. 나를 위한 밝은 등불이 빛났고, 괘종은 웅장하게 울려 퍼졌다.

애니는 겨자 목욕물을 준비하고 진한 차를 만들었고, 내게는 사촌 그윌림[D]의 양말을 신고 토끼와 담배 냄새가 나는 아저씨의 낡은 코트를 입으라고 했다. 아주머니는 요란스럽게 혀를 차며 고개를 끄덕이고는 빵과 버터를 자르면서 그윌림은 아직도 신부가 되기 위해 공부하고 있고, 아흔이 된 레이치 모건 아주머니가 낫 위에 엎어지셨던 일을 들려주었다.

그때 짐 아저씨가 붉은 얼굴에 젖은 코에 털이 숭숭 나고 떨리는 손을 가진 악마처럼 안으로 들어왔다. 걸음걸이가 둔했다. 아저씨가 비틀거리며 서랍장에 기대서면서 장식 접시들이 흔들렸고, 마른 고양이 한 마리가 긴 나무 의자 구석에서 달아났다. 아저씨는 애니 아주머니보다 두 배쯤 키가 큰 것 같았다. 아주머니를 코트 밑에 감춰 돌아다니다가 불쑥 꺼낼 수도 있을 것 같았다. 작고, 갈색 피부에, 이가 빠지고, 등이 굽고, 갈라진 목소리로 노래하듯 말하는 이 여인을.

"애를 그렇게 밖에 오래 두면 어떡해요." 아주머니가 소심하게 화를 내며 말했다.

아저씨는 자신의 의자, 파산한 시인의 망가진 옥좌에 앉아 파이프에 불을 붙이고 다리를 쭉 뻗더니 천장을 향해 연기를 피워 올렸다.

"애가 감기 걸려 죽을 뻔했잖아요." 아주머니가 말했다.

아주머니는 담배 연기에 휩싸인 아저씨의 뒤통수에 대고 말했다. 고양이가 살그머니 돌아왔다. 나는 저녁을 마치고 테이블에 앉아 코트 주머니에서 빈 술병과 하얀 풍선을 찾아냈다.

"어서 침대로 가서 누워라, 착하지."

"돼지 구경하러 가도 돼요?"

"날이 밝으면 하렴." 아주머니가 말했다.

나는 짐 아저씨에게 밤 인사를 했고, 아저씨는 나를 돌아보며 연기 사이로 미소를 짓더니 눈을 찡긋거렸다. 나는 애니 아주머니에게 입을 맞추고, 양초에 불을 붙였다.

"안녕히 주무세요."

"잘 자라."

"잘 자렴."

나는 계단을 올라갔다. 계단마다 내는 소리가 달랐다. 집은 썩은 나무와 습기, 그리고 동물 냄새를 풍겼다. 길고 축축한 복도를 걸어가며 평생 어둠 속에서 혼자 계단을 오르는 것 같았다. 외풍이 심하게 부는 층계참, 그윌림의 방문 앞에서 걸음을 멈췄다.

"잘 자."

등불이 아주 희미하게 켜져 있던 내 방에 들어서자 촛불이 깜빡였고, 커튼이 물결쳤다. 문을 닫자 침대 옆 둥근 탁자 위에 올려놓은 잔에 담긴 물이 흔들리며 철썩인 것 같았다. 창문 아래 시내가 있었다. 잠들 때까지 밤새 시냇물이 집에 철썩대며 부딪치는 것 같았다.

*

"돼지 보러 가도 돼?" 이튿날 아침, 그윌림에게 물었다. 집에서 느껴지던 텅 빈 공포는 사라졌고, 아침을 먹으러 달려 내려가면서 달착지근한 목재와 신선한 봄 들풀, 조용히 흐트러진 농장 냄새를 맡았다. 다 쓰러진 지저분한 흰색의 소 우리와 텅 빈 마구간은 열려 있었다.

그윌림은 몸은 가느다란 막대기 같고, 얼굴은 삽처럼 생긴 스무 살이 다 된 키 큰 청년이었다. 그를 집어 들어 정원 흙을 팔 수도 있을 것 같았다. 목소리는 저음이었고, 흥분하면 음성이 갈라졌는데 구슬픈 찬송가 곡조를 베이스 음성으로 혼자 노래를 불렀고,

헛간에서 찬송가를 쓰기도 했다. 그월림은 사랑 때문에 죽은 여자들의 이야기를 들려주었다. "그런데 그 여자가 나무에 밧줄을 묶었는데 너무 짧았어." 그월림이 말했다. "주머니칼을 가슴에 찔렀는데 끝이 너무 뭉툭했고." 우리는 덧창을 닫아 어두컴컴한 마구간 짚더미 위에 앉아 있었다. 그월림은 몸을 비틀어 내게 기댔고, 엄지를 치켜들었고, 짚단이 삐걱거렸다.

"그 여자가 차디찬 강물에 뛰어들었지. 뛰어들었다고." 그월림이 내 귀에 대고 말했다. "휘청하더니, 그만, 죽고 말았지." 박쥐처럼 깩깩거리는 목소리였다.

돼지우리는 마당 맨 끄트머리에 있었다. 우리는 그쪽으로 걸어갔다. 그월림은 평일 아침인데도 사제복을 입고 있었고, 나는 엉덩이를 꿰맨 서지 정장을 입고 있었다. 우리는 진흙 묻은 자갈 사이를 뒤지는 암탉 세 마리와 하나뿐인 눈을 자면서도 뜨고 있는 콜리 개를 지나쳤다. 다 쓰러져가는 별채 지붕은 무너져 내려앉았고, 옆에는 들쭉날쭉 구멍이 나 있었고, 덧창은 망가져 있었으며, 흰 칠은 벗겨져 있었다. 비틀어져 대롱거리는 판자에는 녹슨 나사못이 삐져나와 있었다. 간밤에 본 마른 고양이는 삼각형 모양으로 솟아 구멍이 숭숭 뚫린 수레 보관소 지붕 쪽, 들척지근하고 강한 냄새를 풍기는 쓰레기 더미 끝에 편안히 앉아 깨진 병의 아가리 사이에서 세수를 하고 있었다. 이 허름한 지역을 통틀어 이 농장 같은 곳은 아무 데도 없었다. 그 어느 곳도 진흙과 쓰레기와 썩은 나무와 무너져 내린 석재로 이루어진 이 땅, 늙고 추레한 암탉들이 여기저기 긁어대며 알을 낳는 이곳처럼 가난하고 넓고 더러운 곳은 없었다. 오리 한 마리가 텅 빈 돼지우리 한쪽 여물통에서 꽥꽥거렸다. 웬 젊은이와 곱슬머리 남자아이가 진흙탕에서 젖을 물리고 있는 암돼지를 담장 너머로 구경하고 있었다.

"돼지 몇 마리야?"

"다섯 마리. 암돼지가 한 마리를 잡아먹었어." 그윌림이 말했다.

우리는 녀석들이 꼼지락거리고 비틀거리면서 어미 주위에서 이리저리 구르고 움직이고 꼬집고 밀고 끽끽거리는 동안 수를 세어보았다. 네 마리였다. 다시 세어보았다. 돼지 네 마리. 네 개의 분홍색 꼬리가 말려 올라가 있었고, 녀석들이 젖을 빨자 어미는 아프기도 하고 시원하기도 한지 꿍꿍거렸다.

"암돼지가 또 한 마리를 잡아 먹었나봐." 나는 이렇게 말하고 긁개를 주워 꿍꿍거리는 암돼지의 딱딱한 털을 뒤쪽으로 문질러주었다. "아니면 여우가 담장을 넘어왔든가." 내가 말했다.

"암돼지도 여우도 아니야." 그윌림이 말했다. "아버지야."

키 크고 약삭빠르고 얼굴이 벌건 아저씨가 털이 숭숭 난 손으로 몸을 비트는 돼지를 잡아 허벅지를 깨물고 족발을 우적우적 씹는 모습이 눈에 선했다. 아저씨가 돼지 족발을 입에 문 채 돼지우리 담장에 몸을 기울이고 있는 모습도 눈에 선했다. "짐 아저씨가 돼지를 잡아먹었어?"

바로 그 순간, 썩어가는 닭장 뒤에서 아저씨가 깃털에 무릎까지 파묻힌 채 살아 있는 닭 머리를 덥석 물어뜯고 있었다.

"술값 내려고 팔았지." 그윌림은 하늘에서 눈을 떼지 않은 채 호되게 비난하듯 속삭이는 목소리로 말했다. "지난 크리스마스엔 아버지가 양 한 마리를 어깨에 메고 나가 열흘 내내 술에 절어 지냈어."

암퇘지는 긁개 쪽으로 몸을 굴렸고, 젖을 빨던 새끼 돼지들은 앞이 갑자기 어두워지자 어쩔 줄 모르며 끙끙거리면서 어미 뱃살 밑에서 꿈틀거렸다.

"와서 내 예배당 구경해." 그윌림이 말했다. 그러더니 없어진 돼지는 싹 잊어버리고 종교여행 때 가본 도시들, 니스와 브리젠드, 브리스톨, 뉴포트의 호수와 호화로운 정원, 유혹으로 가득한 밝은 색색의 거리들에 대해 이야기하기 시작했다. 우리는 돼지우리와 실망한 암퇘지를 두고 걸어갔다.

"여배우들을 줄지어 만났어." 그윌림이 말했다.

*

그윌림의 예배당은 강으로 내려가는 들판이 시작되기 전, 끝자락에 있는 낡은 헛간이었다. 농장에서 한참 떨어진 지저분한 언덕 위에 있었다. 묵직한 자물쇠가 달린 문이 있었지만 양옆에 난 구멍을 통해 안으로 쉽게 들어갈 수 있었다. 그윌림은 열쇠 꾸러미를 꺼내더니 가만히 흔들면서 열쇠를 하나씩 자물쇠에 넣어보았다. "아주 멋지지." 그윌림이 말했다. "카마던_{Carmarthen}의 고물상에서 샀어." 우리는 구멍을 통해 예배당으로 들어갔다.

이름에 색칠을 하고 흰색 십자가가 그려진, 먼지가 잔뜩 앉은 수레가 한가운데 서 있었다. "내 설교단 수레야." 그윌림은 이렇게 말했고, 엄숙하게 그 안으로 걸어가 부러진 끌채 쪽으로 나왔다. "건초 위에 앉아. 쥐 조심하고." 그리고는 다시 저음으로 하늘을 향해, 박쥐들이 매달려 있는 서까래와 늘어진 거미줄을 향해 외쳤다. "이 성스러운 날 우리를 축복하소서. 오, 주여, 저와 딜런을, 그리고 이 주님의 예배당을 영원히, 영원히 축복하소서. 아멘. 여길 많이 고쳐놓은 거야."

나는 건초 위에 앉아 설교하는 그윌림을 쳐다보면서 그의 목소리가 높아지더니 갈라지고 잦아들어 속삭임이 되고는 노래가 되었다가 웨일스어가 되었다가 찌렁찌렁 울렸다가 격렬해졌다가 온화해지는 것을 듣고 있었다. 구멍을 통해 들어온 햇빛이 그의 어깨를 비추었고, 그는 이렇게 말했다. "오, 주여. 주께서는 언제 어디서나 함께하십니다. 아침 이슬 속에, 저녁 서리 속에, 들판과 시내에, 설교자와 죄인에게, 참새와 큰 독수리에게. 주님은 모든 것을, 우리 마음속 깊은 곳까지 보실 수 있습니다. 주께서는 해가 졌을 때도 우리를 보실 수 있습니다. 주께서는 별 하나 없을 때도, 무덤 같은 어둠 속에서도, 깊고, 깊고, 깊고, 또 깊은 구덩이 속에서도 우리를 보실 수 있습니다. 주님은 언제나, 작고 어두운 구석에서도, 커다란 목동의 초원에서도, 우리가 쿨쿨 자고 있을 때 담요 밑에서도, 끔찍한 어둠 속에서도 우리를 보고, 지키고, 감시하실 수 있습니다. 새카만 어둠 속, 새카만 어둠 속에서도. 주께서는 밤낮으로, 낮밤으로, 우리가 하는 모든 일을 보실 수 있습니다. 모든 일을, 모든 일을. 주께서는 항상 보실 수 있습니다. 오, 주여, 주께서는 망할 고양이 같습니다."

그월림은 모아 쥔 손을 떼어냈다. 헛간 속 예배당은 고요했고, 햇빛으로 가득했다. 할렐루야라든가 축복하소서라고 외칠 사람은 없었다. 나는 그 침묵 속에서 너무 작았고, 마음을 온통 빼앗긴 상태였다. 한 마리 오리가 밖에서 꽥꽥거렸다.

"이제 헌금 낼 시간입니다." 그월림이 말했다.

그는 수레에서 내려와 그 아래 건초 속을 더듬어 찌그러진 깡통을 찾아내더니 내게 내밀었다.

"아직 정식 헌금함은 없어." 그가 말했다.

나는 깡통에 동전 두 닢을 넣었다.

"점심시간이다." 그월림은 이렇게 말했고, 우리는 아무 말 없이 집으로 돌아갔다.

식사를 마쳤을 때, 애니 아주머니가 말했다. "오늘 오후에는 좋은 옷을 입어라. 줄무늬가 있는 거."

*

그날은 특별한 날이었다. 나의 가장 친한 친구 잭 윌리엄스가 부자 어머니와 함께 자동차를 타고 스완지에서 찾아왔기 때문이다.[F] 잭은 보름 동안 나와 함께 휴가를 보내기로 되어 있었다.

"짐 아저씨는 어디 계세요?"

"장터에 가셨다." 애니 아주머니가 말했다.

그윌림은 조그맣게 돼지 소리를 냈다. 우리는 아저씨가 어디 있는지 알고 있었다. 아저씨는 어깨에 암소를 걸머지고, 주머니에는 삐져나온 돼지 두 마리를 넣고 황소 피로 입가를 붉게 물들인 채 선술집에 앉아 있을 것이다.

"윌리엄스 부인은 진짜 부자야?" 그윌림이 물었다.

나는 부인이 자동차 세 대와 집 두 채가 있다고 했지만 그건 거짓말이었다. "응, 웨일스에서 제일가는 부자야. 전에 시장 부인이었어." 내가 말했다. "응접실에서 차를 마실 건가요?"

애니 아주머니가 고개를 끄덕였다. "그리고 복숭아 깡통도 큼직한 걸 딸 거란다."

"그 깡통은 크리스마스 때부터 찬장에 있었는데." 그윌림이 말했다. "어머니가 이런 날을 위해 아껴두셨구나."

"맛난 복숭아니까." 애니 아주머니가 말했다. 아주머니는 주일처럼 곱게 차려입으려고 위층으로 올라갔다.

24

응접실은 좀약과 동물 털과 축축한 습기와 죽은 식물과 퀴퀴하고 시큼한 공기 냄새가 났다. 창문 벽 쪽 나무 관 위에 두 개의 유리 장식장이 우뚝 서 있었다. 박제한 여우의 다리 사이, 꿩 머리 위, 뻣뻣한 야생 오리의 붉은 물감 묻은 가슴을 따라가면 잡초가 자라는 채소밭이 보였다. 도자기와 주석 잔, 장신구, 틀니, 대대로 내려온 브로치가 든 한 장식장은 다리가 구부러진 테이블 뒤에 있었다. 패치워크로 만든 테이블보 위에는 커다란 석유등, 죔쇠가 붙은 성경책, 천으로 몸을 가리고 목욕을 하려는 여인이 그려진 키 큰 화병, 애니 아주머니와 짐 아저씨와 그윌림이 화분 앞에서 웃고 있는 사진 액자가 놓여 있었다. 맨틀피스 위에는 시계 두 개, 개 인형 몇 개, 황동 촛대, 양치기 소녀 인형, 킬트를 입은 남자 인형, 머리를 높이 올리고 가슴을 드러낸 애니 아주머니의 컬러 사진이 놓여 있었다. 테이블을 삥 둘러싼 의자들은 곧은 것, 구부러진 것, 얼룩 묻은 것, 폭신한 것 제각각이었고, 등받이에는 전부 레이스 천이 덮여 있었다. 하모늄^{G}에는 덧대어 만든 하얀 천이 덮여 있었다. 벽난로에는 놋쇠 부젓가락, 삽, 불쏘시개가 가득 놓여 있었다. 응접실을 쓰는 일은 드물었다. 애니 아주머니는 일주일에 한 번씩 그곳을 쓸고 닦고 윤을 냈지만 카펫을 밟자 회색 먼지가 풀썩거리며 피어올랐고, 의자에는 먼지가 소복이 쌓여 있었고, 소파 틈에는 솜뭉치와 흙, 검은 천과 기다란 말 털이 끼여 있었다. 나는 사진을 보려고 유리에 앉은 먼지를 불었다. 그윌림과 성들과 가축이었다.

"이제 옷을 갈아입어." 그윌림이 말했다.

실은 낡은 옷을 입고 진짜 농장 아이가 되고 싶었다. 신발에 거름을 묻혀 걸을 때마다 꿀쩍이는 소리를 내고 싶었고, 암소가 송아지를 낳고 황소가 암소에게 올라타는 것을 보고 싶었고, 골짜기를 달리고, 양말을 적시고, 밖으로 나가 "어서 와라, 이 새끼야"라고 외치고, 닭들을 몰아넣고, 큰 목소리로 말하고 싶었다. 하지만 그냥 위층으로 올라가 줄무늬 정장을 입었다.

내 방에서 자동차가 농장으로 다가오는 소리가 들렸다. 잭 윌리엄스와 그의 어머니였다.

그윌림이 계단 밑에서 "왔어! 다임러[1]를 타고!"라고 외쳤고, 나는 타이도 안 매고 머리도 안 빗고 그들을 맞이하러 달려 내려갔다.

애니 아주머니가 현관문에서 말하고 있었다. "안녕하세요, 윌리엄스 부인. 안녕하세요. 어서 들어오세요. 날씨가 참 좋군요, 윌리엄스 부인. 오시는 동안 즐거우셨죠? 이쪽이에요, 윌리엄스 부인. 계단 조심하세요."

애니 아주머니는 응접실 의자 덮개마냥 좀약 냄새가 풍기는 검정색 반짝이 드레스를 입고 있었다. 진흙이 잔뜩 묻은, 구멍투성이 신발을 갈아 신는 것도 잊고 계셨다. 윌리엄스 부인을 이끌고 복도를 걸어가면서 이리저리 고개를 돌리고 안절부절못하면서 집이 좁아 미안하다고 했고, 거칠고 못이 박힌 손으로 황급히 머리를 매만졌다.

윌리엄스 부인은 키가 크고 체격이 당당했고, 가슴은 앞으로 튀어나왔고, 다리는 굵었다. 뾰족구두 위 발목은 부어 있었다. 부인은 시장 부인처럼, 함선처럼 모든 것을 완벽하게 갖추고 있었고, 애니 아주머니를 따라 응접실로 들어갔다.

부인이 말했다. "부탁이니 저 때문에 괜히 신경 쓰지 마세요, 존스 부인." 부인은 앉기 전에 가방에서 꺼낸 레이스 손수건으로 의자의 먼지를 닦았다.

"곧바로 돌아가야 하거든요." 부인이 말했다.

"저런, 차라도 한 잔 마시고 가세요." 애니 아주머니는 아무도 어찌 못하게 테이블에서 의자를 끌어냈고, 윌리엄스 부인은 자신의 가슴과, 자신의 반지와, 자신의 가방과 함께 재빨리 포위되었고, 아주머니는 도자기 그릇을 쟁여둔 찬장을 열었고, 성경책을 바닥에 떨어뜨렸고, 그걸 집어들어 황급히 소맷자락으로 닦았다.

"복숭아도 드셔야죠." 그윌림이 말했다. 그윌림은 모자를 쓰고 복도에 서 있었다.

애니 아주머니가 말했다. "그윌림, 모자 벗고 윌리엄스 부인을 편안히 해드리렴." 이어 아주머니는 덮개를 씌운 하모늄에 석유등을 올려놓았고, 한가운데 홍차 얼룩이 든 하얀 테이블보를 펼쳤고, 찻잔을 꺼냈고, 다섯 명 분 나이프와 찻잔을 차렸다.

"저 때문에 이러지 마세요." 윌리엄스 부인이 말했다. "여우가 멋지네요!" 부인은 반지를 낀 손가락으로 유리 상자를 가리켰다.

"저건 진짜 피다." 나는 잭에게 이렇게 말했고, 우리는 소파 위로 올라가 테이블로 다가갔다.

"아니야." 잭이 말했다. "붉은 잉크겠지."

"저런, 신발을 신고!" 아주머니가 말했다.

"잭, 부탁이니 소파를 밟지 마라."

"잉크가 아니면 물감이겠지."

그윌림이 말했다. "케이크 좀 드릴까요, 윌리엄스 부인?"

애니 아주머니가 찻잔을 달각거렸다. "집에 케이크가 한 조각도 없네요. 가게에서 주문하는 걸 잊었어요. 한 조각도 없다니. 아이고, 윌리엄스 부인!"

윌리엄스 부인이 말했다. "차 한 잔만 주시면 됩니다. 감사합니다." 부인은 차에서 내려서 걸어와서인지 그때까지 땀을 흘리고 있었다. 그 바람에 얼굴에 바른 파우더가 흘러내렸다. 부인은 반지를 반짝이며 손수건으로 얼굴을 닦았다.

"설탕은 세 개 넣어주세요." 부인이 말했다. "잭이 여기서 참 즐겁게 지내겠네요."

"아주 즐거울 겁니다." 그윌림이 자리에 앉았다.

"이제 복숭아 좀 드세요, 윌리엄스 부인. 참 맛있답니다."

"그래야죠. 아주 오래 절여놓은 건데." 그윌림이 말했다.

애니 아주머니가 그윌림을 향해 또 찻잔을 달각거렸다.

"복숭아는 됐습니다." 윌리엄스 부인이 말했다.

"아뇨, 드셔보세요, 윌리엄스 부인. 한 번만 드셔보세요. 크림이랑."

"아뇨, 아뇨, 존스 부인. 됐습니다." 부인이 말했다. "배라면 몰라도 복숭아는 견딜 수가 없어요."

잭과 나는 문득 이야기를 멈췄다. 애니 아주머니는 신발만 내려다보고 있었다. 맨틀피스 위의 시계가 끼익거리더니 종을 쳤다. 윌리엄스 부인이 의자에서 힘겹게 일어났다.

"어머, 시간이 참 빨리도 가네요!" 부인이 말했다.

부인은 가구 옆을 지났고, 찬장에 몸이 부딪쳤고, 장신구와 브로치가 흔들렸고, 잭의 이마에 키스했다.

"어머니한테 냄새가 배었어요." 잭이 말했다.

부인은 내 머리를 쓰다듬었다.

"그럼 둘 다 말 잘 듣고 지내라."

부인은 애니 아주머니에게 속삭이듯 말했다. "그리고 기억하세요, 존스 부인. 몸에 좋은 소박한 음식만 주세요. 저 애 식욕을 해치지 마시고."

애니 아주머니는 부인을 뒤따라 응접실에서 나갔다. 아주머니는 이제 아주 느릿느릿 움직였다. "최선을 다하겠습니다, 윌리엄스 부인."

아주머니가 "그럼 안녕히 가세요, 윌리엄스 부인"이라고 말하고 부엌 계단을 내려갔고, 문을 닫는 소리가 들려왔다. 농장에서 자동차가 부르릉거렸고, 소리가 차츰 멀어지더니 잦아들었다.

*

깊은 골짜기를 따라 잭과 나는 소리를 질렀고, 얇은 손도끼로 나무딸기를 벗겨냈고, 춤을 추었고, 메아리를 울리며 뛰어다녔다. 우리는 미끄러지듯 걸음을 멈춰 덤불 가득한 시냇가를 뒤지고 다녔다. 저 위에 애꾸눈, 외눈박이, 악당, 말라깽이, 순악질 그윌림이 교수대 농장에서 총을 장전하고 있었다. 우리는 덤불 속을 기어가 휘파람 신호에 맞춰 풀숲 깊은 곳에 몸을 숨기고 웅크린 채 나뭇가지 밟는 소리, 건드려 부러지는 소리가 들리기를 기다렸다.

　낑낑대며 홀로 검은 그림자를 드리운 채 쪼그리고 앉아, 사나운 새들이 날아다니고 물고기들이 뛰어오르는 고스힐의 정글 속, 말만큼 높이 자라는 줄기가 넷인 꽃 밑에 몸을 감추고 초저녁 카마던 근처 골짜기에서 바로 옆에 있어도 보이지 않는 친구 잭 윌리엄스를 기다리고 있던 나는 내 어린 온몸이 내 주위의 광분한 동물처럼 느껴졌다. 까진 구부린 두 무릎, 두근대는 심장, 사타구니 사이 긴 열기와 깊이, 손을 간질이는 땀, 고막까지 이어진 통로, 발가락 사이 흙뭉치, 눈두덩 속 눈, 숨찬 목소리, 몰아치는 피, 주위에서 그리고 내 안에서 휙휙 스치고, 뛰어오르고, 헤엄치고, 당장 덮치려고 했던 기억. 거기서 저녁 때 인디언 놀이를 하고 있던 나는 살아 있는 이야기 한가운데 존재하는 내 자신을 자각했고, 내 몸은 나의 모험이자 내 이름이었다. 나는 신이 나서 뛰어올랐고, 온몸을 할퀴는 나무딸기 덤불 속으로 다시 기어들어갔다.

잭이 외쳤다. "너 보인다! 보인다고!" 그가 나를 따라 날쌔게 쫓아왔다. "빵! 빵! 넌 죽었어!"

하지만 나는 젊었고, 시끄러웠고, 살아 있었다. 비록 순순히 쓰러지긴 했지만.

"이제 네가 날 죽여 봐." 잭이 말했다. "백까지 세고 나서."

나는 한쪽 눈을 감았고, 잭이 들판 위쪽으로 달려가다가 살금살금 돌아와 나무를 오르기 시작하는 걸 보았고, 오십을 센 뒤 나무 밑으로 달려가 기어오르는 잭을 죽였다. "나무에서 떨어져." 내가 말했다.

잭이 떨어지지 않으려고 해서 나도 나무를 탔고, 우리는 맨 꼭대기 가지에 매달려 들판 구석장이 화장실을 내려다보았다. 그윌림이 바지를 내리고 변기에 앉아 있었다. 작고 까맣게 보였다. 책을 읽으면서 손을 움직이고 있었다.

"다 보여!" 우리가 외쳤다.

그윌림은 바지를 추켜올리더니 주머니에 책을 집어넣었다.

"다 보여, 그윌림!"

그윌림이 들판으로 나왔다. "너희들은 어디 있는데?"

우리는 그윌림을 향해 모자를 흔들었다.

"하늘에!" 잭이 외쳤다.

"날고 있어!" 나도 외쳤다.

우리는 날개처럼 양팔을 뻗었다.

"날아서 내려와!"

우리는 나뭇가지에서 몸을 흔들며 웃어댔다.

"새 같아!" 그윌림이 소리쳤다.

우리의 외투는 찢어졌고, 양말은 젖었고, 신발은 진흙투성이가 되었다. 저녁을 먹으러 들어갔을 때 손과 얼굴에 파랑 이끼와 갈색 나무껍질이 다닥다닥 붙어 있어 야단을 맞았다. 애니 아주머니는 그날 밤 별 말씀은 없었지만, 부랑아 꼬락서니 같다고 하시면서 윌리엄스 부인이 뭐라 할지 모르겠구나 하고 그윌림을 꾸짖었다. 우리는 그윌림에게 인상을 썼고, 그의 차에 소금을 넣었지만 저녁 식사가 끝난 뒤 그윌림은 이렇게 말했다. "예배당에 오고 싶으면 와. 자기 직전에."

*

그윌림은 설교단 수레 위에 촛불을 켰다. 큰 헛간, 작은 불빛. 박쥐들은 날아가고 없었다. 그림자는 여전히 지붕을 따라 거꾸로 드리워져 있었다. 그윌림은 주일 정장을 차려입은 내 사촌 형이 아닌 외투를 걸친 삽 형상의 키 크고 낯선 사람이 되어 있었고, 목소리를 사뭇 낮게 깔았다. 짚단이 자꾸 부스럭거렸다. 그날 수레에서 했던 설교를 떠올렸다. 주님은 우리를 지켜보고 있었고, 잭의 마음을 지켜보고 있었고, 그월림의 혀에 무슨 표식이 있었고, "저기 작은 눈 좀 봐"라는 내 속삭임은 영원처럼 각인되었다.

"이제 고해성사를 들을게." 그월림이 수레 위에서 말했다.

잭과 나는 동그랗게 비치는 촛불 속에 맨머리로 서 있었다. 나는 잭의 몸이 떨리는 것을 느꼈다.

"너 먼저 해." 마치 촛불에 손끝이 타게 대고 있는 듯 밝은 빛을 뿌리는 그월림의 손끝이 나를 가리켰고, 나는 설교단 수레 앞으로 한 걸음 나아가 고개를 들었다.

"이제 고해성사 해." 그월림이 말했다.

"뭘 고해해?"

"네가 한 행동 중 가장 나쁜 거."

나는 에드거 레이놀즈의 숙제를 훔쳐 매를 맞게 했다, 어머니의 가방에서 돈을 훔쳤다, 귀네스의 가방에서 돈을 훔쳤다, 도서관에 세 번 가서 책 열두 권을 훔쳐와 공원에 버렸다, 내 오줌 맛이 어떤지 보려고 한 컵을 마셨다, 개를 눕혀 내 손을 핥게 하려고 막대기로 때렸다, 댄 존스와 함께 그 애 하녀가 목욕할 때 열쇠구멍으로 들여다보았다, 무릎을 주머니칼로 베어 피를 손수건에 묻힌 뒤 귀에서 피가 났다고 하고 아픈 척하면서 엄마를 놀라게 했다, 바지를 내리고 잭 윌리엄스에게 보여주었다. 빌리 존스가 부삽으로 비둘기를 때려죽이는 것을 보고 웃다가 토했다. 세드릭 윌리엄스와 나는 새뮤얼스 부인의 집에 숨어 들어가 침대보에 잉크를 쏟았다.

내가 말했다. "난 아무것도 잘못한 거 없어."

"어서, 고해를 해." 그윌림이 말했다. 그윌림은 얼굴을 찡그리고 나를 노려보았다.

"없어! 없다니까!" 내가 말했다. "난 아무 잘못도 안 했어."

"어서, 고해해!"

"안 해! 안 할 거야!"

잭이 울기 시작했다. "집에 가고 싶어."

그윌림이 예배당 문을 열었고, 우리는 그를 따라 농장으로 향했고, 무너져 내린 검은 창고를 지나 집으로 갔다. 잭은 내내 흐느껴 울었다.

잭과 나는 함께 침대에 누워 서로 잘못을 고백했다.

"나도 어머니 가방에서 돈을 훔쳐. 파운드가 엄청 많아."

"얼마나 훔쳐?"

"3펜스."

"나는 전에 사람을 죽였어."

"아니, 넌 그런 적 없어."

"그리스도 앞에 맹세해. 심장을 총으로 쐈다니까."

"그 사람 이름이 뭔데?"

"윌리엄스."

"피를 흘렸어?"

시냇물이 집에 찰싹찰싹 부딪치고 있는 것 같았다.

"돼지 잡을 때처럼 철철 흘렸지."

잭의 눈물이 그쳤다. "그윌림이 싫어. 제정신이 아니야."

"아냐, 그런 건 아니야. 그윌림 방에서 시를 여러 편 본 적이 있어. 전부 여자들한테 쓴 시야. 그윌림이 나중에 그걸 내게 보여줬는데, 여자들 이름을 죄다 주님으로 바꿨더라고."

"독실하네."

"아니. 여배우들을 사귀거든. 코린 그리피스[1]도 알아."

우리 방문이 열려 있었다. 밤에는 문을 잠가두는 것이 좋은데…… 방에 유령이 들어올까 봐 겁을 내느니 방 안에 유령이 있는 편이 나았으니까. 하지만 잭은 문을 열어두는 쪽을 원했고, 우리는 동전 던지기로 정하기로 했고, 잭이 이겼다. 현관문이 덜컹거리더니 부엌 복도로 누가 들어오는 발소리가 들려왔다.

"짐 아저씨야."

"어떤 분이야?"

"여우 같은 분이셔. 돼지랑 닭을 잡아먹어."

천장이 얇아서 소리가 전부 다 들렸다. 의자 삐걱대는 소리, 접시 챙그랑거리는 소리, 애니 아주머니가 "지금 자정이라고요!"라고 외치는 소리가 들렸다.

"아저씨가 술에 취했어." 내가 말했다. 우리는 가만히 누워 싸움 소리가 나기를 기다렸다.

"아저씨가 아마 접시를 던질 걸." 내가 말했다.

하지만 애니 아주머니는 아저씨를 조용히 야단쳤다. "아주 가관 이시네요, 짐!"

아저씨가 아주머니에게 뭐라고 중얼거렸다.

"돼지 한 마리가 없어졌어요." 아주머니가 말했다. "대체 왜 그 러시는 거예요, 짐? 이젠 아무것도 없어요. 더 이상 살 수 없을 지 경이라고요!"

"돈! 돈! 돈!" 아저씨가 말했다. 분명 아저씨는 파이프에 불을 붙이고 있을 것이다.

그다음, 애니 아주머니의 목소리가 아주 작아져서 들리지 않았 고, 아저씨는 이렇게 물었다. "그 여자가 삼십 실링을 냈소?"

"네 어머니 이야기를 하는 거야." 내가 잭에게 말했다.

한동안 애니 아주머니는 낮은 목소리로 말했고, 우리는 말소리 가 들리기를 기다렸다. 아주머니는 '윌리엄스 부인'이라고 했고, '자동차', '잭', '복숭아'라고 했다. 마지막에 목소리가 갈라지는 것 으로 봐서 우는 것 같았다.

짐 아저씨의 의자가 다시 삐걱거렸고, 주먹으로 테이블을 치는 것 같더니 이렇게 고함치는 소리가 들렸다. "내가 그 여자한테 복 숭아를 먹이겠어! 복숭아, 복숭아! 자기가 뭔 줄 알고 그러는 거야? 복숭아가 성에 차지 않는다는 말인가? 망할 놈의 자동차와 아들놈 따위가! 우릴 초라하게 만들다니!"

"제발, 그러지 말아요, 짐!" 애니 아주머니가 말했다. "애들 깨우겠어요."

"놈들을 깨워서 혼쭐을 내주겠소!"

"제발, 그러지 말아요, 짐!"

"그 녀석은 돌려보내시오." 아저씨가 말했다. "아니면 내가 직접 돌려보낼 테니. 망할 놈의 집이 세 채라니, 돌아가라지."

잭은 이불을 머리 위까지 덮어쓰고 베개에 얼굴을 파묻고 흐느꼈다. "듣고 싶지 않아. 듣고 싶지 않아. 어머니에게 편지를 쓸래. 어머니가 데리러 올 거야."

나는 살그머니 내려가 문을 닫았다. 잭은 다시는 나와 말하려 하지 않았고, 나는 아래층에서 들리는 목소리를 들으며 잠이 들었다. 소리는 곧 잦아들었다.

*

짐 아저씨는 아침 식사에 오지 않았다. 우리가 내려갔을 때 잭의 신발은 깨끗이 닦여 있었고, 외투는 수선해서 다림질까지 해놓은 상태였다. 애니 아주머니는 잭에게 삶은 달걀 두 개를, 내게는 한 개를 주었다. 내가 잔 받침에 흘러넘친 차를 마셔도 아주머니는 뭐라 하지 않았다.

아침 식사가 끝난 뒤 잭은 우체국까지 걸어갔다. 나는 애꾸눈 콜리를 데리고 들판에 토끼를 잡으러 나갔지만 녀석은 오리를 보고 짖어댔고, 생울타리에서 부랑자의 신발 한 짝을 물어오더니 토끼굴에 앉아 꼬리를 흔들었다. 나는 텅 빈 오리 연못에 돌을 던졌고, 콜리는 나뭇가지를 물어서 돌아왔다.

잭은 호주머니에 양손을 꽂고 한쪽 눈을 모자로 덮은 채 골짜기를 향해 걸어갔다. 나는 두더지 굴을 킁킁거리는 콜리를 버려두고 화장실 구석의 나무 꼭대기로 올라갔다. 그 아래서 잭은 혼자 인디언 놀이를 하며 덤불 사이를 기어 다녔고, 나무를 돌면서 제풀에 놀라고, 풀밭에 몸을 숨겼다. 내가 한 번 불렀는데도 잭은 못 들은 체했다. 잭은 말없이 무정하게 혼자 놀았다. 그 애가 골짜기 아래 시냇가 둑 위에 서서 주머니에 손을 꽂고 뻣뻣한 중절모처럼 몸을 흔드는 것이 보였다. 내가 매달려 있던 나뭇가지가 툭 꺾였고, 골짜기 덤불 끝이 나를 향해 달려들었다. "떨어진다!" 나는 이렇게 외쳤고, 바지 덕분에 몸이 달랑달랑 걸렸다. 찰나의 엄청난 광경, 물론 잭은 올려다보지도 않았고, 그 순간은 훅 지나갔다. 나는 우스꽝스러운 꼴로 바닥으로 기어 내려왔다.

오후 일찍, 말없이 식사가 끝난 뒤 그윌림은 예배당에서 성서를 읽거나 여자들에게 찬송가를 쓰거나 낮잠을 청했고, 나는 애니 아주머니가 빵을 굽고 있을 때 마구간 위 다락에서 나무 호루라기를 깎고 있었다. 그때, 자동차가 다시 농장으로 들어왔다.

잭은 가장 좋은 옷을 차려입고 어머니를 만나러 집에서 달려 나 갔고, 윌리엄스 부인은 짧은 스커트를 걷고 자갈에 발을 디디는데 그 애가 이렇게 말하는 소리가 들렸다. "그리고 그 사람이 어머니 를 망할 암소라고 불렀고, 나를 흠씬 때려준다고 했고, 그윌림은 밤중에 나를 헛간에 데려가 생쥐한테 밟히게 만들었고, 딜런은 도 둑놈이에요. 그리고 저 늙은 여자는 내 저고리를 망쳐놨어요."

윌리엄스 부인은 잭의 짐을 들 운전기사를 보냈다. 애니 아주머 니는 문으로 나와 머리 매무새를 고치고, 앞치마에 손을 닦으며 웃어 보이면서 고개를 숙여 인사하려고 했다.

윌리엄스 부인은 "안녕하세요"라고 말하고는 잭과 함께 차 뒷 자리에 앉아 다 쓰러져가는 고스힐을 빤히 쳐다보았다.

운전기사가 돌아왔다. 차가 떠나자 암탉들이 놀라 흩어졌다. 나 는 마구간에서 달려 나와 잭에게 손을 흔들었다. 그 애는 제 어머 니 옆에서 꼼짝도 하지 않고 뻣뻣하게 앉아 있었다. 나는 손수건 을 흔들었다.

할아버지 댁 방문[A]

한밤중에 뱀처럼 긴 채찍과 올가미, 산길을 달리는 마차들, 선인장 들판을 바람처럼 질주하는 꿈을 꾸다 깬 나는 옆방의 노인이 "이려!", "워워!" 하고 외치고, 혀를 입천장에 대고 쯧쯧 차는 소리를 들었다.

할아버지 집에서 지낸 것은 그때가 처음이었다. 침대에 오르면 마룻바닥은 생쥐처럼 찍찍거렸고, 벽 사이 생쥐들은 또 다른 손님이 마루 위를 걸어가고 있는 것처럼 삐걱거렸다. 따뜻한 여름밤이었지만 커튼이 펄럭거렸고, 나뭇가지가 창문을 때렸다. 나는 머리 위로 이불을 뒤집어썼고, 이내 책 속에서 고함을 지르며 말을 달리고 있었다.

"워워, 됐다, 내 예쁜이들아!" 할아버지가 외쳤다. 할아버지의 음성은 아주 젊고 우렁찼고, 혀를 차면 요란한 말발굽 소리가 났고, 순간 그의 방은 커다란 목초지로 변했다. 나는 할아버지가 편찮으신지, 혹은 이불에 불을 지른 것은 아닌지 살펴봐야겠다고 생각했다. 어머니 말씀이 할아버지는 담요 아래서 파이프 불을 붙이니 밤중에 연기 냄새가 나면 달려가서 할아버지를 도우라고 했기 때문이다. 나는 어둠 속을 살금살금 걸어가 할아버지 방으로 가다가 가구에 부딪쳤고, 촛대가 쿵하고 쓰러졌다. 할아버지 방의 불빛을 보고 겁이 덜컥 나서 문을 열었는데, 할아버지가 "이려!" 하고 외치는 소리가 들렸다. 확성기를 매단 황소같이 큰 소리였다.

할아버지는 침대에 꼿꼿이 앉은 채 침대가 흙길 위를 지나는 듯 몸을 좌우로 흔들고 있었다. 그의 고삐는 침대보 양쪽 가장자리의 매듭이었다. 보이지 않는 말은 침대맡 촛불 너머 그림자 속에 서 있었다. 할아버지는 하얀 플란넬 잠옷에 호두 크기의 구리 단추가 달린 붉은 조끼를 입고 있었다. 담배를 꾹꾹 채운 할아버지의 파이프는 막대기 끝에 불붙은 작은 건초더미처럼 그의 수염에서 연기를 피우고 있었다. 나를 보자 할아버지의 손은 고삐를 내려놓고 파랗게 질린 채 조용해졌고, 침대는 평평한 길에서 정지했다. 할아버지는 헛소리를 그쳤고, 말들은 가만히 걸음을 멈췄다.

"무슨 일 있어요, 할아버지?" 옷에 불은 안 붙었지만 내가 물었다. 촛불 아래 비친 할아버지의 얼굴은 새까만 하늘에 핀을 박아서 길게 펼쳐놓고 여기저기 염소수염을 덧붙인 누더기 이불처럼 보였다.

할아버지는 나를 살포시 쳐다보았다. 그러더니 파이프를 훅 불어 불똥을 사방으로 흐트러뜨리면서 파이프 부리로 고음의 눅눅한 호각 소리를 내더니 이렇게 외쳤다. "아무것도 묻지 마라!"

잠시 후 할아버지가 능청맞게 말했다. "얘야, 무서운 꿈을 꾼 적이 있느냐?"

내가 말했다. "아뇨."

"아니지, 꾸지." 할아버지가 말했다.

나는 말 떼를 호령하는 소리 때문에 잠에서 깼다고 했다.

"내가 뭐랬냐?" 할아버지가 말했다. "네가 너무 많이 먹더구나. 방에서 누가 말 소리를 듣는다고 그러냐?"

할아버지는 베개 밑으로 손을 넣어 짤랑거리는 작은 주머니를 꺼내더니 줄을 조심스레 풀었다. 할아버지는 내 손에 1파운드 동전 한 닢을 쥐어주고 말했다. "케이크 사먹어라." 나는 감사하다고 말씀드리고, 안녕히 주무시라고 인사했다.

내 방문을 닫는데 할아버지가 신이 나서 "이려! 이려!" 하고 외치는 소리가 들려왔다. 침대가 흔들리는 소리도 들렸다.

*

아침에 나는 여기저기 가구가 흩어진 평원에서 불타는 말이 달리고, 한꺼번에 말 여섯 마리를 모는 덩치 큰 구름 같은 남자가 불붙은 침대보로 채찍질을 하는 꿈을 꾸다가 깨어났다. 할아버지는 짙은 검정 옷을 입고 아침 식사 중이었다. 아침 식사 후, 할아버지가 말했다. "어젯밤 바람이 아주 시끄럽게 불더구나." 그리고는 난롯가 안락의자에 앉아 난롯불에 넣을 진흙덩이를 만드셨다. 오전에 할아버지는 나를 데리고 산책을 나가 존스타운 마을을 지나 랜스티팬 로드의 들판으로 들어섰다.[B]

휘펫[C]을 데리고 나온 한 남자가 말했다. "날씨가 좋습니다, 토머스 씨." 그리고는 자기 개처럼 날렵하게, 표지판에 적힌 대로라면 들어가서는 안 되는 작은 나무들이 자라는 숲속으로 사라지자 할아버지가 말했다. "저 봐라, 저 사람이 너한테 뭐라고 했는지 들었냐? 토머스 씨라니!"

우리는 작은 오두막들을 지나쳤고, 대문에 기대서 있던 남자들은 다들 할아버지에게 좋은 날씨라고 말했다. 비둘기 가득한 숲을 지나자 나무 꼭대기를 향해 맹렬히 솟구치는 새들의 날갯짓에 나뭇가지가 부러졌다. 조용히 흡족한 듯 구구거리는 소리, 겁에 질려 요란하게 퍼덕이는 소리가 일었고, 그때 할아버지는 마치 들판 저 너머 누구를 부르듯 큰 소리로 말했다. "네가 밤중에 저 늙은 새들

44

소리를 들으면 날 깨워서 나무에 말들이 올라갔다고 하겠구나!"

할아버지가 지쳐서 천천히 돌아가고 있는데 아까 그 날렵한 남자가 출입금지 숲에서 토끼 한 마리를 팔에 가만히 올려놓고 나왔다. 그 모습이 마치 토시를 낀 여자와 팔짱을 한 것 같았다.

*

떠나기 전날, 작고 약한 조랑말이 끄는 이륜마차를 타고 랜스티팬[D]에 갔다. 할아버지는 물소라도 모시는 듯 고삐를 꽉 쥐고 긴 채찍을 사납게 휘두르면서 길가에서 노는 아이들에게 무시무시 큰소리로 경고를 했고, 다리를 벌리고 완강히 버티는 비실비실한 조랑말의 악귀 같은 힘과 고집을 저주했다.

"조심해라, 애야!" 할아버지는 모퉁이를 돌 때마다 이렇게 외쳤고, 고삐를 끌고, 잡아당기고, 낚아챘고, 땀을 뻘뻘 흘리면서 채찍을 장난감 칼처럼 휘둘렀다. 조랑말이 간신히 기어가듯 모퉁이를 돌면 할아버지는 안도하듯 미소를 지으며 이렇게 말했다. "이번에도 해냈구나, 애야."

언덕 꼭대기의 랜스티팬 마을에 도착하자 할아버지는 '에드윈 스포드 암즈'[E] 옆에 마차를 세웠고, 조랑말 코를 쓰다듬어 준 뒤 각설탕을 주면서 이렇게 말했다. "넌 우리처럼 덩치 큰 사람들을 끌기엔 힘없는 작은 조랑말이지, 짐."

할아버지는 독한 맥주를, 나는 레모네이드를 시켰고, 당신의 짤랑거리는 주머니에서 1파운드를 꺼내 에드윈스포드 부인에게 건넸다. 부인은 할아버지 건강은 좀 어떤지 물었고, 할아버지는 기관지에는 랭거독이 더 낫다고 했다.[F] 우리는 교회 묘지와 바다를 보러 나갔고, 스틱스Sticks라는 숲에 앉았다가 숲 가운데 있는 공연장에 서보기도 했다. 방문객들이 한여름 밤에 노래를 부르는 곳이자 매년 순박한 마을 사람들이 시장으로 뽑히는 장소였다.[G] 할아버지는 교회 묘지 앞에서 걸음을 멈추고 철문 너머에 있는 천사 형상의 묘비와 볼품없는 나무 십자가를 가리켰다. "저기 누워 있는 건 아무 의미가 없어." 할아버지가 말했다.

우리는 다시 열심히 돌아갔다. 짐은 다시 들소가 되었다.

*

마지막 날 아침, 꿈을 꾸다가 늦게 일어났다. 랜스티팬의 바다는 여객선만큼 길고 눈부신 돛단배들로 가득했고, 음유시인의 긴 옷에, 조끼에 구리 단추를 채운 스틱스 숲의 천상의 합창단이 출항하는 선원들에게 알 수 없는 웨일스 말로 노래를 불러주는 꿈이었다. 아침 식탁에 할아버지는 보이지 않았다. 일찍 일어나셨다고 했다. 나는 새로 만든 새총을 들고 들판으로 나가 걷다가 토위 강의 갈매기들과 목사관 나무에 앉아 있는 까마귀들을 향해 쏘았다.

풍향계 여름 방향에서 따뜻한 바람이 불어왔다. 땅에서는 아침 안개가 스멀스멀 피어올라 나무 사이를 떠다니며 시끄러운 새들을 감추어주었다. 안개와 바람 속, 내가 날린 조약돌은 거꾸로 된 세상의 우박처럼 가볍게 날아올랐다. 새 한 마리 떨어지지 않았고, 오전 시간이 지나갔다.

나는 새총을 부러뜨렸고, 목사관 과수원을 가로질러 점심을 먹으러 돌아왔다. 언젠가 할아버지는, 목사님이 카마던 장날에 오리 세 마리를 사서 정원 한가운데에 연못을 만들어주었는데 정작 오리들은 목사관의 무너진 현관 계단 아래 하수구로 뒤뚱뒤뚱 걸어가 거기서 헤엄치고 꽥꽥댔다는 이야기를 해주었다. 과수원 길 끝에 도착해 울타리 구멍으로 들여다보니 목사님은 이미 하수구와 연못 사이 바위 정원에 굴을 뚫었고, 읽기 쉽게 표지판까지 세워두었다. '연못으로 가는 길'.

오리들은 여전히 계단 밑에서 헤엄치고 있었다.

할아버지는 출타 중이셨다. 정원에 가봤지만 늘 과일나무를 쳐다보시던 할아버지는 없었다. 울타리 너머 들판에서 몸을 삽에 기대고 있는 남자에게 물었다. "오늘 아침 할아버지 보셨어요?"

그는 계속 땅을 파면서 어깨너머로 답했다. "멋진 조끼를 입고 계시는 걸 봤는데."

이발사 그리프가 우리 옆집에 살았다. 나는 열린 문을 통해 그를 불렀다. "그리프 씨, 할아버지 보셨어요?"

이발사가 셔츠 차림으로 나왔다.

내가 말했다. "제일 좋은 조끼를 입고 계셨대요." 그게 중요한 건지는 모르겠지만, 할아버지는 밤에만 조끼를 입었다.

"할아버지가 랜스티팬에 가셨었니?" 그리프 씨가 불안한 목소리로 물었다.

"어제 저랑 작은 마차로 다녀오셨는데요." 내가 말했다.

그리프 씨가 황급히 안으로 들어갔고, 웨일스어로 말하는 소리가 들렸다. 그는 하얀 외투에 색색의 줄무늬 지팡이를 들고 다시 나왔다. 그는 마을 거리를 성큼성큼 걸어갔고, 나는 그를 따라 달렸다.

그가 양복점 앞에 멈추더니 이렇게 외쳤다. "댄!" 그러자 더비 햇을 쓴 인디언 사제처럼 앉아 있던 댄 테일러가 창가에서 일어났다. "다이 토머스[H]가 조끼를 입고 있었다고 하는군." 그리프 씨가 말했다. "그리고 랜스티팬에도 다녀오셨고."

댄 테일러가 외투를 찾는 동안 그리프 씨는 계속 걸었다. "윌 에반스." 그가 목공소 앞에서 불렀다. "다이 토머스가 랜스티팬에 다녀오셨는데, 조끼를 입고 있었다는군."

"모건에게는 제가 전할게요." 목수 아내가 망치와 톱질 소리로 요란한 어두운 목공소 안에서 말했다.

우리는 푸줏간과 프라이스 씨 집에도 들렀고, 그리프 씨는 마치 옛 관원처럼 같은 말을 되풀이했다.

우리는 존스타운 광장에 모두 모였다. 댄 테일러는 자전거를 가져왔고, 프라이스 씨는 조랑말 마차를 타고 나왔다. 그리프 씨, 푸줏간 주인, 목수 모건과 나는 흔들거리는 마차에 올라탔고, 우리 모두는 카마던 시내로 향했다. 양복장이는 앞장서서 불이 났거나 도둑이 든 것처럼 종을 울렸고, 길 끄트머리 오두막 앞에 서 있던 노파는 공격당한 암탉처럼 안으로 뛰어 들어갔다. 또 다른 여자는 밝은색 손수건을 흔들었다.

"어디로 가는 건가요?" 내가 물었다.

할아버지의 이웃들은 교외 장날 검정 모자와 외투 차림으로 모인 노인들처럼 엄숙했다. 그리프 씨는 고개를 저으며 한탄했다. "다이 토머스가 또 이럴 줄 몰랐군."

"지난번에도 그랬는데 말이오." 프라이스 씨가 슬픈 목소리로 말했다.

우리는 종종걸음으로 컨스티튜션 힐을 올라갔다가 라마스 스트리트로 내려갔다. 양복장이는 계속 종을 울렸고, 개 한 마리가 그의 자전거 앞에서 돼지처럼 꽥꽥거리며 내달렸다. 토위 강 교각으로 향하는 자갈길을 따각따각 지나갈 때는 밤마다 할아버지가 침대를 흔들고 벽을 울리며 요란하게 돌아다니셨던 모습이 떠올랐고, 당신의 화려한 조끼와 촘촘한 머리카락, 촛불 속에서 웃던 모습이 머릿속에 허깨비처럼 그려졌다. 앞장서던 양복장이가 안장 위에서 그대로 몸을 돌리자 자전거가 휘청거리며 끼이익 멈췄다. "다이 토머스가 보여요!" 그가 외쳤다.

마차가 다리 위로 달려갔고, 거기 할아버지가 보였다. 조끼 단추가 햇볕에 반사되었다. 할아버지는 일요일에 입는 꼭 맞는 검은 바지에 다락 벽장에서 본 먼지 쌓인 높다란 모자를 쓰고, 오래 된 가방을 들고 있었다. 할아버지는 우리를 향해 고개 숙여 인사를 했다. "안녕하시오, 프라이스 씨, 그리프 씨, 모건 씨, 에반스 씨." 그리고 내게 이렇게 말했다. "안녕, 애야."

그리프 씨가 색색의 지팡이로 할아버지를 가리켰다.

"그런데 한낮에 카마던 다리에서 지금 뭘 하고 계시는지요?" 그는 엄중하게 말했다. "제일 좋은 조끼에 낡은 모자까지 쓰시고요?"

할아버지는 답하지 않고 얼굴을 강바람 쪽으로 숙였고, 턱수염은 말할 때처럼 이리저리 춤추고 펄럭였다. 할아버지는 코러클[1]을 탄 뱃사람들이 강가에서 거북이처럼 움직이는 것을 보고 있었다.

그리프 씨가 색색의 이발사 지팡이를 치들었다. "그리고 어딜 가시는 겁니까? 오래 된 검은 가방을 들고?"

할아버지가 말했다. "랭거독에 묻히러 가고 있소." 그리고는 조가비 모양 코러클이 물속으로 가볍게 미끄러져 들어가는 모습과 물고기 가득한 강물 위에서 갈매기들이 프라이스 씨처럼 비통한 목소리로 불평하는 것을 보고 있었다.

"하지만 아직 돌아가시지 않았잖습니까, 다이 토머스."

할아버지는 잠시 생각하더니 이렇게 말했다. "하지만 랜스티팬에 죽어 누워 있는 건 의미가 없소. 랭거독 땅이 편하거든. 다리를 바다 속에 넣지 않고도 움직일 수 있어."

이웃들이 할아버지에게 가까이 다가가 이렇게 말했다.

"토머스 씨, 아직 돌아가시지 않았어요!"

"그럼 어떻게 묻히시려고요?"

"랜스티팬에서 토머스 씨를 묻을 사람은 아무도 없어요!"

"집으로 갑시다, 토머스 씨!"

"차에 맛난 맥주를 넣어드릴게요!"

"케이크도 드릴게요!"

하지만 할아버지는 다리 위에 꼼짝 않고 서서 가방을 옆구리에 낀 채 흘러가는 강물과 하늘을 뚫어지게 응시했다. 아무 의심도 없는 예언자처럼.

패트리시아, 이디스, 그리고 아놀드[A]

눈에 보이지 않는 기관차, 바퀴가 눈부시게 반짝이는 '쿰돈킨 특급열차', 새들에게 던져준 빵조각이 흩어져 있고, 어제 내린 눈이 하얗게 쌓여 있는 작은 뒷마당의 어느 추운 오후, 입김처럼 가늘고 하얀 연기가 피어나는 기차에 탄 작은 소년은 빨랫줄 아래를 지나 세탁실 정거장에서 개 밥그릇을 걷어찬 뒤 더 천천히 칙칙폭폭 소리를 내면서 달렸다. 하녀는 장대를 낮추고 널어놓은 옷가지를 걷느라 겨드랑이의 갈색 자국이 드러났고, 담장 너머로 누구를 불렀다. "이디스, 이디스, 이리 와봐. 도움이 필요해."

이디스가 담장 반대편에서 통 두 개를 밟고 올라서서 답했다. "나 여기 있어, 패트리시아." 그녀의 머리가 깨진 유리 위로 쑥 올라왔다.

소년은 '하늘을 나는 웨일스인' 호를 세탁실에서 석탄 투입구의 열린 문 쪽으로 후진시킨 뒤 주머니에 꽂고 있던 망치를 브레이크처럼 세게 당겼다. 제복을 입은 조수들이 연료를 갖고 달려 나왔다. 소년은 경례를 붙이는 기관사에게 말을 걸었고, 기관차는 고양이가 싫어하는 가시 돋친 중국의 성벽을 돌아 개수대의 얼어붙은 강 옆을 지나 석탄 투입구 굴로 들어갔다 나왔다. 하지만 소년은 끼익거리고 뻑뻑거리는 와중에도 내내 귀를 기울여 패트리시아와 옆집 루이스 부인의 하녀가 일할 시간에 수다를 떨며, 소년의 어머니를 T 부인이라고 부르고, L 부인에게 무례한 말을 하는 대화를 엿듣고 있었다.

소년은 패트리시아가 이렇게 말하는 소리를 들었다. "T 부인은 6시까지 돌아오지 않을 거야."

그러자 옆집 이디스가 이렇게 답했다. "할망구 L 부인은 니스Neath에 로버트 씨를 찾으러 갔어."

"로버트 씨가 또 바람을 피운대." 패트리시아가 속삭였다.

"바람, 바다, 바위!" 소년이 석탄 투입구에서 소리를 질렀다.

"얼굴 더럽히면 죽여 버린다!" 패트리시아가 건성으로 말했다.

패트리시아는 소년이 석탄 더미에 기어오를 때 막지 않았다. 소년은 꼭대기에 말없이 서서 머리가 지붕에 닿는 '석탄 성의 왕'이 되어 소녀들의 염려스러운 목소리를 듣고 있었다. 패트리시아는 거의 울다시피 했고, 이디스는 불안한 통 위에서 흐느끼고 흔들거리고 있었다. "나 석탄 꼭대기에 서 있다!" 소년은 이렇게 외치고 패트리시아가 화내기를 기다렸다.

패트리시아가 말했다. "난 그 사람 보고 싶지 않아. 너 혼자 가."

"무슨 소리야. 함께 가야 돼." 이디스가 말했다. "나도 알아야겠어."

"난 알고 싶지 않아."

"도저히 견딜 수가 없어, 패트리시아. 너랑 나랑 꼭 같이 가야 돼."

"너 혼자서 가. 그 사람이 널 기다리고 있잖아."

"제발, 패트리시아!"

"나 석탄 위에 엎드려 있다!" 소년이 외쳤다.

"아냐. 오늘은 네가 그 사람을 만나는 날이잖아. 난 알고 싶지 않아. 난 그냥 그 사람이 날 사랑한다고 생각하고 싶어."

"세상에. 말이 되는 소리를 해, 패트리시아! 갈 거야, 안 갈 거야? 그 사람이 뭐라고 하는지 들어봐야겠어."

"그럼 좋아. 삼십 분 뒤에 갈게. 담장 너머로 부를게."

"어서 오는 게 좋을 걸!" 소년이 외쳤다. "내가 얼마나 더러워졌는지 하느님도 모르실 거야!"

패트리시아가 석탄 투입구로 달려갔다. "말조심해야지! 냉큼 거기서 나와!" 그녀가 말했다.

통이 미끄러지기 시작하더니 이디스가 사라졌다.

"그런 말 다신 하지 마. 어머! 옷이 이게 뭐야!" 패트리시아는 소년을 데리고 안으로 들어갔다.

패트리시아는 자기가 보는 앞에서 소년에게 옷을 갈아입으라고 했다. "안 그러면 알 수 없으니까." 소년은 바지를 벗고 패트리시아 주위를 뛰어다니면서 춤을 췄다. "날 봐, 패트리시아!"

"점잖게 굴어." 패트리시아가 말했다. "아님 공원에 안 데리고 갈 거야."

"그럼 나도 공원에 가?"

"그래. 우리 모두 공원에 갈 거야. 너랑 나랑 옆집 이디스랑."

소년은 패트리시아의 기분을 건드리지 않으려고 옷을 말쑥하게 차려입었고, 손에 침을 뱉어 머리 가르마를 탔다. 패트리시아는 소년이 말이 없어지고 고분고분해진 것을 알아채지 못했다. 그녀는 큼지막한 두 손을 맞잡고 가슴에 단 흰 브로치를 내려다보고 있었다. 그녀는 크고 우람했고, 손은 투박했고, 손가락은 발가락 같았고, 어깨는 남자처럼 넓었다.

"나 만족스러워?" 소년이 물었다.

"어려운 말을 쓰네." 패트리시아가 귀엽다는 듯 쳐다보았다. 그리고 소년을 안아 서랍장 위에 앉혔다. "이제 키가 나만큼 크네."

"하지만 나이는 그렇게 많지 않아." 소년이 말했다.

소년은 이런 오후에는 무슨 일이라도 생길 거라는 걸 알고 있었다. 쟁반 썰매를 탈 수 있을 만큼 눈이 올 수도 있고, 아메리카에 사는 숙부는 없지만 그곳에서 숙부가 권총을 들고 세인트버나드를 데리고 찾아올 수도 있고, 퍼거슨의 가게에 불이 나서 선물 꾸러미들이 죄다 나뒹굴 수도 있었다. 소년은 패트리시아가 검고 곧은 머리칼의 무거운 머리를 그의 어깨에 기대고 옷깃에 "아놀드, 아놀드 매튜스"라고 속삭일 때도 놀라지 않았다.

"괜찮아, 괜찮아." 소년은 이렇게 말하면서 손가락으로 그녀의 가르마를 갈라주었고, 그녀의 등 뒤에 걸려 있는 거울을 바라보며 눈을 찡긋한 뒤 그녀의 드레스 등을 내려다보았다.

"울고 있어?"

"아니."

"울잖아. 젖은 게 느껴져."

패트리시아는 소맷부리로 눈을 닦았다. "내가 울었다는 말 하지 마."

"다 말할 거야. T 부인과 L 부인에게 말할 거야. 경찰과 이디스와 아버지와 채프먼 씨에게 패트리시아가 암염소처럼 내 어깨에 기대서 울었다고 말할 거야. 두 시간 동안, 주전자를 채울 정도로 눈물을 흘렸다고 말할 거야. 아니, 그러지 않을 게." 소년이 말했다.

*

소년과 패트리시아와 이디스가 공원으로 출발하자마자 눈이 내리기 시작했다. 커다란 눈송이가 갑자기 바위투성이 언덕에 떨어졌고, 오후 세 시밖에 안 되었는데도 하늘은 해질녘처럼 어둑어둑했다. 첫 눈송이가 떨어지자 한 남자아이가 주택가 뒤 공동농장 어딘가에서 소리를 질렀다. 오키 에반스 부인은 스프링미드의 꼭대기 퇴창을 열고 눈송이를 잡아보려는 듯 머리와 손을 내밀었다. 소년은 패트리시아가 "어서 돌아가자! 눈이 와!"라고 말하기를, 또 소년의 발이 젖기 전에 안으로 데리고 들어가기를 잠자코 기다렸다. 그는 언덕 위에서 생각했다. '패트리시아가 눈을 보지 못한 모양이네'라고. 눈이 펑펑 쏟아져 그녀의 얼굴에 들러붙고 검은 모자에 쌓일 정도였는데도 모르다니. 모퉁이를 돌아 공원으로 이어지는 길로 접어들었을 때, 소년은 패트리시아가 너무 깊은 생각에 잠겨 있어 감히 말도 꺼내지 못했다. 소년은 모자를 벗고 입으로 눈을 받아먹다가 뒤처졌다.

"모자 써." 패트리시아가 돌아서며 말했다. "감기 걸려서 고생하고 싶니?"

패트리시아는 소년의 머플러를 외투 속으로 여며준 뒤 이디스에게 말했다. "눈이 오는데 그 사람이 와 있을 것 같아? 와 있을 거야, 그렇지? 나랑 만나는 수요일에는 비가 오든 눈이 오든 항상 왔으니까." 패트리시아의 코끝이 빨개졌고, 뺨은 난로 속 석탄처럼 빛났고, 그녀의 얼굴은 눈 속에서 더 예뻐 보였다. 젖은 이마에 머리카락이 들러붙고 등에 땀자국이 나는 여름보다 더.

"올 거야." 이디스가 말했다. "언젠가 금요일엔 눈이 쌓이고 있었는데도 왔어. 달리 갈 곳도 없으니까 항상 와. 불쌍한 아놀드!" 털 달린 외투를 입은 이디스는 하얗고 단정해 보였고, 키는 패트리시아의 절반밖에 안 되어 보였다. 그녀는 장을 보러 나서듯 깊이 쌓인 눈을 헤치면서 걸었다.

"놀랄 일이 끝이 없네." 소년은 큰 소리로 중얼거렸다. 그가 눈 속을 걷도록 내버려둔 패트리시아나, 다 큰 여자 둘을 따라 혼자 눈보라 속을 걷고 있는 것이나. 소년은 길에 털퍼덕 주저앉았다. "나 썰매 탔다." 그가 말했다. "나 끌어줘, 패트리시아. 에스키모처럼 끌어줘."

"어서 일어나, 요놈아. 안 그러면 집에 데려갈 거야."

소년은 패트리시아의 그 말이 진심이 아님을 알고 있었다. "예쁜 패트리시아, 아름다운 패트리시아." 그가 말했다. "엉덩이 대고 있을 테니까 끌어줘."

"또 지저분한 소리 하면 누구한테 이를지 알지."

"아놀드 매튜스지." 소년이 말했다.

패트리시아와 이디스가 바짝 붙어 섰다.

"모르는 게 없다니까." 패트리시아가 속삭였다.

이디스가 말했다. "너네 집에서 일 안 하는 게 다행이야."

"오!" 패트리시아가 소년의 손을 잡더니 자기 팔에 꼭 붙이면서 말했다. "온 세상을 다 준대도 얘랑 바꾸지 않을 거야!"

소년은 자갈길을 달려 공원 윗길에 들어섰다. "난 버릇이 없어!" 소년이 외쳤다. "난 버릇이 없어! 패트리시아가 버릇을 망쳐놓았거든!"

*

곧 공원이 온통 하얗게 변했다. 저수지와 샘물 주위 나무들은 이미 흐릿해져 보이지 않았고, 금작화 언덕 위 전문학교는 구름에 가려져 있었다. 패트리시아와 이디스는 쉼터를 향해 가파른 길을 내려갔다. 출입금지 풀밭으로 뒤따라가던 소년은 쑥 미끄러지면서 그들을 지나쳐 곧바로 맨 덤불 속에 고꾸라졌고, 구르고 가시에 찔려 악을 썼지만 다행히 다친 데는 없었다. 이제 소녀들은 슬픈 목소리로 이런저런 이야기를 나누고 있었다. 그들은 아무도 없는 쉼터에서 외투를 털고 앉을 자리의 눈을 치운 뒤 볼링 클럽 창문 밖에 서로 바짝 붙어 앉았다.

"겨우 시간에 맞춰 왔네." 이디스가 말했다. "눈이 오면 시간 맞추기가 힘들어."

"여기서 놀아도 돼?"

패트리시아가 고개를 끄덕였다. "그럼 조용히 놀아. 눈 많이 묻히지 말고."

"눈이다! 눈! 눈!" 그는 이렇게 말하고, 도랑에서 눈을 퍼서 작은 공을 만들었다.

"어쩌면 일자리를 찾았을지도 모르지." 패트리시아가 말했다.

"아놀드가 그럴 리 없어."

"만약에 끝까지 안 오면 어쩌지?"

"올 거야, 패트리시아. 그런 말 하지 마."

"편지 가져왔어?"

"가방에 있어. 넌 몇 통이야?"

"몰라. 넌 몇 통 있어, 이디스?"

"세어보지 않았어."

"편지 하나 보여줘 봐." 패트리시아가 말했다.

소년은 이제 그들의 대화에 익숙해졌다. 텅 빈 쉼터에 모여 아무것도 아닌 일로 울어대는 늙고 정신 나간 여자들 같았다. 패트리시아는 편지를 읽으며 입술을 움직였다.

"나한테도 그렇게 말했는데. 내가 자기 별이라고." 패트리시아가 말했다.

"'내 사랑에게'라고 시작했고?"

"항상 그랬어. '내 사랑에게.'"

이디스는 진짜 크게 울음을 터뜨렸다. 눈덩이를 들고 있던 소년은 이디스가 자리에서 몸을 뒤흔들며 패트리시아의 눈 덮인 외투에 얼굴을 파묻는 것을 보았다.

패트리시아는 이디스를 토닥이며 진정시켰고, 머리를 쓰다듬어주면서 말했다. "오면 내가 한 마디 해줄게!"

언제 누가 온다는 거지? 소년은 소리 없이 내리는 눈을 향해 눈덩이를 높이 던졌다. 쥐죽은 듯 고요한 공원에서 이디스의 울음소리는 휘파람소리처럼 가늘고 또렷했고, 소년은 혹 낯선 사람이나, 허벅지까지 올라오는 부츠를 신은 남자나, 업랜스^B에 사는 놀리기 좋아하는 더 큰 아이가 지나가면 이 울보 여자들을 모른 체하려고 멀찌감치 서서 테니스코트 철망에 눈을 쌓았고, 빵 만드는 제빵사처럼 눈 속에 손을 밀어 넣었다. 눈을 파내고 빚어 빵 덩이를 만든 소년이 "신사숙녀 여러분, 이렇게 되는 겁니다"라고 중얼거리고 있는데, 이디스가 고개를 들며 말했다. "패트리시아, 약속해줘. 그 사람에게 화내지 마. 우리 모두 입 다물고 사이좋게 지내자."

"우리 둘 다 '내 사랑에게'라고 부르면서 말이지." 패트리시아가 화를 내며 말했다. "그 사람이 네 신발을 벗기고, 네 발가락을……"

"아니, 아니, 그만해. 그런 말 하지 마, 그러지 마!" 그러더니 자신의 뺨에 손가락을 대며 말했다. "맞아, 그랬어."

"누가 이디스의 발가락을 잡아당겼대요." 소년은 중얼중얼 혼잣말을 하면서 깔깔 웃으면서 쉼터 건너편으로 달려갔다. "이디스가 장에 갔대요." 소년은 소리 내어 웃다가 한쪽 구석에 외투도 걸치지 않고 앉아 손을 모아 호호 불고 있는 청년을 보고 우뚝 멈춰섰다. 청년은 흰 머플러와 체크 모자를 쓰고 있었다. 그는 소년을 보더니 모자를 눌러 썼다. 그의 손은 새파랗게 질려 있었고, 손가락 끝은 노랬다.

소년은 패트리시아에게 달려갔다. "패트리시아, 저기 누가 있어!" 그가 이렇게 외쳤다.

"어디 있어?"

"쉼터 건너편에. 외투도 안 입고 손을 이렇게 불고 있어."

이디스가 벌떡 일어났다. "아놀드야!"

"아놀드 매튜스, 아놀드 매튜스, 올 줄 알았어!" 패트리시아는 쉼터 건너편을 향해 이렇게 외쳤고, 한참 뒤 청년은 모퉁이에서 모자를 들고 웃으면서 나타나더니 나무 기둥에 기대섰다.

그의 미끈한 파란 정장 바지는 끝단 쪽이 넓었다. 어깨는 높고 단단했고, 양 끝이 솟아 있었다. 뾰족코 인조가죽 구두가 반짝였다. 가슴 호주머니에는 붉은 손수건이 꽂혀 있었다. 눈을 맞고 있었던 게 아니었다.

"너희 둘이 어쩐지 서로 알 것 같더라니!" 눈이 붉어진 두 소녀, 그리고 눈덩이를 호주머니에 가득 채운 채 패트리시아 옆에 꼼짝 않고 서서 입을 딱 벌리고 있는 소년을 바라보며 그는 큰 소리로 이렇게 말했다.

패트리시아가 머리를 흔들자 모자가 한쪽 눈가로 내려왔다. 그러더니 모자를 고쳐 쓰며 이렇게 말했다. "이리 와서 여기 앉아 봐, 아놀드 매튜스. 우리가 묻는 말에 대답 좀 해줘야 되겠어!" 빨래하는 날의 목소리였다.

이디스가 패트리시아의 팔을 꽉 잡았다. "오! 패트리시아, 약속했잖아." 그녀가 손수건 가장자리를 만지작거렸다. 눈물 한 방울이 뺨을 타고 흘러내렸다.

그때 아놀드가 부드럽게 말했다. "저 꼬마는 다른 데 가서 놀라고 해."

소년은 쉼터를 한 바퀴 돌고 왔고, 이디스가 이렇게 말하는 소리를 들었다. "팔꿈치에 구멍이 났네, 아놀드." 청년은 발치 아래 눈을 차면서 여자들 머리 뒷벽에 새겨진 온갖 이름과 하트들을 빤히 쳐다보고 있었다.

"수요일엔 누구랑 만났어?" 패트리시아가 물었다. 뭉툭한 두 손은 이디스의 편지를 눈 묻은 가슴골에 꼭 붙여 들고 있었다.

"너지, 패트리시아."

"금요일엔 누구랑 만났어?"

"이디스랑 만났어, 패트리시아."

그가 소년에게 말했다. "이봐, 꼬마야. 축구공만큼 큰 눈덩이 만들 수 있어?"

"응. 축구공 두 개만큼 큰 것도 만들어."

아놀드가 이디스를 돌아보며 이렇게 말했다. "패트리시아 데이비스를 어떻게 알게 됐어? 넌 브린밀에서 일하잖아."

"나 쿰돈킨에서 일하기 시작했어." 이디스가 말했다. "그 사이에 널 못 만나서 말 못했어. 오늘 말하려고 했는데 알게 된 거야. 어떻게 그럴 수가 있니, 아놀드? 내가 쉬는 날은 나를 만나고, 패트리시아는 수요일에 만나고."

눈뭉치는 작은 눈사람이 되어 있었다. 삐딱하고 지저분한 머리, 나뭇가지가 더덕더덕한 얼굴, 소년의 모자를 뒤집어쓰고 담배처럼 연필을 문 눈사람.

"상처 줄 생각은 없었어." 아놀드가 말했다. "난 너희 둘 다 사랑해."

이디스가 소리를 질렀다. 소년은 깜짝 놀라 벌떡 일어났고, 눈사람은 허리가 끊어지며 무너졌다.

"거짓말하지 마. 어떻게 둘 다 사랑할 수 있어?" 이디스는 아놀드를 향해 가방을 흔들어대며 울었다. 가방이 열렸고, 편지 한 뭉치가 눈 위에 떨어졌다.

"그 편지 주울 생각 하지 마!" 패트리시아가 말했다.

아놀드는 꼼짝하지 않았다. 소년은 무너진 눈사람 속에서 연필을 찾고 있었다.

"한 사람만 선택해, 아놀드 매튜스. 여기서 당장."

"패트리시아야 나야." 이디스가 말했다.

패트리시아는 등을 돌렸다. 이디스는 입 벌린 가방을 들고 가만히 서 있었다. 눈보라에 날린 편지 한 통의 첫 장이 허공에 펄럭였다.

"너희 둘 다," 그가 말했다. "다들 너무 흥분했어. 앉아서 이야기하자. 그렇게 울지 마, 이디스. 여러 여자 좋아하는 남자들은 수없이 많아. 너희도 책에서 항상 그런 이야기를 읽고 있잖아. 기회를 줘, 이디스. 착하지."

패트리시아는 벽에 새겨진 하트와 화살과 이름들을 보고 있었다. 이디스는 편지지가 돌돌 말리는 것을 보고 있었다.

"너야, 패트리시아." 아놀드가 말했다.

패트리시아는 여전히 아놀드를 등지고 있었다. 이디스가 소리를 지르려고 입을 벌린 순간, 아놀드가 입술에 손가락을 대며 조용히 하라는 시늉을 했다. 그는 패트리시아가 듣지 못하게 조용히 입술로 속삭였다. 소년은 아놀드가 이디스를 달래고 약속하는 것을 보았고, 이디스는 다시 고함을 지르고 쉼터를 달려 나가 오솔길을 내려갔다. 그녀가 멘 가방이 연신 그녀의 옆구리를 치고 있었다.

"패트리시아." 아놀드가 말했다. "돌아서서 날 봐. 이 말을 꼭 하려고 했어. 널 선택하겠어, 패트리시아."

소년은 무너진 눈사람 위로 허리를 숙여 눈사람의 머리를 꿰뚫은 연필을 찾았다. 몸을 일으켰더니 패트리시아와 아놀드가 팔짱을 끼고 있었다.

눈이 소년의 주머니 속으로 들어왔고, 신발 속에서 녹았고, 옷깃 속으로 흘러들어 조끼 안으로 들어왔다. "이 꼴이 뭐니." 패트리시아가 소년에게 달려와 손을 잡았다. "흠뻑 젖고 있잖아."

"눈 좀 맞은 것뿐이야." 쉼터에서 갑자기 혼자가 된 아놀드가 말했다.

"눈 좀이라니! 애가 얼음장처럼 차갑고 발이 스펀지처럼 되었잖아! 당장 집으로 가자!"

셋은 산책로 윗길을 따라 올라갔다. 패트리시아의 발자국은 점점 쌓이는 눈 속에 말 발자국처럼 큼지막하게 남았다.

"저기 봐, 우리 집이 보여. 지붕이 하얘졌어!"

"어서 가자, 아가."

"난 밖에서 아놀드 매튜스처럼 생긴 눈사람을 만들고 싶은데."

"그런 소리 마! 어머니가 기다리고 계실 거야. 집에 가야 해."

"아냐. 어머니는 로버트 씨랑 바람피우러 가셨어. 바람, 바다, 바위!"

"어머니가 파트리지 부인이랑 장보러 가신 걸 잘 알잖아. 못된 거짓말하면 안 돼."

"뭐, 아놀드 매튜스도 거짓말했잖아. 이디스보다 널 더 사랑한다고 하고선 네 뒤에선 이디스한테 속삭였는걸."

"맹세코 안 그랬어, 패트리시아. 난 이디스를 절대 사랑하지 않는다고!"

패트리시아가 걸음을 멈췄다. "이디스를 사랑하지 않아?"

"그래. 말했잖아, 너라고. 이디스를 절대 사랑하지 않아." 그가 말했다. "거 참 재수 없는 하루군! 내 말 못 믿어? 너라고, 패트리시아. 이디스는 아무것도 아니야. 그냥 만난 것뿐이지. 항상 공원에 가니까."

"하지만 이디스한테 사랑한다고 했잖아!"

소년은 두 사람 사이에서 어찌할 줄 몰랐다. 패트리시아는 왜 이렇게 화를 내면서 정색할까? 그녀의 얼굴이 새빨개졌고, 눈은 번득였다. 가슴도 들썩들썩했다. 스타킹에 난 구멍 사이로 긴 검은 털이 보였다. 패트리시아의 다리가 자신의 허리만큼 굵다고 생각했다. 춥다. 차를 마시고 싶다. 바지 속으로 눈이 들어왔다.

아놀드는 천천히 뒷걸음질 치며 길을 내려갔다. "그렇게 안 했으면 이디스가 가지 않았을 테니까. 그럴 수밖에 없었어, 패트리시아. 이디스가 어떤지 봤잖아. 이디스는 싫어. 맹세해!"

"빵! 빵!" 소년이 외쳤다.

패트리시아가 아놀드를 때리기 시작했다. 머플러를 잡아당기고, 팔꿈치로 가격했고, 아놀드를 길에 고꾸라뜨린 뒤 목청껏 외쳤다. "이디스에게 거짓말하는 법을 알려주겠어! 이 돼지 같은 놈! 이 속이 시커먼 놈! 이디스의 마음을 아프게 하는 법을 알려주겠어!"

그는 뒤로 쓰러지면서 패트리시아의 주먹질로부터 얼굴을 막았다. "패트리시아, 패트리시아. 때리지 마! 사람들이 보잖아!"

아놀드가 쓰러질 때 우산을 쓴 여자 둘이 덤불 뒤에서 눈보라를 뚫고 그 광경을 지켜보고 있었다.

패트리시아가 아놀드 앞에 버티고 섰다. "넌 이디스에게 거짓말을 했고, 내게도 거짓말을 할 참이었어." 그녀가 말했다. "일어나, 아놀드 매튜스!"

그는 일어나서 머플러를 고쳐 맸고, 붉은 손수건으로 눈을 닦고는 모자를 들어 인사한 뒤 쉼터로 걸어갔다.

"그리고 당신들 말인데," 패트리시아가 구경꾼 여자들에게 소리쳤다. "부끄러운 줄 알아요! 늙은 여자 둘이서 눈을 맞으며 놀다니!"

그들은 덤불 뒤로 몸을 숨겼다.

패트리시아와 소년은 손을 잡고 오르막길을 다시 올라갔다.

"눈사람 옆에 모자를 두고 왔어." 소년이 말했다. "토트넘 컬러가 들어간 모자야."

"어서 달려가 봐." 패트리시아가 말했다. "어차피 흠뻑 젖었으니까."

소년은 눈 밑에 절반쯤 묻혀 있는 모자를 찾았다. 아놀드가 쉼터 구석에 앉아 이디스가 떨어뜨린 젖은 편지를 한 장씩 천천히 넘기며 읽고 있었다. 그는 소년을 보지 못했고, 기둥 뒤에 있던 소년은 그를 방해하지 않았다. 아놀드는 모든 편지를 찬찬히 읽었다.

"모자 찾는 데 오래도 걸렸네." 패트리시아가 말했다. "그 사람 봤니?"

"아니." 소년이 말했다. "가고 없어."

집으로 돌아온 뒤, 패트리시아는 따뜻한 거실에서 소년에게 옷을 갈아입게 했다. 손에 난롯불을 쬐었더니 곧 손이 아프기 시작했다.

"손에 불이 붙은 것 같아." 소년이 패트리시아에게 말했다. "발가락이랑, 얼굴도."

패트리시아는 소년을 달래주면서 이렇게 말했다. "자, 이제 낫지. 아픈 건 사라졌어. 금방 기분이 좋아질 거야." 그녀는 거실에서 바쁘게 움직였다. "우리 모두 오늘 실컷 울었네."

싸움^A

나는 아래쪽 운동장 끝에 서서 높다란 철책 바로 아래 사는 새뮤얼스 씨에게 약을 올리고 있었다. 새뮤얼스 씨는 학생들이 자기 침실 창문으로 사과나 돌멩이나 공을 던진다고 일주일에 한 번씩 불평했다. 그는 작은 네모 모양의 잘 가꾼 정원에서 접의자에 앉아 신문을 읽으려던 참이었다. 나와 그의 사이는 불과 몇 미터였다. 나는 그를 노려보며 그의 화를 돋우고 있었다. 그는 날 모른 척했지만, 난 알고 있었다. 내가 거기 무례하게 조용히 서 있는 걸 그가 안다는 걸. 그는 이따금 신문 너머로 날 훔쳐보았고, 내가 꼼짝 않고, 심각하게, 홀로 자신을 관찰하는 것을 보고 있었다. 그가 평정심을 잃는 순간, 집으로 돌아가려고 했다. 이미 식사 시간에 늦었다. 신문이 부르르 떨리더니 그가 숨을 몰아쉬었고, 내가 다 이긴 판이었는데 갑자기 낯선 아이가 소리 없이 다가오더니 나를 비탈 아래로 밀쳤다.

나는 그 아이의 얼굴에 돌을 던졌다.^A 아이는 안경을 벗어 외투

주머니에 넣은 뒤, 외투를 벗어 철책에 단정하게 걸어두더니 나를 공격하기 시작했다. 비탈 위에서 씨름을 하며 돌다가 새뮤얼스 씨가 신문을 접고 우리를 구경하려고 접의자에서 일어나는 것을 보았다. 돌아본 것이 실수였다. 낯선 아이가 내 뒤통수를 두 번 쳤다. 내가 쓰러지면서 철책에 부딪치자 새뮤얼스 씨가 흥분해서 펄쩍뛰었다. 나는 온몸이 달아올라 여기저기 긁힌 채 입술을 깨물며 흙바닥에 쓰러졌다가 다시 일어나 날뛰었다. 그 아이의 배를 머리로 들이받은 뒤 한 무더기가 되어 같이 쓰러졌다. 감기는 눈 사이로 그 애가 코피를 흘리는 것이 보였다. 나는 그 애의 코를 쳤다. 그 애는 내 옷깃을 잡아 찢었고, 머리를 잡아 홱 돌렸다.

"잘 한다! 잘 해!"새뮤얼스 씨가 외치는 소리가 들렸다.

우리 둘은 그를 향해 돌아섰다. 그는 정원에서 주먹을 휘두르며 이리저리 움직이고 있었다. 우리를 보고 멈추더니 헛기침을 하고 파나마모자를 고쳐 쓴 뒤 우리 시선을 피해 등을 돌려 느릿느릿 접의자로 돌아갔다.

우리 둘 다 그에게 돌을 던졌다.

"언젠가 저 사람에게 '잘 한다!'가 뭔지 보여주겠어."새뮤얼스 씨의 고함소리를 뒤로 하고 놀이터를 따라 달려 언덕으로 향하는 계단을 내려갈 때 그 애가 말했다.

우리는 함께 집으로 갔다. 나는 그 아이의 코를 유심히 쳐다보았다. 그는 내 눈이 수란처럼 변해서 온통 까맣다고 했다.

"이렇게 피를 많이 본 건 처음이야." 내가 말했다.

그는 내가 웨일스에서 가장 시커멓게 멍든 눈을 가졌다고, 어쩌면 유럽에서 최고일 거라고 했다. 권투선수 튜니[B]도 그렇게 눈이 멍든 적은 없었을 거라고 장담했다.

"네 셔츠도 온통 피투성이야."

"가끔 핏덩어리가 나올 때도 있어." 그가 말했다.

우리는 월터스 로드에서 고등학교 여학생 무리와 마주쳤다. 나는 모자챙을 뒤로 젖혔고, 엄청 부은 눈이 그들의 시선을 끌기를 바랐다. 그는 코트를 젖혀 핏자국을 자랑하며 걸었다.

*

식사 시간 내내 나는 불량배이자 폭력배처럼, 또 샌드뱅크스[C] 출신처럼 비행 청소년 행세를 했고, 그리고 좀 더 존경받아야 한다는 생각에 튜니처럼 아무 말 없이, 사고 푸딩[D]을 앞에 놓고 앉아 있었다. 그날 오후, 나는 한쪽 눈가리개를 하고 학교에 갔다. 만약 검은색 실크로 삼각대를 만들어 다친 팔을 끼우고 갔다면 내 누이가 읽던 책, 나도 밤에 등을 켜놓고 몰래 이불 밑에서 읽은 책에 나오는 부상당한 선장마냥 의기양양했을 것이다.

가는 길에 부모가 돈을 내지 않아도 되는 하급학교에 다니는 아이가 나를 보더니 걸걸한 어른 목소리로 "애꾸눈!"이라고 불렀다.

나는 개의치 않고 휘파람을 불며 걸었고, 성한 한쪽 눈으로는, 모욕에 아랑곳 않고, 테라스 로드 위를 날고 있는 여름 구름을 바라보았다.

수학 선생님이 말했다. "뒷자리 토머스 군의 시력이 약해졌군요. 하지만 숙제를 하느라 그런 거겠죠, 제군들?"

내 옆의 길버트 리스가 가장 크게 웃었다.

"학교 끝나고 다리를 분질러주겠어!" 내가 말했다.

그는 절뚝거리며, 울부짖으며 교장선생님 방을 찾아갈 것이다. 학교에 정적이 흐를 것이다. 급사가 쟁반에 쪽지를 담아 올 것이다. "교장선생님이 칭찬하셨습니다. 당장 오시겠습니까?"

"어떻게 이 아이의 다리를 부러뜨리게 되었나?"

"오! 빌어먹을, 아파 죽겠어요!" 길버트 리스가 외칠 것이다.

"조금 비튼 것뿐입니다." 나는 그렇게 말할 것이다. "저도 제가 그렇게 힘이 센지 몰랐습니다. 사죄합니다. 하지만 염려하실 것 없습니다. 제가 다리를 맞춰드리죠." 재빨리 손을 쓰자 뼈가 맞아들어갔다. "토머스 박사님, 분부대로 하겠습니다." 리스 부인이 무릎을 꿇을 것이다.

"어떻게 감사드리죠?"

"아무것도 아닙니다, 부인. 저 애 귀를 날마다 씻어주십시오. 회초리는 다 던져버리세요. 붉은색 잉크와 초록색 잉크를 하수구에 부어버리세요."

트로터 선생님의 드로잉 수업에서 우리는 벌거벗은 여자를 어설프게 그린 그림을 꽃병 드로잉 종이 아래 숨겨 책상 밑으로 돌려보았다. 몇몇 그림은 디테일이 괴상했고, 인어처럼 꼬리가 달린 것도 있었다. 길버트 리스는 계속 꽃병만 그렸다.

"부인과 주무시나요, 선생님?"

"무슨 말이야?"

"나이프 좀 빌려주세요, 선생님."

"백만 파운드가 있으면 뭘 할 거야?"

"부가티와 롤스로이스와 벤틀리를 한 대씩 사서 펜다인 샌즈^{E}에서 시속 200마일로 달릴 거야."

"하렘을 사서 여자들을 체육관에 가둬둘 거야."

"코트모어 리처드 부인네 같은 집을 살 거야. 그 집보다 두 배로 큰 저택에 크리켓 필드랑 축구장, 그리고 기계공이랑 리프트가 있는 제대로 된 차고까지 달린 집으로."

"그리고 화장실은 얼마나 크냐면, 멜바 파빌리온^{F}처럼 큰 것으로. 수세식 변기에 금으로 된 수조 줄, 그리고……."

"그리고 모리스 사의 블루 북^{G}보다 더 좋은, 끝에 순금을 입힌 담배를 피울 거야."

"기차를 전부 다 사들여서 중3만 타게 할 거야."

"길버트 리스도 못 타게 해야지."

"네가 가본 곳 중에 제일 먼 곳이 어디야?"

"에든버러에 가봤어."

"우리 아버지는 전쟁 때 살로니카에 가셨어."

"그게 어딘데, 시릴?"

"시릴, 하노버 스트리트의 퍼시 에드워즈 부인 이야기 좀 해봐."

"음, 우리 형은 자기가 뭐든 할 수 있대."

나는 허리 아래를 기러기로 그린 다음 맨 밑에 작은 글씨로 퍼시 에드워즈라고 적었다.

"조심해!"

"그림 감춰."

"그레이하운드가 말보다 빨리 달린다고 장담해."

다들 드로잉 수업을 좋아했다. 트로터 선생님만 빼고.

*

저녁때가 되어 새 친구를 만나러 가기 전, 나는 내 방 보일러 옆에 앉아 시로 가득한 내 노트들을 다시 훑어보았다.[11] 뒷장에 '학생 준칙 사항'이 인쇄된 노트. 내 방 벽에는 셰익스피어, 아버지의 「북맨」 크리스마스 호에서 잘라낸 월터 드 라 메어, 로버트 브라우닝, 스테이시 오모니어, 루퍼트 브룩, 그리고 알고 보니 위티어였

76

던 턱수염 난 남자의 초상화들, 왓스의 「희망」, 그리고 내리기가 부끄러워 붙여 놓은 주일학교 수료증이 걸려 있었다. 「웨스턴 메일」의 '웨일스의 일상' 란에 발표한 나의 시 한 편도」 내 얼굴을 붉히려는 요량으로 거울에 붙어 있었지만, 그 시에 대한 부끄러움은 이미 사라진 뒤였다. 나는 그 시에 훔친 깃펜으로 "호머가 칭찬함"이라고 화려한 글씨체로 써놓았다. 난 항상 이 방에 누군가를 데려올 기회가 오기를 노렸다. "내 소굴로 와. 지저분해서 미안해. 의자에 앉아. 아니! 그건 말고. 그건 망가졌어." 그리고 우연히 그 시를 보게 만든다. "볼 때마다 창피한 마음이 들도록 저기 붙여놓은 거야." 하지만 어머니 말고는 아무도 들어오지 않았다.

초저녁, 가로수 늘어선 번화가, 묵직하고 인적 끊긴 대로변을 따라 그의 집으로 걸어가면서 나는 내 시를 암송했고,ᴷ 내 목소리는 파크 드라이브에서 징 박은 구두의 다각다각 밟는 소리가 곁들여진 어느 낯선 이의 목소리처럼 아름다운 가을 저녁에 아련히 솟아올랐다.

나의 정신은 마치
얇은 박지처럼 생겨서,
악마의 티끌에 반해버린
은밀한 욕망의 우물에서

태어나는 생각들을
감추고 불붙인다.

만약 내가 창문 너머 길가를 보고 있었다면, 새빨간 모자를 쓰고
커다란 구두를 신은 아이가 휘적휘적 걸어가는 것을 보고 저게 누
굴까 궁금했을 것이다. 내가 만약 모나리자 같은 얼굴에 까만 헤
드폰 줄처럼 말린 곱슬머리 소녀라면 '아동복 코너' 수트 밑에 감
춰진 어른의 몸과 머리칼과 갈색 피부를 보고는 그를 불러 "차나
칵테일 한 잔 할래요?"라고 물었을 것이고, 그 목소리가 「풀잎의
시편」을 낭송하는 것을 들었을 것이다. 유명한 복제화가 여기저기
걸려 있고, 책과 와인 병이 번쩍이고, 묵직한 커튼을 친 색색의 응
접실의 어스름한 어둠 속에서.

서리가 내렸다.
만개한 살해로 검은 서리,
달빛이 여기저기 비추는 자리가
금방이라도 사라질 듯
아름답지 못한 붉은색이 깃발을 든 내 외로운 머리 주위에.

서리가 말했다.
소리 없는 눈송이 속에서 은밀하게 흥분한 서리가

별들이 던진 유약에 빛나는 파란

유리의 보이지 않는 입술로

예지의 눈물을 흘리며 내 귓속에만 말했다.

서리는 알았다.

얼마 안 되는 바람이 흩어져버린 회합으로부터,

내 뿌리 속의 고독한 천재가

열매 가득한 밀림에서 벌거벗은 채

내가 자라날 나날의 가운데 칭송을 위해 푸른 한 해를 심어두었음을.

서리는 채웠다.

내 마음을 밤의 소맷자락이 흘리고 간 그리움으로,

하늘 공기에 가득한 서리로,

떨어지지 않은 눈 기둥들이 찾은 서리로,

내 한 자리 주위를 맴도는 들판처럼 넓은 공간에 대한 소망으로.

"저것 봐! 낯선 아이가 왕자처럼 걸어가고 있어."

"아냐, 아냐. 늑대처럼 걸어가는 거지! 성큼성큼 걷는 것 좀 봐!"

스케티 교회[1]가 나를 위해 종을 치고 있었다.

나 땅에 뿌려져

내 재가 전부

위협적인 별의 소리 없는

도발 속에서 티끌이 될 때…….

나는 낭송했다. 집들 사이사이 어두운 골목길에서 젊은 남녀가
팔짱을 끼고 불쑥 나타났다. 나는 내 시를 노래로 바꾸어 흥얼거
리면서 그들을 지나쳤다. 지금쯤 끔찍한 몸뚱이를 서로 맞붙이고
함께 킥킥거리고 있을 것이다. 계집애 같고, 어리석고, 머리칼이
길었다. 나는 시끄럽고 요란하게 휘파람을 불면서 거래처 전용 문
을 발로 걷어찼고, 어깨너머로 돌아보았다. 그들은 가고 없었다.
'느릅나무'를 한 번 걷어찼다. "사장님, 망할 느릅나무는 어디 있
습니까?" 당신의 창문에 자갈 한 줌을 던집니다, '더 크로프트' 부
인. 언젠가 나는 밤에 '키아 오라'의 모든 현관문에다 '엉덩이'라고
칠해놓을 것이다.^M

어떤 여자가 '린드허스트' 계단 위에 시끄러운 폼을 데리고 서
있었다.^N 나는 모자를 주머니에 쑤셔 넣고 길을 따라 걸어갔다. 그
리고 댄의 집 '웜리'가 있었다. 음악이 떠들썩하게 흘러나오고 있
었다.

댄도 작곡가이자 시인이었다. 그는 열두 살이 되기도 전에 역사소
설을 일곱 편이나 썼고, 피아노와 바이올린을 연주했다. 그의 어

머니는 양모로 그림을 만들었고, 형은 부두 등에서 점원으로 일했으며, 고모는 2층에 사립학교를 열었고, 아버지는 오르간 음악을 작곡했다. 그는 이 모든 이야기를 며칠 전 우리가 피를 흘리며 집으로 돌아가던 날, 운동복 차림의 여학생들 앞에서 으스대고, 전차에 탄 남학생들에게 손을 흔들며 걸어가는 동안 들려주었다.

새 친구의 어머니가 양모 한 뭉치를 들고 문을 열어주었다. 위층 응접실에 있던 댄은 내가 도착한 소리를 듣고 피아노를 더 빠르게 쳤다.

"네가 들어오는 소리를 못 들었어." 내가 찾아가니 그는 이렇게 말했다. 그는 웅장한 곡을 마치고 손가락 운동을 하고 있었다.

양모와 종이와 결코 볼 수 없는 물건들을 가득 쟁여놓은 장식장들이 늘어선 실내는 굉장히 어수선했다. 값진 가구는 죄다 발로 걸어차 상처가 나 있었다. 샹들리에에는 조끼가 걸려 있었다. 그 방에서 글을 쓰고, 싸우고, 잉크를 엎고, 자정 넘어 친구들을 불러 에이넌에서 사온 윌러스 럼 앤 버터 사탕과 러시안 샬로트, 그리고 사이드랙스º와 포도주로 피크닉을 하면서 언제까지라도 살 수 있을 것 같았다.

그는 내게 자신의 책과 그가 쓴 일곱 편의 소설을 보여주었다. 소설은 전부 전투, 성의 함락, 왕들에 관한 것이었다. "초기작일 뿐이야." 그가 말했다.

그는 자기 바이올린을 꺼내게 하더니 고양이 울음소리를 냈다.

우리는 창가 소파에 앉아 내내 알던 사이처럼 이야기를 나누었다. '스완스'가 '스퍼스'를 이길까?" 여자애들은 언제 아이를 가질 수 있지? 작년 아녓의 평점이 클레이의 평점보다 좋았나?

"저기 길 위에 있는 사람이 우리 아빠야." 그가 말했다. "팔을 흔들고 있는 키 큰 사람."

전찻길을 따라 두 남자가 걷고 있었다. 젠킨 씨는 에버슬리 로드를 헤엄치듯 팔로 허공을 헤치면서 발로 땅을 구르더니, 다리를 절고는 한쪽 어깨를 다른 쪽보다 높이 들어올렸다.

"싸움 설명을 하시나봐." 내가 말했다.

"아니면 모리스 씨에게 장애인 이야기를 하시든지." 댄이 말했다. "피아노 칠 줄 알아?"

"화음은 넣을 줄 아는데, 곡은 못 쳐." 내가 말했다.

우리는 손을 엇갈려가며 연탄곡을 쳤다.

"이 소나타는 누가 쓴 거지?"

우리는 세계 최고의 연탄곡 작곡가 퍼시 박사라는 사람을 만들어냈고, 나는 피아니스트 폴 아메리카, 댄은 윈터 복스 역을 맡았다.

나는 그에게 시를 가득 적은 노트 하나를 읽어주었다. 그는 백 살 먹은 소년처럼 다 안다는 표정으로 고개를 한쪽으로 기울이고 부어오른 콧잔등에 걸친 안경을 까닥이면서 경청했다. "이건 제목이 「날실」이야." 내가 말했다.

흐르는 눈물에 붉어진 태양처럼,

유리 속 다섯 개의 태양은

함께, 하지만 따로, 하지만 따로 둥글게,

어쩌면 붉지만, 유리는 풀처럼 창백하고,

소리 없이 미끄러진다.

하나로서, 눈동자에 맺힌 다섯 방울의 눈물, 태양이되 소금,

머릿속에서 다섯 개의 알 수 없는 창이

저마다 태양이지만 고통인 그것이,

비틀어 찌르면, 증오에서 고통이 피처럼 흘러나오고,

다섯 개는 하나로, 다섯 개로 이루어진 하나로,

이른 해가 늦은 해로 비틀어진다.

이제 그들 모두, 미친 듯이 쓸쓸하게,

다섯의 옷감으로 짜여

널리 거품을 일으키며, 미친 듯이 쓸쓸하게 내달려

날아올라 자맥질한다. 다섯 중 하나는 태양이다.

집을 지나가는 전차 소리가 바다까지, 혹은 더 멀리 준설기가 있
는 만까지 이어졌다. 그 누구도 그런 소리를 들어본 적이 없었다.
학교는 사라져 플레즌트 산에 화장실과 사물함 생쥐 냄새가 나는
깊은 구멍을 남겼고, 내가 알지 못하는 어두운 도시에서 '웜리'라
는 글자가 번쩍였다. 난 한번도 낯선 적이 없었던 고요한 방, 색색

의 양모 더미 속에 앉아, 코가 부어오르고 한쪽 눈을 뜨지 못한 채 우리는 우리의 재능을 인정했다. 우리의 미래는 창문 너머, 빈둥 거리는 연인들이 가득한 싱글턴 공원 위, 바닥에 시가 깔려 있는 연기 자욱한 런던까지 펼쳐졌다.

젠킨 부인이 문을 열고 들여다보더니 전등을 켰다. "자, 이러니까 더 좋잖니." 부인이 말했다. "너희가 무슨 고양이도 아니고."

불빛과 함께 미래가 날아갔고, 우리는 퍼시 박사가 작곡한 요란 한 곡을 쳤다. "이렇게 아름다운 곡을 들어봤니? 더 크게, 더 크게, 아메리카!" 댄이 말했다. "베이스는 내게 맡겨줘." 내가 말했다. 옆 집 사람이 벽을 쾅쾅 쳤다.

"캐리 씨 집이야. 캐리 씨는 케이프 혼 회항선을 타." 댄이 말했 다.

그런 그를 위해 혹독한 고래잡이 곡을 연주하자 젠킨 부인이 양 모와 바늘을 든 채 위층으로 달려왔다.

부인이 내려간 뒤 댄이 말했다. "어째서 남자는 항상 자기 어머 니를 부끄러워하지?"

"나이가 들면 안 그럴지도 모르지." 이렇게 말했지만 나도 그 말 을 믿지 않았다. 그 전주, 학교가 끝나고 남자아이들 셋과 하이 스 트리트를 걸어오는데 카도마Q 앞에서 파트리지 부인과 함께 있는 어머니를 보았다. 어머니는 다른 사람들 앞에 날 불러 세우고 "간식 먹게 일찍 와라"라고 하실 것이고, 나는 하이 스트리트가 갈라져 나를 집어삼키기를 바랐다. 어머니를 사랑했지만, 배신했다. "저쪽으로 가보자." 내가 말했다. "그리피스 상점에 선원 부츠가 들어왔어." 하지만 골프 옷을 입은 인형과 트위드 옷감뿐이었다.

"저녁 식사까지 아직 삼십 분 남았어. 뭐 할까?"

"저 의자를 누가 오래 차지하나 보자." 내가 말했다.

"아니, 신문 편집을 하자. 넌 문학을 맡아. 난 음악을 할게."

"그 신문을 뭐라고 부르지?"

그는 소파 밑에서 꺼낸 모자 상자 뒷면에 'The ……, D. 젠킨과 D. 토머스 편집'이라고 썼다. D. 토머스와 D. 젠킨이라고 쓰면 운율이 더 나았지만, 그의 집이니 할 수 없었다.

"「더 마에스터싱어스 *The Maerstersingers*」는 어때?"

"아니. 그건 너무 음악적이야." 내가 말했다.

"「더 웜리 매거진 *The Warmley Magazine*」은?"

"아니." 내가 말했다. "난 '글란리드'에 산다고."

모자 상자 뚜껑을 덮고, 우리는 두꺼운 종이에 분필로 이렇게 써서 벽에 붙였다.

'「더 선더러 *The Thunderer*」, D. 젠킨/토머스 편집'

"우리 하녀 방 볼래?" 댄이 물었다. 우리는 속닥이며 다락방으로 올라갔다.

"이름이 뭐야?"

"힐다."

"젊어?"

"아니. 스무 살이나 서른 살쯤 됐어."

그녀의 침대는 흐트러져 있었다. "어머니는 하녀한테서 나는 냄새는 항상 맡을 수 있다고 했어." 우리는 시트 냄새를 맡아보았다. "아무 냄새도 안 나는 걸."

놋쇠 틀로 된 그녀의 상자 안에는 반바지를 입은 젊은 남자 사진이 액자에 들어 있었다.

"남자 친구야."

"콧수염을 그려주자."

누가 아래층에서 움직이더니 "저녁 식사요!"라고 외쳤고, 우리는 상자를 열어둔 채 서둘러 달려 나갔다. "나중에 언제 저 침대 밑에 숨어 있자." 식당 문을 열면서 댄이 말했다.

젠킨 씨, 젠킨 부인, 댄의 아주머니, 비반 목사라는 사람[R], 비반 부인이 식탁에 앉아 있었다.

비반 씨가 기도를 했다. 그는 서 있을 때나 앉아 있을 때나 별반 차이가 없었다. 키가 너무 작았다. "오늘 저녁 우리 식사를 축복하소서." 그는 음식이 전혀 마음에 안 드는 사람처럼 말했다. 하지만 "아멘"이 끝나자 굶주린 개처럼 식은 고기에 달려들었다.

86

비반 부인은 완전히 딴 세상에 가 있는 사람 같았다. 그녀는 식탁보를 멍하니 쳐다보면서 나이프와 포크를 망설이듯 놀렸다. 고기를 먼저 자를지, 식탁보를 먼저 자를지 궁리하는 사람 같았다.

댄과 나는 흐뭇하게 그녀를 쳐다보았다. 댄은 식탁 밑에서 발로 나를 찼고, 나는 소금을 흘렸다. 소란을 틈타 나는 댄의 빵에 식초를 좀 뿌려줄 수 있었다.

비반 씨 말고 모두가 비반 부인이 접시 가장자리를 나이프로 천천히 긁고 있는 것을 보고 있을 때, 젠킨 부인이 말했다. "식은 양고기를 좋아하시면 좋겠네요."

비반 부인이 미소를 짓더니, 마음이 놓인 듯 먹기 시작했다. 부인은 머리카락도 얼굴도 회색이었다. 어쩌면 온몸이 회색일 것 같았다. 머릿속에서 그녀의 옷을 벗겨보려 했지만, 짧은 플란넬 속치마와 무릎까지 오는 청색 속바지까지 가면 겁이 났다. 긴 부츠의 단추를 끌러 다리가 얼마나 회색인지 확인하는 건 감히 할 수조차 없었다. 그녀는 접시에서 고개를 들어 내게 사악한 미소를 보냈다.

나는 얼굴을 붉히며 내가 몇 살인지 묻고 있는 젠킨 씨에게 답하려고 고개를 돌렸다. 대답은 했지만, 한 살을 더했다. 그때 왜 거짓말을 했을까? 나도 궁금했다. 모자를 잃어버렸다가 내 방에서 찾았는데 어머니가 어디서 찾았는지 물으면 '다락방에서요'라든가, '현관 장식장 아래에서요'라고 답했다. 내 스스로 모순되는 말을 할까봐 늘 경계했고, 본 척한 영화의 줄거리를 지어냈고, 리처드 딕스 대신 잭 홀트를 집어넣는 것은 흥미진진했다.[5]

"15와 4분의 3살이라." 젠킨 씨가 말했다. "그것 참 정확한 나이로군. 오늘 수학자랑 함께 저녁을 먹고 있군. 그럼 이런 덧셈은 할 수 있는지 한번 보자."

젠킨 씨는 저녁 식사를 마치고 접시 위에 성냥을 늘어놓았다.

"아빠, 그건 한물간 거예요." 댄이 말했다.

"아, 저는 궁금합니다." 나는 최대한 좋은 목소리로 말했다. 그 집에 다시 가고 싶었다. 우리 집보다 나았고, 정신 나간 여자도 있었으니까.

내가 성냥을 제대로 놓지 못하자 젠킨 씨가 요령을 알려주었고, 그래도 이해를 못 한 나는 고맙다고 인사를 하고 하나 더 보여 달라고 했다. 위선자 노릇은 거짓말쟁이 노릇만큼 좋았다. 온몸이 뜨끈해지고 부끄러워졌다.

"아빠, 길에서 모리스 씨와 무슨 이야기를 하셨어요?" 댄이 물었다. "위층에서 봤어요."

"스완지와 디스트릭트의 남성 합창단이 「메시아」를 어떻게 불렀는지 이야기한 것뿐인데. 왜 묻니?"

비반 씨는 배가 불러 더 이상 먹을 수 없었다. 저녁 식사가 시작된 후 처음으로 그는 식탁을 둘러보았다. 보이는 광경이 마음에 들지 않는 모양이었다. "공부는 어떻게 하고 있니, 대니얼?"

"비반 씨 말씀을 들어야지, 댄. 질문을 하고 계시잖니."

"아, 그저 그래요."

"그저 그래?"

"잘 되고 있다고요. 감사합니다, 비반 씨."

"요즘 젊은이들은 무슨 말을 하는지 모르겠어."

비반 부인이 키득거리더니 고기를 더 달라고 했다. "고기 더 주세요."

"그리고 자네, 젊은이. 수학에 취미가 있나?"

"아뇨." 내가 말했다. "전 문학을 좋아합니다."

"시인이에요." 댄은 이렇게 말하더니 불편한 표정을 지었다.

"시인 동지로군." 비반 씨가 씩 웃으며 정정해서 말했다.

"비반 씨는 책을 출간하셨네." 젠킨 씨가 말했다. "『프로세르피나』, 『프시케』…….."

"『오르페우스』." 비반 씨가 날카롭게 지적했다.

"그리고 『오르페우스』도. 자네 시를 비반 씨에게 보여드리게."

"지금은 갖고 있는 게 없습니다, 젠킨 씨."

"시인이라면," 비반 씨가 말했다. "응당 머릿속에 자기 시를 담고 다녀야지."

"기억은 다 하고 있습니다." 내가 말했다.

"최근에 지은 걸로 암송해주게. 관심이 많으니."

"엄청난 모임이군요." 젠킨 부인이 말했다. "시인과 음악가와 설교자라. 이제 화가만 있으면 되겠네요, 그렇죠?"

"제가 최근에 쓴 건 별로 마음에 드시지 않을 겁니다." 내가 말했다.

"그럴지도 모르지." 비반 씨가 웃으면서 말했다. "그건 내가 제일 잘 판단하네."

"「나의 미움은 경망스럽다」." 비반 씨가 웃으며 드러낸 치아를 보면서 나는 죽고 싶은 마음으로 시를 읊기 시작했다.

욕망의 힘과
뒤늦게 찢어지는 욕정이 채워지지 않음에
짐승 같은 회한에 그을려

이제 나는 그녀의 머리를,
검은 몸뚱이를 내 몸으로 들어올리고
그녀의 뼈가 즐겁게 부딪치는 소리를 듣고
그녀의 눈에서 죽음의 빛을 볼 수 있었다.

이제 나는 죽음 후의
정염에 눈을 뜨고 그녀의 미움이 주는
황홀을 맛보고, 육체의 폐기물을 찢어버릴 수 있었다.
부서라, 죽은 그녀, 검은 몸을, 부서라.

침묵이 이어지자 댄이 먼저 내 정강이를 걷어찼고, 비반 씨는 이렇게 말했다. "물론 어디서 영향을 받았는지는 분명하군. '부서져라, 부서져라, 부서져라, 그대의 차가운 회색 돌에, 오 바다여.'"ᵀ

"허버트는 테니슨의 시를 거꾸로 암송해요." 비반 부인이 말했다. "거꾸로 말이에요."

"이제 저희는 위층에 올라가도 될까요?" 댄이 물었다.

"그럼 캐리 씨는 성가시게 하지 마라."

그래서 우리는 식당을 나와 문을 조용히 닫고 손으로 입을 틀어막고 위층으로 달려 올라갔다.

"젠장! 젠장! 젠장!" 댄이 말했다. "그 목사 얼굴 봤어?"

우리는 방 안을 돌아다니며 그를 흉내 냈고, 카펫 위를 뒹굴면서 잠깐 싸웠다. 댄이 또 코피를 흘리기 시작했다. "별 거 아니야. 곧 멎을 거야. 난 원할 때 코피를 흘릴 수 있어."

"비반 부인 이야기 좀 해봐. 실성한 사람이야?"

"심하게 미쳤지. 자기가 누군지 몰라. 창밖으로 뛰어내리려고 했는데 남편이 신경도 쓰지 않으니까 우리 집으로 찾아와서 어머니에게 전부 다 말했어."

비반 부인이 문을 두드리더니 들어왔다. "방해가 안 되었으면 좋겠네."

"아닙니다, 비반 부인."

"기분 전환 좀 하려고." 그녀는 창가 소파에 놓인 모직 옷감에 앉았다.

"답답한 밤이죠?" 댄이 말했다. "창문을 열까요?"

그녀는 창문을 쳐다보았다.

"제가 금방 열어드릴 수 있어요." 댄이 말하고는 내게 눈을 찡긋했다.

"제가 열어드리겠습니다, 비반 부인." 내가 말했다.

"창문을 열어놓으면 좋죠."

"크고 멋진 창문이기도 하고요."

"바닷바람이 잘 들어 와요."

"그냥 놔둬라." 그녀가 말했다. "그냥 여기 앉아서 남편을 기다릴래."

그녀는 양모 뭉치를 만지작거리더니 바늘을 하나 들어 손바닥에 톡톡 두드렸다.

"비반 씨는 늦으시나요?"

"그냥 앉아서 남편을 기다릴래." 그녀가 말했다.

우리는 부인에게 창문에 대해 좀 더 말했지만 그녀는 미소만 짓고 양모 뭉치를 풀어보더니 한번은 긴 바늘의 뭉툭한 끝을 귀에 넣기도 했다. 곧 우리는 그녀를 구경하는 것이 지루해졌고, 댄은 피아노를 쳤다. "내 스무 번째 소나타야." 그가 말했다. "이건 '베토벤에 바치는 오마주'야." 그리고 아홉 시 반에 나는 집으로 가야 했다.

나는 비반 부인에게 인사를 했고, 부인은 바늘을 흔들고는 앉은 채로 고개를 숙여 인사했다. 아래층 비반 씨는 내게 차가운 손을 내밀어 악수했고, 젠킨 부인은 또 오라고 했고, 말 없는 아주머니는 초콜릿 바를 하나 주었다.

"조금 바래다줄게." 댄이 말했다.

따뜻한 밤, 밖의 보도에서 우리는 불 켜진 응접실 창문을 올려다 보았다. 길에서 보이는 불빛은 그것뿐이었다.

"봐! 부인이야!"

비반 부인이 유리창에 얼굴을 누르고 있었다. 매부리코는 납작 해졌고, 입술도 딱 들러붙어 있었다. 우리는 그녀가 혹 뛰어내릴까봐 겁나 에버슬리 로드 끝까지 달려갔다.

모퉁이를 돌 때 댄이 말했다. "이제 그만 가봐야겠다. 오늘 밤에 현악 삼중주를 마쳐야 하거든."

"나는 긴 시를 쓰고 있어." 내가 말했다. "웨일스의 왕자들과 마법사와 모두가 나오는 시야."

우리는 둘 다 집으로 가서 잠들었다.

특이한 리틀 코프[A]

내가 행복하다는 것을 알기 몇 년 전, 유난히 화창하고 빛났던 8월의 어느 날 오후, 우리가 '리틀 코프'라고 부르던 조지 후핑[B], 그리고 시드니 에반스와 댄 데이비스와 나는 '반도' 끝으로[C] 가는 트럭 지붕 위에 앉아 있었다. 높다랗고 바퀴가 여섯 개 달린 트럭, 우리는 그 위에서 지나가는 차의 지붕에 침을 뱉을 수도 있었고, 보도를 걸어가는 여자들에게 먹다 남은 사과를 던질 수도 있었다. 그러다 자전거를 타고 가던 어떤 남자의 등 한복판에 사과 꼭지가 맞았고, 그 남자가 길에서 방향을 홱 틀었다. 우리는 순간 숨을 죽이고 앉았고, 조지 후핑의 얼굴은 하얗게 질렸다. 자전거를 탄 사람이 울타리 쪽으로 비틀거리며 넘어지는 것을 보면서 나는 만약 트럭이 그를 덮친다면 그는 죽을 것이고, 나는 내 바지에, 아니 어쩌면 시드니의 바지에다가도 토하고, 우리는 체포되어 교수형에 처해질 것이고, 사과를 갖고 있지 않던 조지 후핑만 살아남을 거라고 침착하게 생각했다.

하지만 트럭은 그를 지나쳤고, 자전거는 우리 뒤에서 울타리에 처박혔고, 남자는 일어나 주먹질을 했고, 나는 그에게 모자를 흔들었다.

"모자를 흔든 건 잘못했어." 시드니 에반스가 말했다. "우리가 어느 학교에 다니는지 그 사람이 알게 됐잖아." 그는 영리하고 어둡고 조심스러웠고, 손가방과 지갑을 갖고 다녔다.

"지금은 학교 밖이잖아."

"아무도 날 퇴학시킬 순 없어." 댄 데이비스가 말했다. 그는 다음 학기에 아버지의 과일가게에서 급료를 받고 일하러 떠날 예정이었다.

*

우리는 모두 배낭을 메고 있었고, 저마다 가방을 하나씩 들고 있었지만 조지 후핑은 예외였다. 조지의 어머니가 싸준 갈색 종이봉투는 자꾸 풀어졌다. 나는 내 가방에 적힌 이름 약자가 'N. T.'[D]라서 이게 누나 것이라는 걸 알게 될까봐 코트로 덮어두었다. 트럭 안에는 텐트 두 개, 식량 한 상자, 주전자와 냄비, 나이프와 포크를 싼 상자, 기름 램프, 휴대용 석유난로, 바닥에서 쓰는 시트와 담요, 레코드 세 장과 축음기, 조지 후핑의 어머니가 보낸 식탁보가 들어 있었다.

5마일이나 펼쳐진 바닷가 위 들판, 로실리에 보름 동안 캠핑을 하러 가는 길이었다. 지난해 시드니와 댄이 그곳에서 갈색 피부가 되어 돌아와서는 허풍을 떨며 이야기보따리를 풀어놓았다. 자정 모닥불 주위에서 캠핑족이 춤을 춘 것이라든지, 바위 위에 벌거벗고 엎드려 일광욕하는 기술학교 여학생들을 에워싸고 깔깔댄 남자애들 이야기라든지, 해가 뜰 때까지 침낭에서 노래를 부른 이야기들을. 그런데 조지는 하룻밤 이상 집을 떠나본 적이 없었다. 언젠가 비가 오던 날, 세탁실에서 벤치를 따라 기니피그를 빙빙 돌리며 경주를 시키는 것밖에 놀 게 없었을 때, 그가 내게 말했다. 자기는 집에서 3마일 떨어진 세인트 토머스[E]에서 벽 너머에 호스킨 부인이라는 사람이 부엌에서 무엇을 하는지 볼 수 있는 고모 집에서 하룻밤을 지낸 게 전부라고.

"얼마나 더 가야 하지?" 조지 후핑이 찢어진 꾸러미를 꽉 끌어안고 양말이니 멜빵을 남몰래 도로 밀어 넣으면서, 행여 트럭 지붕이 바다 위 모터 달린 뗏목이라도 되는 양 푸른 들판이 스쳐 지나가는 것을 부러운 듯 바라보면서 물었다. 그는 뭘 먹어도 속이 뒤집어지는 체질이었다. 심지어 감초와 셔벗까지도. 하지만 그가 붉은색 실로 이름을 수놓은 내복을 여름에도 입는다는 것은 나만 알고 있었다.

"아직 멀었어." 댄이 말했다.

"몇 천 마일은 더 가야지." 내가 말했다. "미국의 로실리라고. 바람에 흔들리는 바위 위에서 캠핑을 하게 될 거야."

"그럼 그 바위를 나무에 묶어놔야겠네."

"코프의 멜빵을 쓰면 되겠네." 시드니가 말했다.

트럭이 큰 소리를 내며 코너를 돌았다. "아이쿠! 너 느꼈니, 코프? 한쪽 바퀴로만 돌았어." 저 아래 들판과 농장 너머, 바다가 반짝이고 있었고, 멀리 수평선 끝에는 연기를 피워 올리는 증기선 한 척이 보였다.

"저기 바다 보여? 빛이 나, 댄." 내가 말했다.

조지 후핑은 미끄러운 트럭 지붕이 휘청대는 것도, 또 그 높이에서 바다가 놀랄 정도로 작게 보이는 것도 개의치 않는 척했다. 지붕 난간을 꽉 붙잡은 채 그가 말했다. "우리 아버지는 범고래를 봤어." 그 말을 꺼내자마자 그의 목소리에 담겼던 믿음이 사라졌다. 요란한 바람소리 속에서 그는 갈라지고 떨리는 목소리로 우리를 믿게 하려고 용을 썼다. 나는 그가 우리의 머리를 쭈뼛 세우고 질주하는 트럭도 멈추게 할 엄청난 허풍을 찾고 싶어 한다는 것을 알고 있었다.

"너희 아빠는 약초상이잖아." 방금 본 수평선의 연기는 고래가 콧구멍에서 뿜어 올린 하얀 구부러진 분수였고, 검은 코는 뾰족한 배의 뱃머리였다.

"코프, 아버지는 그걸 어디다 뒀냐? 세탁실에?"

"마다가스카르에서 봤대. 이빨이 얼마나 긴지 여기서부터 저기, 여기서부터 저기까지……."

"여기서부터 마다가스카르까지 닿겠지."

갑자기 가파른 언덕이 나타나자 조지는 불안해졌다. 이제 그의 아버지의 모험은 더 이상 중요하지 않았다. 그의 아버지는 덩치가 조그맣고, 안색이 칙칙한 모습으로, 모자를 쓰고 알파카 코트를 입고서 하루 종일 약초와 벽에는 커튼을 친 구멍으로 가득한 가게에 서서 중얼거렸다. 요통에 시달리는 노인들과 고민거리가 생긴 젊은 여자들이 어둠침침한 그곳에서 처방을 받으려고 기다렸다. 조지는 불쑥 나타난 언덕을 보더니 댄과 내게 매달렸다.

"가능성은 반반이야!"

"브레이크가 고장 났어, 코프!"

조지는 우리에게서 몸을 떼어내더니 난간을 양손으로 꽉 잡아당기며 부들부들 떨었고, 한쪽 발로 등 뒤의 가방을 꽉 누르더니 트럭이 돌담 모서리를 안전하게 돌도록, 그리고 좀 더 완만한 언덕을 올라 허물어진 농장 문 앞에 설 수 있도록 차를 조종했다.

그 문 아래로 첫 해변으로 이어지는 좁은 길이 있었다. 썰물 때였고, 우리는 파도가 철썩이는 소리를 들었다. 지붕 위에 네 명의 소년이 있었다. 한 명은 크고, 검은 피부에, 보통 체격에 또박또박 말하며 좋은 옷을 입은, 세상 물정에 밝은 소년이었다. 또 한 명은 땅딸하고, 못 생기고, 붉은 머리에, 붉은 팔뚝이 짧고 해진 소매 밑으로 쑥 튀어나와 있었다. 세 번째는 두꺼운 안경을 쓰고, 배가 살짝 나오고, 어깨가 구부정하고, 늘 끈을 제대로 묶지 않아 벗겨지려고 하는 구두를 신은 아이였다. 마지막은 작고, 마르고, 가만히 있지 못하며, 금방 지저분해지는 곱슬머리 아이였다. 그들은 눈앞에 펼쳐진 들판을 보았다. 빽빽한 가시나무 덤불이 담장, 바다가 앞마당, 초록색 배수로가 화장실, 한가운데 바람에 쓰러진 나무가 있는 그곳이 우리가 보름을 묵을 새 집이었다.

나는 댄을 도와 트럭에서 짐을 내렸고, 시드니는 운전기사에게 돈을 치렀고, 조지는 농장 문과 씨름했고, 안에 있는 오리들을 살폈다. 트럭은 떠났다.

"가운데 나무 옆에 우리 텐트를 짓자." 조지가 말했다.

"텐트는 치는 거지!" 시드니가 조지를 위해 문의 걸쇠를 풀어주면서 말했다.

우리는 바람이 치지 않는 구석에 텐트를 쳤다.

"한 명은 석유화로에 불을 붙여야지." 시드니가 이렇게 말했고, 조지는 손을 데었다. 우리는 취침용 텐트 앞에 둥그렇게 모여 앉아 자동차 이야기를 나누었다. 시골에 함께 있으니 느긋하고 편안해져 만족스러웠다. 속으로 이런 생각을 했다. 저 아래 있는 바위를 철썩이며 때리는 바다는 세상을 향해 흘러갈 것이고, 내일 우리는 모래사장에서 해수욕을 하고, 공을 던지고, 바위에 술병을 올려놓고 맞추고, 어쩌면 여자 셋을 만날지도 모른다……. 나이가 제일 많은 여자는 시드니의 상대가 될 것이고, 피아니스트는 댄, 제일 어린 여자는 내 상대가 될 것이다. 조지는 여자들과 이야기를 할 때 안경을 부러뜨렸다. 그는 박쥐처럼 눈이 먼 채 걸어 떠나면서 이튿날 아침 이렇게 말할 것이다. "너희들과 헤어져야 돼서 안 됐지만, 연락 받은 게 기억났어."

다섯 시가 지났다. 아버지와 어머니는 차를 드셨을 것이다. 유명한 성이 그려진 접시들을 식탁에서 치웠을 것이다. 아버지는 신문을, 어머니는 양말을 들고 머나먼 서쪽 푸른 안개 속, 언덕 위 빌라에서, 공원의 공용 테니스코트 너머에서 들려오는 아이들의 어렴풋한 고함소리에 내가 어디서 뭘 하고 있는지 궁금해 하실 것이다. 나는 친구들과 들판에 나가 혼자 떨어져 풀잎 하나를 입에 물고, "뎀시가 그를 때려눕힐 거야"ᶠ라고 중얼거렸고, 조지의 아버지는 결코 본 적 없는 큰 고래가 산처럼 바다 위로 철썩이고 바다 밑으로 뛰어드는 광경을 상상했다.

"들판 끝까지 달리기하면 내가 이길 거야."

댄과 나는 소 발자국 사이를 내달렸고, 조지는 우리를 바짝 좇아 쿵쿵거리며 달려왔다.

"해변으로 내려가자."

시드니가 앞장섰다. 카키 반바지를 입은 그는 군인처럼 울타리를 뛰어넘었고, 들판을 가로질러 울타리 하나를 또 넘었고, 나무가 울창한 계곡으로 내려갔다가 헤더 밭을 다시 타고 올라 절벽 끝자락 근처의 빈터에 도착했다. 텐트 앞에서 체격 좋은 남자아이 둘이 레슬링을 하고 있었다. 한 명이 다른 한 명의 다리를 물었고, 서로 능숙하고 거칠게 상대의 얼굴을 때렸고, 한 명이 겨우 몸을 빼내자 다른 한 명이 뛰어올라 그를 쓰러뜨렸다. 브레이즐과 스컬리였다.

"안녕, 브레이즐, 안녕, 스컬리!" 댄이 말했다.

스컬리는 경찰처럼 브레이즐의 팔을 움켜쥐고 있었다. 그는 팔을 두 번 재빨리 비튼 뒤 웃으면서 일어났다.

"안녕, 애들아! 안녕, 리틀 코프! 아버지는 잘 계시냐?"

"잘 계셔. 고마워."

브레이즐은 풀밭에 쓰러진 채 혹 뼈가 부러지지는 않았는지 온몸을 더듬고 있었다. "안녕, 애들아! 아버지들은 잘 계시냐?"

그들은 학교의 싸움짱이고 덩치들이었다. 학기 중 날마다 나를 수업 시작 전에 붙잡아 휴지통 속에 밀어 넣은 다음, 그걸 선생님

책상 위에 올려놓은 놈들이었다. 가끔은 빠져나올 수 있었지만 그렇지 못한 적도 있었다. 브레이즐은 날씬했고, 스컬리는 뚱뚱했다.

"우린 버튼스 필드에서 캠핑하고 있어." 시드니가 말했다.

"우린 여기서 휴식 치료 중이지." 브레이즐이 말했다. "요즘 리틀 코프는 어떻게 지내냐? 아버지한테서 약은 좀 받았냐?"

우리는 해변으로 달려가고 싶었다. 댄과 시드니, 조지와 나, 넷이서만 시골 바닷가에서 걷고, 고함지르고, 파도에 돌을 던지고, 모험을 기억하고, 많은 추억거리를 만들고 싶었다.

"우리랑 같이 해변으로 가자." 스컬리가 말했다.

그는 브레이즐과 팔짱을 끼더니 우리 뒤를 느긋하게 따라왔다. 조지의 불안정한 걸음걸이를 흉내 냈고, 나뭇가지를 잘라 풀을 때렸다.

댄이 혹시나 하는 마음으로 물었다. "여기서 오래 캠핑할 거니, 브레이즐, 스컬리?"

"보름 내내 있을 건데. 데이비스, 토머스, 에반스, 후핑."

뮤슬레이드Mewslade 해변에 다다른 우리는 몸을 날렸다. 나는 모래를 한 움큼 쥐어 손가락 사이로 한 알갱이씩 흘려보냈고, 조지는 두꺼운 안경 렌즈 너머로 바다를 바라보았고, 시드니와 댄은 조지의 다리에 모래를 던졌고, 브레이즐과 스컬리는 교도관처럼 우리 뒤에 앉아 있었다.

"실은 보름쯤 니스Nice에 있으려고 했지." 브레이즐이 말했다.

운율 'ice'에 맞춘답시고 니스를 '나이스'라고 하더니, 스컬리의 갈비뼈를 쿡 찔렀다. "하지만 피부를 태우기엔 여기 공기가 더 좋지 nicer."

"약초만큼 좋지." 스컬리가 말했다.

그들은 자기들만 아는 엄청난 농담을 주고받다가 서로 치고받고 뒹굴고 눈에 모래를 뿌리다가 웃다가 벌렁 나자빠졌고, 브레이즐은 피크닉 냅킨으로 코피를 닦았다. 조지는 모래사장에 허리까지 몸을 묻고 누워 있었다. 나는 바다가 빠져나가는 것을, 그 위에서 새들이 싸우는 것을, 차츰차츰 해가 넘어가는 광경을 보고 있었다.

"리틀 코프 좀 봐." 브레이즐이 말했다. "특이하지 않냐? 모래에서 자라고 있네. 리틀 코프는 다리가 없구나."

"불쌍한 리틀 코프." 스컬리가 말했다. "세상에서 제일 특이한 애야."

"특이한 리틀 코프." 둘이 합창을 했다. "특이해, 특이해, 특이해." 그들은 노래를 만들었고, 나뭇가지로 지휘까지 했다.

"수영도 못해."

"뛰지도 못해."

"배우지도 못해."

"볼링도 못해."

"공을 치지도 못해."

"분명히 오줌도 못 눌 걸."

조지는 다리를 덮은 모래를 걷어찼다. "아냐, 할 수 있어!"

"수영할 줄 알아?"

"뜰 줄 알아?"

"볼링할 줄 알아?"

"걔 좀 건드리지 마." 댄이 말했다.

그들은 우리에게 더 다가왔다. 바닷물은 빠르게 빠져나가고 있었다. 브레이즐이 진지한 목소리로 손가락을 흔들며 말했다. "자, 솔직히 말해봐, 코프. 너 특이하지 않냐? 아주 특이하지 않냐? 예, 아니오로 대답해봐."

"딱 잘라서, 예나 아니오로 답해." 스컬리가 말했다.

"아냐." 조지가 말했다. "난 수영도 하고, 뜰 수도 있고, 크리켓도 할 줄 알아. 난 아무도 무섭지 않아."

내가 말했다. "쟤 지난 학기 반에서 2등 했어."

"그것도 특이하지 않냐? 2등이 될 수 있으면 1등도 될 수 있잖아. 하지만 아니지, 그건 너무 평범하지. 리틀 코프는 2등이어야 해."

"답이 나왔네." 스컬리가 말했다. "리틀 코프는 특이해." 그들은 또 노래를 부르기 시작했다.

"달리기는 정말 잘해." 댄이 말했다.

"흠, 그럼 증명해보든지. 스컬리와 난 오늘 아침 로실리 모래사장을 끝까지 달렸어. 그렇지, 스컬리?"

"진짜 끝까지 달렸지."

"리틀 코프가 할 수 있겠니?"

"할 수 있어." 조지가 말했다.

"그럼, 해봐."

"싫어."

"특이한 리틀 코프는 달릴 줄 모른대요." 그들이 또 노래를 불렀다. "달릴 줄 모른대요, 달릴 줄 모른대요."

전부 금발인 여자아이 셋이 팔짱을 낀 채 짧은 흰 바지 차림으로 절벽 쪽으로 내려왔다. 팔다리와 목덜미가 나무열매처럼 가무잡잡했다. 웃을 때 치아가 새하얀 것이 보였다. 그들이 바닷가로 들어서자 브레이즐과 스컬리가 노래를 뚝 그쳤다. 시드니는 머리를 뒤로 넘겨 단장했고, 아무렇지 않다는 듯 일어나 주머니에 손을 꽂고 여자들 쪽으로 걸어갔다. 금빛과 구릿빛 여자아이들은 서로 바짝 붙어 서서 우리 쪽에는 별 관심을 주지 않은 채 석양을 바라보면서 스카프를 매만지거나 서로 마주보고 미소를 지었다. 시드니가 그들 앞에 서서 씩 웃더니 인사를 던졌다. "안녕, 기네스! 나 기억해?"

"얼-씨-구!" 내 옆에 있던 댄이 이렇게 속삭이더니 계속 썰물만 응시하고 있는 조지를 향해 장난치듯 경례를 했다.

"어머, 깜짝이야!" 키가 가장 큰 여자아이가 말했다. 그리고는 마치 꽃이라도 나눠주듯 아무렇지 않게 페기와 진을 소개했다.

뚱뚱한 페기는 튼튼한 다리에 말괄량이처럼 짧은 머리를 하고 있어서 나와 어울리기에는 너무 쾌활했고, 댄과 어울릴 것 같았다. 시드니의 기네스는 눈에 뛰는 외모에 열여섯 살이 다 되었고, 벤 에반스 백화점[G] 여직원처럼 깔끔하고 접근하기 힘든 형이었다. 하지만 수줍은 버터 색의 곱슬머리 진은 내 짝이었다. 댄과 나는 천천히 그들에게 다가갔다.

나는 두 마디 말을 준비했다. 하나는, "시드니, 공정하게 하자. 외국에서 중혼은 금지야." 또 하나는, "미안하다. 너희들이 왔을 때 바다를 붙잡아놓지 못했어."

진은 미소를 지으며 발꿈치를 모래에 문질렀고, 나는 모자를 들어보였다.

"안녕!"

모자가 그녀 발치에 떨어졌다.

허리를 숙이자 설탕 세 덩어리가 블레이저 주머니에서 떨어졌다. "말에게 먹이던 거야." 나는 이렇게 말했고, 여자애들이 웃자 얼굴이 붉어졌다.

모자로 땅을 휙 쓸고, 명랑하게 내 손에 키스하고, 그들을 세뇨리타라고 부르고, 가차 없이 웃게 만들 수도 있었다. 아니면 멀찌감치 서서 바람에 머리를 휘날리며 있는 편이 더 나았을지도 모르겠다. 그날 저녁, 바람 한 점 없었지만 알 수 없는 분위기에 휩싸여 그렇게 서서, 여자애들에게 말을 거는 일에는 진짜 초연한 사람처럼 석양만 바라보고 있었으니까. 하지만 그랬더라면 두 귓불이 온종일 뜨거웠을 것이고, 뱃속은 소라껍질처럼 텅 비었으면서도 온갖 소리가 울렸을 것이다. "그들이 가기 전에 빨리 말을 걸어봐!" 어디선가 들려오는 목소리가 있었다. 모래사장의 환한, 보이지 않는 투우장 한구석에 마치 발렌티노처럼 서 있는 나, 이 오묘한 침묵을 깨고 내내 끈덕지게 조르는 목소리가. "여기 멋지지 않니!" 결국 꺼낸 말이 이것이었다.

나는 진에게만 이야기했다. 그리고 그녀가 고개를 끄덕이며 곱슬머리를 흔들면서 "포스코울^H보다 더 좋아"라고 했을 때, 난 이게 바로 사랑이라고 생각했다.

브레이즐과 스컬리는 악몽 속에 나오는 덩치 큰 불량배였다. 나는 진과 함께 절벽을 올라가는 동안 그들을 잊었고, 혹 그들이 계속 조지를 괴롭히는지, 아니면 둘이 레슬링을 하는지 돌아보았다. 조지는 바위 모서리를 돌아 사라져버렸고, 그 둘은 시드니와 두 여자애들과 함께 절벽 밑에서 이야기를 나누고 있었다.

"이름이 뭐니?"

나는 대답해주었다.

"웨일스 이름이네." 진이 말했다.

"네 이름은 아름다워."

"어머, 그냥 평범한 이름인 걸."

"다시 만날 수 있을까?"

"네가 원하면."

"물론 원하지! 아침에 수영하러 가도 좋고. 그리고 독수리 알을 구할 수 있는지 보자. 여기 독수리 있는 거 알고 있어?"

"아니." 진이 말했다. "근데 바닷가에 저 잘생긴 애는 누구니? 키가 크고 더러운 바지 입은 애는 누구야?"

"잘생긴 건 아니고. 저건 브레이즐이야. 씻지도 않고, 머리 빗질도 안 해. 애들을 괴롭히고 속임수를 쓰지."

"난 잘생긴 것 같은데."

우리는 버튼스 필드로 걸어갔고, 나는 진에게 텐트 안을 구경시켜주고 조지의 사과를 하나 줬다. "담배 한 대 피우고 싶은데." 진이 말했다.

다른 아이들이 돌아왔을 때는 거의 어두워져 있었다. 브레이즐과 스컬리는 기네스에게 들러붙어서 양쪽에서 그녀의 팔을 하나씩 잡고 있었고, 시드니는 페기와 함께 있었다. 댄이 뒤에서 주머니에 손을 찔러 넣은 채 휘파람을 불며 걸어왔다.

"여기 한 쌍이 있었군." 브레이즐이 말했다. "여기서 단둘이 있었으면서 손도 안 잡고 있네." 그리고는 내게 말했다. "너 피임약 먹어야 되겠다!"

"무슨! 영국 아이들을 만들어야지!" 스컬리가 말했다.

"됐어!" 기네스가 말했다. 그녀는 스컬리를 밀어냈지만, 웃고 있었고, 그가 허리를 감싸 안아도 아무 말도 하지 않았다.

"불 좀 피우면 어떨까?" 브레이즐이 말했다.

진은 배우처럼 손뼉을 쳤다. 난 분명 그녀를 사랑했지만, 언행은 하나도 마음에 들지 않았다.

"누가 불을 피우지?"

"얘가 제일 잘해. 확실하다니까." 진이 나를 가리키며 말했다.

댄과 나는 나뭇가지를 모았고, 상당히 어두워져서야 모닥불이 타닥거리기 시작했다. 취침 텐트 안에 브레이즐과 진이 바짝 붙어 앉아 있었다. 그녀의 금빛 머리가 그의 어깨에 닿았다. 그들 가까이에 있던 스컬리가 기네스에게 속삭였다. 시드니는 부루퉁한 얼굴로 페기의 손을 잡고 있었다.

"저런 엉터리 같은 놈들 본 적 있어?" 나는 불이 비치는 어둠 속에서 진이 웃는 것을 보며 말했다.

"키스해줘, 찰리!" 댄이 말했다.

우리는 들판 구석 모닥불 옆에 앉았다. 저 멀리 바다는 아직도 철썩이고 있었다. 밤에 날아다니는 새도 몇 마리 있었다. "트-윗! 투-후! 잘 들어봐! 난 올빼미는 싫어. 발톱으로 눈알을 뽑아가잖아!" 댄이 말했다. 그는 그렇게 말하면서 텐트 안에서 나는 속삭임

소리를 듣지 않으려고 애썼다. 기네스의 웃음소리가 불쑥 떠오른 달빛 들판 위로 날아갔고, 진은 저 야수와 함께 따뜻한 텐트 안에서 미소만 짓고 아무 소리도 내지 않았다. 나는 그녀의 작은 손이 브레이즐의 손에 쥐어져 있다는 것을 알고 있었다.

"여자들이란!" 내가 말했다.

댄은 모닥불에 침을 뱉었다.

우리는 버림받은 늙은이처럼 한밤중의 욕망 저 너머에 앉아 있었다. 그때 조지가 모닥불 불빛 사이로 유령처럼 나타났고, 내가 말을 걸 때까지 떨고 서 있었다. "야, 너 어디 있었어? 몇 시간 동안 못 봤잖아. 왜 그렇게 떨고 있어?"

브레이즐과 스컬리가 고개를 밖으로 내밀었다.

"안녕, 우리 코프! 아버지는 잘 계시냐? 오늘밤엔 무슨 일이야?"

조지 후핑은 제대로 서 있지도 못했다. 나는 그를 진정시키려고 어깨에 손을 얹었지만, 그는 내 손을 뿌리쳤다.

"로실리 모래사장을 달리고 있었어! 끝까지 다 달렸어! 넌 내가 못한다고 했지! 하지만 난 해냈어! 달리고 또 달렸다고!"

텐트 안에서 누군가 축음기에 레코드를 올렸다. 「노, 노, 나네트」 선곡집이었다.

"이 밤중에 계속 달리고 있었다고, 리틀 코프?"

"너희들보다 더 빨리 달렸을 거야!" 조지가 말했다.

"그랬겠지." 브레이즐이 말했다.

"설마 우리가 5마일을 다 달렸다고 생각했어?" 스컬리가 말했다.

「티 포 투」가 흘러나오고 있었다.

"이렇게 특이한 소리를 들어봤니? 내가 코프는 특이하다고 했잖아. 리틀 코프가 밤새 달렸대."

"정말 특이하다 특이해, 특이한 리틀 코프야." 그들이 말했다.

텐트 안에서 밖을 내다보며 웃고 있는 그들이 마치 한 몸뚱이에 머리가 둘 달린 애 같았다. 다시 조지를 돌아보았더니 이미 풀밭에 뻗은 채 곯아떨어져 있었고, 머리카락은 불꽃에 닿아 있었다.

개처럼 말이야[A]

바람을 피해 홀로 철로 아치 아래 선 나는 해 질 무렵 길고 지저분하게 펼쳐진 몇 마일이나 되는 모래사장을 바라보고 있었다. 해변 끝에 달랑 몇 명의 남자들이 있었고, 연인 한두 쌍이 방수 외투를 풍선처럼 바람에 부풀리며 발길을 서두르고 있었다. 그때 젊은 남자 둘이 마치 하늘에서 떨어진 것처럼 불쑥 내 곁에 나타나 담뱃불을 붙이려 성냥을 켰고, 밝은 체크 모자를 쓴 그들의 얼굴이 환히 빛났다.

한 명은 호감이 가는 얼굴이었다. 눈썹은 관자놀이를 향해 우스꽝스럽게 구부러져 있었고, 눈은 따스한 갈색에 깊이 있고 정직한 느낌이었으며, 입은 도톰하고 약해 보였다. 다른 한 명은 권투선수의 코에 붉은 턱수염이 난 묵직한 턱을 갖고 있었다.

우리는 기름기 가득한 바다에서 돌아온 남자들을 보았다. 그들은 메아리가 생기는 아치 밑에서 고함을 질렀고, 그 목소리는 차츰 사라졌다. 곧 연인은 한 명도 보이지 않았다. 연인들은 모래언덕 사이로 사라졌고, 그들은 지난여름 버려진 깡통과 유리병, 그리고 낡은 신문이 날아가는 그곳, 제정신인 사람은 아무도 없는 그곳에 나란히 누워 있을 것이다. 낯선 이들은 벽에 몸을 붙이고 웅크린 채, 주머니에 손을 꽂고, 담뱃불을 반짝이며 텅 빈 모래사장 위로 짙어지는 어둠을 응시하고 있나 싶었지만, 아니 어쩌면 눈을 감고 있었는지도 모르겠다. 머리 위로 기차가 지나가자 아치가 흔들렸다. 해변 위로, 사라져가는 열차 너머로, 연기구름은 터널마냥 새카만 커다란 새들의 너덜너덜한 날개와 텅 빈 몸뚱이처럼 한데 뭉쳐 날다가 서서히 갈라졌다. 공기 속 체를 통해 재가 떨어졌고, 불똥은 모래에 닿기도 전에 축축한 공기 속에서 꺼져버렸다. 그 전날 밤, 잽싼 허수아비들이 철로를 구부려 돌려놓았고, 위엄 있는 청소부 하나가 꾸겨진 석탄 자루와 공원 관리용 쇠꼬챙이를 들고 해변을 따라 3마일을 돌아다녔다. 이제 그놈들은 자루 속에 꼬깃 꼬깃 처박혀 철로 옆에서 자고 있거나, 머리는 쓰레기통 속에서, 지푸라기 수염은 거센 불길을 꿈꾸는 석탄차 속에서 자고 있거나, 혹은 메틸 섞은 술을 마신 술꾼들이 춤추며 경찰 품에 안기고, 웅덩이에 빠진 옷가지처럼 생긴 여자들이 문간과 젖은 벽의 구멍에서 흡혈귀나 소방관을 기다리는 피시가드 앨리[B]의 펍 근처, 잭 스티프의 널빤지 더미 위에 누워 있을 것이다. 어둠이 머리 위로 확실히 내려앉았다. 바람이 바뀌었다. 가는 비가 내리기 시작했다. 모래사장도 더는 보이지 않았다. 우리는 아치 아래 바람 부는 공간에 서서 나지막이 웅성대는 도시의 소리를 들었다. 화물차가 선로를 바꾸고, 부두에서 사이렌이 울리고, 뒤쪽 멀리 거리에서 전차가 삐걱대고, 개 한 마리가 우는 소리, 어딘지 알 수 없는 소리, 쇠를 두드리는 소리, 멀리 나무가 끼익거리는 소리, 집이 없는 곳에서 문이 닫히는 소리, 언덕 위의 양처럼 엔진이 콜록거리는 소리가 들려왔다.

두 젊은이는 조각상처럼 서서 담배를 피웠다. 갈 데도 없고 할 일도 없는 그들은 비가 철철 내리는 겨울 같은 밤을 앞에 두고 바람 부는 그곳에 서서 헤진 모자를 쓰고 깃도 없는 옷을 입은 구경꾼이자 목격자였다. 나는 그림자가 극적인 효과를 준 내 얼굴을 그들에게 보여주려고 손으로 성냥을 가렸다. 놀라울 정도로 하얀 얼굴 아래, 아마도 내 눈은 신비롭게 움푹 들어가 보일 것이고, 갑자기 깜빡이는 불빛에 젊은 얼굴이 야만스럽게 비치면 마지막 꽁초를 피우며 자기들에 대해 궁금해 하는 내가 누굴까 의아해 할 것 같았다. 어째서 온화한 얼굴의 이 젊은이는 순한 눈썹을 하고서 반딧불이라도 든 석상처럼 서 있는 것일까? 그러면 능히 자신을 다정하게 위협해 영화관에 데려가 펑펑 울 멋진 여자나 로드니 스트리트^{C}의 부엌에서 뛰어다닐 아이들이 있을 법한데. 날씨 궂은 여름이 끝나가는 비바람 치는 밤, 철길 아치 아래서 몇 시간이나 말없이 서 있다는 것은 납득할 수 없었다. 당장 피시 앤 칩스 가게들과 상점 입구들 앞에, 그리고 밤새 영업하는 라비오티 카페^{D}에 여자들이 달아올라 상냥해질 준비가 되어 기다리고 있는데. 또 모퉁이의 '베이 뷰' 술집에 난롯불과 스키틀 게임, 양쪽 눈 색깔이 나른 거부스름하고 육감적인 여자가 있는데. 타이를 매지 않고는 들어갈 수 없는 하이 스트리트의 가게만 빼고 당구장은 죄다 열려 있는데. 문 닫힌 공원들은 텅 비어 있고, 덮어둔 무대와 난간은 쉽게 기어오를 수 있는데.

어딘가 오른쪽 밤하늘에서 교회 시계가 희미하게 여러 차례 종을 쳤지만, 몇 번인지 세지는 않았다.

나와 채 2피트 떨어져 서 있는 다른 젊은이는 차라리 사내들과 떠들어대거나, 골목길에서 잘난 체하거나, 계산대에 서 있거나, 매네스맨 홀^E 권투장에서 깡충거리며 주먹질을 하거나 혹은 링 코너의 양동이 옆에서 속삭이는 편이 더 어울려 보였다. 어째서 그는 여기 우울한 한 남자와 내 옆에 웅크리고 서서, 우리가 숨 쉬는 소리, 바닷소리, 또 아치를 지나며 모래를 날리는 바람 소리, 사슬에 묶여 있는 개 소리와 무적霧笛 소리, 저 멀리 전차가 덜컹대는 소리를 들으면서 성냥에 불붙이는 모습, 어둠 속을 살피는 소년의 어린 얼굴, 등대의 불빛, 궐련을 집는 손의 움직임을 보고 있는 것일까? 지금 부슬비 아래 펼쳐진 시내와, 펍과 클럽과, 커피숍과 건달들의 거리와, 산책로 근처 아치에 친구와 적들로 가득한 이 시간에? 차라리 목공장 창고에서 촛불을 켜놓고 눈을 붙일 수도 있었을 텐데.

줄줄이 늘어선 낮은 집들, 가족들은 저녁 식탁에 모여 있고, 무선 라디오가 켜져 있고, 딸의 애인들은 응접실에 앉아 있다. 이웃집에선 가족들이 식탁보 위에 놓인 신문을 읽거나 저녁 식사 후 남은 감자를 튀기고 있다. 언덕 위 집 응접실에서는 카드게임이 한창이다. 언덕 꼭대기 집에서는 가족들이 친구들을 맞이하고 있고, 응접실 블라인드는 반쯤 열려 있다. 나는 활기찬 밤의 차가운 한 구석에서 바닷소리를 들었다.

낯선 사람 중 하나가 불쑥 높고 또렷한 목소리로 말했다. "그럼 우린 모두 뭘 하고 있는 거지?"

"망할 아치 밑에 서 있지." 다른 사람이 말했다.

"추위에 떨면서 말이죠." 내가 말했다.

"별로 아늑하진 않네요." 지금은 어둠에 가려 보이지 않는, 호감형 얼굴의 젊은이가 고음으로 말했다. "호텔보다는 못하군요."

"마제스틱에서 보낸 그날 밤 기억나?" 다른 사람이 말했다.

긴 침묵이 흘렀다.

"여기 자주 서 있나요?" 호감형 얼굴의 젊은이가 물었다. 목소리가 갈라진 적이 없어 보였다.

"아뇨, 여긴 처음이에요." 내가 말했다. "가끔 브린밀^F 아치에 서 있기도 해요."

"옛 잔교에는 가봤어요?"

"거긴 비 올 때는 좋지 않죠, 그렇죠?"

"잔교 아래 말이에요. 빔 안에."

"아뇨, 거긴 가보지 않았어요."

"톰은 일요일마다 잔교 밑에서 시간을 보내요." 퍼그 같은 얼굴의 젊은이가 씁쓸하게 말했다. "저녁 식사를 종이에 싸서 갖다 줘야 해요."

"또 기차가 오네요." 내가 말했다. 기차가 머리 위로 달려갔고, 아치가 끼익거렸고, 바퀴가 비명을 지르며 지나가자 아무 소리도 들리지 않았고, 불똥에 아무것도 보이지 않았고, 불타는 듯한 무게에 짓눌리는 것 같았고, 우리는 무덤 같은 아치에서 만신창이

흑인처럼 다시 일어났다. 어둠이 집어삼킨 시내에서는 아무 소리도 들리지 않았다. 덜컹거리는 전차 소리도 서로 뒤섞여 들리지 않았다. 감춰진 바다의 힘이 부두의 얼룩을 지워버렸다. 세 사람의 젊은이만이 살아 있었다.

누군가 말했다. "슬픈 삶이에요. 집이 없다는 거는."

"집이 없어요?" 내가 말했다.

"아, 아뇨, 집은 있어요."

"나도 있어요."

"나는 쿰돈킨 파크 근처에 살아요." 내가 말했다.

"거기도 톰이 밤에 앉아 있는 곳인데. 올빼미 소리를 듣는다고 하죠."

"전에 시골에 산 친구를 알았는데. 브리젠드 근처에요." 톰이 말했다. "전쟁 때 거기 탄약 공장이 있어서 새들이 전부 망했죠. 그 친구 말로는 브리젠드 뻐꾸기는 금방 알아볼 수 있다고 했죠. '뻑망할! 뻑망할!' 하고 운다고."

"뻑망할!" 아치에서 메아리가 쳤다.

"당신은 왜 아치 밑에 서 있어요?" 톰이 물었다. "집에 가면 따뜻할 텐데. 커튼을 치고, 난롯가에 벌레처럼 웅크리고 앉아 있을 수 있잖아요. 가련한 달빛 아래 떨고 있을 것 없이."

"집에 가고 싶지 않아요. 난롯가에 앉아 있고 싶지도 않고. 들어가면 할 일도 없고, 자고 싶지 않거든요. 할 일이 없어도 이렇게 서 있는 게 좋아요. 어둠 속에서 혼자 말이에요." 내가 말했다.

사실 그랬다. 나는 밤이면 혼자 돌아다니며 모퉁이에 늘 서 있는 사람이었다. 자정이 지나 거리는 텅 비고 창가에 비치는 불빛이 모두 꺼졌을 때, 젖은 도시를 돌아다니는 것이 좋았다. 더없이 서글픈 마음을 안고, 유령 같은 에벤에셀 성당 옆 축축한 도로를 따라, 달빛 아래 죽은 듯 고요하고 텅 빈 하이 스트리트의 빛나는 전차선 위를 혼자 살아서 걷는 것이 좋았다. 그럴 때면 멀찌감치 서서 사람을 짓누르는 세상의 일부가 된 것 같은 느낌이 그 어느 때보다 강하게 들었고, 사랑과 오만, 동정심과 겸손함이 그 어느 때보다 많이 느껴졌다. 비록 나 자신에 대해서만 아니라 내가 고통받으며 살고 있는 살아 있는 지구에 대해서도, 그리고 창공의 아무것도 느끼지 못하는 천체들, 수성과 금성, 브레이즐과 스컬리, 중국과 세인트 토머스의 사람들, 경멸하는 여자들, 들이대는 여자들, 군인과 건달과 경찰관들, 날카로운 의심의 눈초리로 중고 책을 사는 사람들, 박물관 벽에 기대서서 차 한 잔 할 듯한 누더기를 걸친 나쁜 여자들, 키는 7피트에 패션 잡지에서 튀어나온 듯한 모습에 플랫에서 미끄러지듯 움직이는 완벽한, 다가갈 수 없는 여인들, 강철과 유리, 벨벳을 통해 보이는 빛나는 피조물들에 대해서도 그렇게 느꼈다. 나는 주택가의 버려진 집 담장에 기대거나, 빈방에서 어정거리거나, 층계에서 겁에 질려 서 있거나, 깨진 창문을 통해 바다나 허공을 바라보았고, 그러면 길가의 불빛이 하나씩 꺼졌다. 혹은 짓다 만 집에서 어슬렁거리기도 했다. 지붕에는 하늘이 걸려 있었고, 사다리에는 고양이들이 앉아 있었고, 바람은 침실의 드러난 뼈대를 흔들어댔다.

"그리고 이야기도 나눌 수 있잖아요." 내가 말했다. "왜 집에 가지 않아요?"

"집에 가고 싶지 않아요." 톰이 말했다.

"나는 까다로운 사람이 아니에요." 그의 친구가 말했다.

성냥에 불이 붙자 그들의 머리 모양이 벽에 흔들리며 드리워졌고, 날개 달린 황소와 양동이 모양이 커졌다 작아졌다. 톰이 이야기를 시작했다. 나는 누군가 모래사장을 걷다가 아치를 지나다가 갑자기 구멍에서 들려오는 고음의 목소리를 듣게 될 광경이 그려졌다.

이야기 앞부분을 놓쳤다. 그가 깜짝 놀라 축구선수처럼 몸을 재빨리 움직이며 철로 뒤 불빛을 향해 어둠 속에서 들락거릴 것을 생각하다가……. 문장 중간을 듣고 톰의 음성을 기억해냈다.

"…… 그들에게 다가가서 멋진 밤이라고 했어요. 물론 멋진 밤은 전혀 아니었지만. 모래사장은 텅 비어 있었어요. 우리는 그들에게 이름이 뭐냐고 물었고, 그들은 우리 이름이 뭐냐고 물었죠. 그리고 우리는 나란히 걷게 되었어요. 여기 월터가 '멜바'[G]에서 열리는 파티 이야기를 하면서 여자 화장실에서 무슨 일이 있었는지 말해줬어요. 테너들을 담비처럼 끌어내야 했다네요."

"그 여자들 이름이 뭐였어요?" 내가 물었다.

"도리스와 노마요." 월터가 말했다.

"그래서 우리는 모래사장을 걸어 사구 쪽으로 갔어요." 톰이 말했다. "월터는 도리스랑, 난 노마랑 함께 걸었어요. 노마는 증기세탁장에서 일했어요. 걸으면서 이야기를 한 지 몇 분 지나지 않았는데, 세상에, 그 여자에게 완전히 반해버리고 말았어요. 예쁜 여자도 아닌데 말이에요."

톰은 노마가 어떤 사람인지 설명했다. 흡사 내 눈으로 본 것처럼 눈에 선했다. 통통하고 상냥한 얼굴, 명랑한 갈색 눈, 따뜻하고 시원스러운 입매, 탐스러운 단발, 튼튼한 몸매, 병 모양의 다리, 큼직한 엉덩이 이야기가 톰의 말 몇 마디에서 곧바로 튀어나왔다. 거친 손에 화려한 장갑을 끼고, 얇은 손수건을 금팔찌에 끼워 팔에 두르고, 편지와 야유회 사진, 콤팩트, 버스표, 실링 동전이 든 감청색 핸드백을 들고, 얼룩무늬 외투를 입고 비 오는 가을 저녁 모래사장을 꿋꿋이 걸어가는 그녀의 모습이 눈에 선했다.

"도리스는 예뻤어요." 톰이 말했다. "맵시 있고, 외모를 잘 가꾸었고, 나이프처럼 날카로웠죠. 나는 스물여섯이었고, 누굴 사랑해본 적이 없었는데, 그때 타웨 강[H] 모래사장 한복판에서 노마한테 반해버렸죠. 겁이 나서 그녀의 장갑에 손가락 하나 대지 못했어요. 월터는 그때 도리스를 끌어안고 있었어요."

그들은 사구 뒤에서 은신처를 찾았다. 어둠이 빠르게 내려앉았다. 월터는 도리스를 껴안고 희롱했고, 톰은 노마에게 바짝 붙어 앉아 용기를 내어 차가운 장갑을 낀 그녀의 손을 잡고 자신의 비밀을 죄다 털어놓았다. 나이와 직업도 이야기했다. 그는 저녁때면 좋은 책을 들고 집에 있는 걸 좋아했다. 노마는 춤을 좋아했다. 그도 춤을 좋아했다. 노마와 도리스는 자매였다. "그 생각은 못했네요. 당신은 아름다워요. 당신을 사랑해요." 톰이 말했다.

이제 아치 밑에서의 이야기는 사구에서의 애정 가득한 밤으로 넘어갔다. 아치는 하늘만큼 높았다. 어렴풋한 도시의 소음이 잦아들었다. 나는 톰 곁의 덤불에 포주처럼 드러누워 눈을 가늘게 뜨고 그가 노마의 젖가슴을 만지려는 것을 보았다. "무슨 짓이야!" 월터와 도리스는 그들 가까이 소리 없이 누워 있었다. 안전핀이 떨어지는 소리가 들릴 정도로 고요했다.

"그런데 희한한 거는 말이죠," 톰이 말했다. "좀 있다가 우리 모두 모래사장에 일어나 앉아 서로 마주보고 웃었어요. 그리고 우리 모두 어둠 속에서 말 한 마디 없이 모래 위를 가만히 돌아다녔어요. 그리고 나서 도리스는 나와 함께 누워 있었고, 노마는 월터랑 누워 있었다는 거죠."

"노마를 사랑했다면서 어째서 상대를 바꿨어요?" 내가 물었다.

"나도 이유를 모르겠어요." 톰이 말했다. "매일 밤마다 생각해보지만."

"그게 10월의 일이었어요." 월터가 말했다.

그리고 톰이 이어서 말했다. "7월까지 그들을 별로 만나지 못했어요. 노마를 마주볼 수 없었어요. 그러다가 그들이 우리에게 친자 확인 소송을 걸었어요. 판사 루이스 씨는 여든 살이라 소리를 전혀 듣지 못했어요. 그는 귀에 작은 나팔을 붙였고, 노마와 도리스가 증거를 제시했어요. 그다음 우리도 증거를 제시했고, 판사는 누가 누구 애인지 결정하지 못했어요. 결국 그는 고개를 앞뒤로 주억거리더니 나팔을 입에 대고 말했어요. '개처럼 말이야!'"

문득 날씨가 참 춥다는 사실을 떠올렸다. 감각이 사라진 두 손을 맞대고 문질렀다. 아, 밤새 추위 속에 서 있다니. 서리 내리는 밤, 아치 밑에서, 밑도 끝도 없는 긴 이야기를 듣고 있다니……. "그래서 어떻게 됐어요?" 내가 물었다.

월터가 대답했다. "난 노마와 결혼했고, 톰은 도리스와 결혼했어요. 올바른 선택을 해야 했으니까요. 그렇죠? 그래서 톰은 집에 돌아가지 않는 거예요. 톰은 새벽이 되기 전에 집에 돌아가는 법이 없어요. 나는 재랑 같이 있어줘야 해요. 내 동생이니까."

집까지 달려가는 데 10분 걸렸다. 나는 외투 옷깃을 올리고 모자를 푹 눌러 썼다.

"그런데 희한한 건 말이죠," 톰이 말했다. "난 노마를 사랑하고, 월터는 노마도 도리스도 사랑하지 않는다는 거예요. 우리는 귀여운 아들을 둘 낳았어요. 내 아들 이름은 노먼이에요."

우리는 모두 악수를 나눴다.

"또 봅시다." 월터가 말했다.

"나는 항상 근처에서 어슬렁거리고 있어요." 톰이 말했다.

"아비시니아!"[1]

나는 아치에서 빠져나와 트라팔가 테라스를 가로질러 가파른 거리를 올라갔다.

타웨가 흘러가는 곳[A]

험프리스 씨, 로버츠 씨, 젊은 토머스 씨가 정확히 밤 9시에 엠린 에반스 씨가 사는 작은 저택 '라벤그로'[B]의 현관문을 두드렸다. 에반스 씨가 안방에서부터 카펫 실내화를 끌며 복도를 걸어와서는 빗장을 열지 못해 낑낑대는 동안 그들은 눈꼬리풀 덤불 속에 숨어 기다렸다.

험프리스 씨는 학교 교사로, 키가 크고 피부가 하얗고 말을 더듬었으며, 별로 성공하지 못한 소설 한 편을 써낸 경력이 있었다.

로버츠 씨는 명랑하고, 평판이 별로 좋지 않은 중년 남자였고, 직업은 보험 수금원이었다. 업계에서는 그를 시체 도둑이라는 별명으로 불렀고, 친구들 사이에서는 버크 앤 헤어[C], 또 웨일스 민족주의자로 알려져 있었다. 과거 양조장 관리직 간부를 맡았던 적이 있었다.

젊은 토머스 씨는 현재 직업은 없지만 곧 첼시에서 프리랜서 기자로 일하기 위해 런던으로 떠날 계획이라고 했다. 그는 무일푼이었고, 확실하진 않지만 여자들의 도움을 받아 살 수 있기를 바랐다.

에반스 씨가 문을 열고 좁은 길 쪽으로 회중전등을 비추어 차고와 닭장을 확인했지만 세 사람이 속삭이고 있던 덤불을 놓치자 세 친구가 불쑥 튀어나오며 위협적인 목소리로 외쳤다. "우린 비밀경찰이오![D] 문을 여시오!"

"불온서적 검열이오." 험프리 씨가 거수경례를 하며 말을 더듬거렸다.

"하일, 손더스 루이스![E] 책을 어디 숨겼는지 다 알고 왔소." 로버츠 씨가 말했다.

에반스 씨가 회중전등을 껐다. "어서 안으로 들어오게. 목을 축이세. 고작 순무로 담근 술 정도지만." 그가 덧붙였다.

그들은 모자와 외투를 벗어 난간 끝에 쌓아두고는 쌍둥이 조지

128

와 실리아가 깰까봐 조용조용 말하면서 에반스 씨를 따라 뒷방으로 들어갔다.

"분쟁의 씨앗은 어디 계신가요, 에반스 씨?"[F] 로버츠 씨가 런던 말투로 말했다. 그는 난롯불 앞에서 손을 덥히며 놀란 웃음을 지었다. 금요일마다 이 집을 찾아오지만 깔끔하게 정돈된 서가, 그리고 응접실을 서재로 만들어주는 화려한 장식의 접이식 책상, 빛나는 괘종시계, 굳은 표정으로 새를 바라보는 아이들 사진, 오래된 맥주병에 넣으면 꽤 그럴듯해 보이는, 집에서 밀조한 여전히 맛난 술, 또 낡은 러그 위에서 자고 있는 고양이는 정말 볼 때마다 놀라웠다. "부르주아지의 집이야."

그 자신 가정 없는 독신자였고, 복잡한 과거와 큰 빚이 있어서인지 로버츠 씨는 친구들과 그들의 부인, 그들의 편안한 삶을 부러워하며 그들에 대해 친한 척, 슬쩍 비난하는 척 말하는 걸 몹씨 즐겼다.

"주방에 있지." 에반스 씨가 잔을 나눠주며 말했다.

"여자가 있을 곳은 거기뿐이지." 로버츠 씨가 유쾌하게 말했다. "딱 한 곳 예외가 있긴 하지만."

험프리스 씨와 토머스 씨가 난롯가에 의자들을 갖다 놓았다. 넷 모두 무슨 비밀회합이라도 하듯 바짝 붙어 앉아 가득 채운 잔을 들고 있었다. 잠시 아무도 입을 열지 않았다. 그들은 서로 음흉한 표정으로 쳐다보았고, 술을 홀짝이며 한숨을 쉬었고, 에반스 씨가 담배상자에서 꺼낸 담배에 불을 붙였다. 험프리스 씨가 괘종시계를 한 번 보더니 눈을 찡긋하며 조용히 하라는 듯 손가락을 입에 댔다. 이어 손님들의 몸이 녹고 술이 오르고 바깥 추운 밤을 잊게 되자 에반스 씨가 금지된 기쁨을 고대하는 마음으로 몸을 살짝 떨며 이렇게 말했다. "30분 뒤면 아내가 잠자리에 들겠군. 그러면 일을 시작할 수 있을 거요. 다들 물건은 가지고 왔소?"

"도구도 가져왔지." 로버츠 씨가 주머니를 툭툭 두드리며 말했다.

"그때까지 뭘 하죠?" 젊은 토머스 씨가 말했다.

"쉿!" 험프리스 씨가 다시 눈을 찡긋거렸다.

"어릴 적 토요일이 오기를 기다리듯 오늘 밤을 기다렸소." 에반스 씨가 말했다. "그땐 토요일이면 1페니를 받았지. 그 돈을 죄다 알사탕이랑 젤리를 사먹는 데 써버렸지만."

그는 고무용품과 고무 장난감, 주사기와 욕실 매트를 팔러 다니는 사람이었다. 가끔 로버츠 씨는 그를 가난한 자의 친구라고 불러서 그의 얼굴을 붉히게 했다. "아니! 아니! 아니야!" 그는 이렇게 말하곤 했다. "물건 샘플을 보여줄 수도 있어. 그런 물건이 아니라니까." 그는 사회주의자였다.

"동전으로 신데렐라G를 한 갑 사기도 했지." 로버츠 씨가 말했다. "그리고 그걸 도살장에서 피웠지. 세상에서 가장 달콤한 담배였지. 요즘은 그걸 팔지 않더군."

"도살장 관리인 늙은 짐은 기억나나?" 에반스 씨가 말했다.

"그 사람은 내가 다니던 시절 뒤에 왔지. 난 자네들처럼 어리지 않아요."

"로버츠, 자네 나이가 뭐 많다고 그러나. G.B.S.[II]를 생각해보게."

"쇼의 이론은 나랑 맞지 않네. 난 새와 짐승을 가차 없이 먹어치우거든." 로버츠 씨가 말했다.

"자넨 꽃도 먹나?"

"아이쿠! 문학자들 같으니라고. 이젠 이해할 수 없는 소릴 하는군. 난 집집마다 찾아다니며 예수 부활을 전파하는 한낱 가난뱅이일 뿐일세!"

"저 친구는 맥주 한 잔 값이라면서 쓰레기통을 쑤셔서 모가지가 성냥처럼 똑 부러진 쥐를 꺼내서 주곤 했지!"

"그땐 무조건 맥주였지."

"자! 자!" 험프리스 씨가 잔으로 테이블을 두드렸다. "이야기를 낭비해선 안 되네. 언젠가 모두 필요할 거야." 그가 말했다. "도살장 일화를 비망록에 적어두었나, 토머스?"

"기억해둘게요."

"잊지 말게. 이야기가 쭉 이어져야 하네." 험프리스 씨가 말했다.

"네, 폐하!"[1] 토머스 씨가 재빨리 말했다.

로버츠 씨가 양손으로 귀를 막았다. 그가 말했다. "대화가 점점 난해해지는군. 미안하지만 나도 어려운 말을 써보겠네! 에반스, 까마귀 사냥총 같은 것 있나? 식자들을 쫓아버리고 싶구먼! 내가 존 오런던 협회^J에서 '무용함의 유용성'에 대해 강의한 이야기를 했던가? 그건 사기였지. 강의 내내 잭 런던에 대해 말했더니 글쎄 그들이 마지막에 그건 내가 하겠다고 한 강의가 아니었다고 하지 뭔가. 그래서 '뭐, 그것에 대해 강의하는 건 무용하지 않을까요?'라고 했지. 그랬더니 대꾸를 못하더군. 데이비스 박사 부인이 맨 앞줄에 앉아 있었는데, 그 부인을 기억하나? 부인이 W. J. 로크에 대해 첫 강의를 했는데, 중간에 말이 꼬였지. 부인이 '방랑받는 사랑자'^K라고 말한 걸 기억하나, 험프리스?"

"저기요! 저기요!" 험프리스 씨가 앓는 소리를 내며 말했다. "그건 나중에 이야기하세."

"순무 술을 더 하겠나?"

"목구멍으로 비단처럼 매끄럽게 넘어가는군, 에반스."

"아기 젖 같지."

"언제 멈출지 말하게, 로버츠."

"언제라니, 기간을 뜻하는 단어군. 고맙네! 성냥갑에서 읽은 거네."

"성냥갑에 연재소설을 싣지 않는 이유가 뭘까? 당신이라면 대프니가 다음 호에 무슨 일을 벌일지 궁금해서 가게를 통째로 사버릴 텐데 말이야." 험프리스 씨가 말했다.

그는 말을 멈추더니 당황한 표정으로 친구들의 얼굴을 둘러보았다. 대프니는 맨셀튼에 사는, 남편과 별거 중인 어느 부인의 이름이었다. 그녀 때문에 로버츠 씨는 평판도 잃고, 양조장 일자리도 잃었던 것이다. 그는 그녀의 집에 종종 술을 배달했는데 돈도 받지 않았고, 그녀에게 칵테일 바도 사주고, 100파운드도 주고, 자기 어머니의 반지도 여럿 주었다. 그 보답으로 그녀는 큰 파티를 몇 번이나 열었지만 그를 한번도 초대하지 않았다. 오직 토머스 씨만 그 이름을 알아듣고는 이렇게 말했다. "아뇨, 험프리스 씨. 화장실 휴지에 연재하는 게 좋겠네요."

"내가 런던에 갔을 때 말이네," 로버츠 씨가 말했다. "파머스 그린에서 아미티지라는 이름의 부부와 함께 지냈지. 커튼과 블라인드를 만드는 사람이었는데 그들은 날마다 휴지에 메모를 써서 상대에게 남겨두곤 했지."

"베네치아 블라인드를 만들려면 그 친구 눈에 장식 핀을 찔러야 하겠군."[L] 에반스 씨가 말했다. 그는 자기 집에서 모임이 있는 밤이면 늘 약간 겉도는 느낌이었고, 에반스 부인이 주방에서 못마땅한 표정으로 들어와 주기를 기다리고 있었다.

"나는 종종 '친애하는 톰, 왓킨스 가족이 차 마시러 오는 걸 잊지 말아요'라든가, '페기에게, 톰이 추억하며'라는 메시지를 사용해야 했네. 아미티지 씨는 모즐리 신봉자[M]였지."

"깡패 자식들." 험프리스 씨가 말했다.

"진심으로 묻는 건데, 개인의 획일화로 우리가 뭘 할 수 있지?" 에반스 씨가 물었다. 모드는 여전히 주방에 있었다. 부인이 접시를 두드리는 소리가 들렸다.

"당신의 질문에 다른 질문으로 답하자면," 로버츠 씨는 이렇게 답하면서 에반스 씨의 무릎에 한 손을 올렸다. "거기에 무슨 개인의 특성이 남아 있겠나? 대중의 시대는 대중인간을 만드네. 기계는 로봇을 만들고."

"노예를 만드는 거지." 험프리스 씨가 좀 더 확실하게 말했다. "주인이 아니라."

"그거지. 바로 그거야. 불꽃을 일으키는 플러그가 독재지배를 하는 거네, 험프리스. 그런데 돈을 내는 건 항상 인간이지."

"잔이 빈 사람 있나?"

로버츠 씨가 잔을 거꾸로 뒤집어 놓았다. "라넬리Llanelly에서 이렇게 하면 '이 안에서 최고와 한 바탕 싸워보겠다'는 뜻이라네. 하지만 진심으로 말하지만, 에반스 말대로 구식 개인주의자는 이제 둥근 구멍에 박힌 네모난 못이나 다름없네."

"대단한 구멍이네요!" 토머스 씨가 말했다.

"우리 민족의―온루커가 지난주에 뭐라고 했나?―, 우리 민족의 오도자들을 보게."

"그들은 자네나 보게. 로버츠. 우린 이미 쥐새끼들이 있으니까." 에반스 씨가 불안하게 웃으며 말했다. 주방이 조용해졌다. 모드의 일이 끝난 것이다.

"온루커는 배즐 고스 윌리엄스의 필명[1]이지." 험프리스 씨가 말했다. "그거 안 사람 있나?"

"가명[2]이지. 램지 맥에 대해 쓴 그의 글을 봤나? '늑대 가죽을 쓴 양'이라는 제목이었지."

"그 사람 알지!" 로버츠 씨가 경멸하는 말투로 말했다. "지긋지긋하네."[N]

에반스 부인이 방으로 들어오면서 그 마지막 말을 들었다. 그녀는 깊게 패인 주름살과 지친 손, 젊은 시절 보기 좋았을 갈색 눈에 남겨진 흔적, 그리고 오뚝한 콧대를 가진 마른 여자였다. 무슨 일이 있어도 놀라는 법이 없는 그녀는 한때 로버츠 씨가 12월 31일 저녁, 자신의 치질을 설명하는 것을 한 시간 넘게 들었고, 그가 그것을 '분노의 포도'라고 부르는 것을 아무 말 없이 참아주었다. 술이 깬 로버츠 씨는 그녀를 "부인"이라고 부르면서 날씨와 감기 이야기만 했었다. 그는 벌떡 일어나 그녀에게 앉을 자리를 권했다.

"아뇨, 고맙지만 됐어요, 로버츠 씨." 에반스 부인이 또렷하고 딱딱한 목소리로 말했다. "바로 자러 갈 거예요. 추위 때문에 힘드네요."

---

1. *nom de plume.* 원문은 프랑스어.
2. *nom de guerre.* 원문은 프랑스어.

'자러 가도록 해요, 못생긴 모드.' 젊은 토머스 씨는 이렇게 생각했다. "들어가시기 전에 따뜻한 거 좀 드시겠어요?" 그가 말했다.

그녀는 고개를 젓고 친구들에게 살짝 웃어 보이더니 에반스 씨에게 말했다. "자러 오기 전에 세상의 잘못을 바로잡으세요."

"안녕히 주무세요, 에반스 부인."

"모드, 이번엔 자정 전에 끝내겠소. 약속해요. 삼보는 뒷마당에 내놓겠소."

"안녕히 주무세요, 부인."

'푹 자요, 거만한 아주머니.'

"더 이상 신사분들께 방해되지 말아야죠." 그녀가 말했다. "크리스마스에 쓰려고 남겨둔 순무 술이 벽장에 있어요, 엠린. 버리지 말고 잘 써요. 좋은 밤 보내세요."

에반스 씨가 눈썹을 치켜뜨더니 휘파람을 불었다. "휘유! 여러분." 그는 넥타이로 얼굴에 부채질 시늉을 하다가 그 손을 허공에서 멈췄다. "큰 저택에 익숙한 사람일세. 하인들이 딸려 있는 저택 말일세."

로버츠 씨가 주머니에서 연필과 만년필을 꺼냈다. "귀한 원고는 어디 있나? 세월이 유수처럼 흐르고 있네."

험프리스 씨와 토머스 씨가 무릎 위에 노트를 올려놓고 각각 연필을 들었고, 에반스 씨는 괘종시계 문을 여는 것을 바라보았다. 흔들리는 추 아래 파란 리본으로 묶어놓은 종이 더미가 있었다.

에반스 씨가 그것을 책상 위에 올려놓았다.

"집중합시다." 로버츠 씨가 말했다. "전에 검토했던 부분을 봅시다. 회의록을 읽어주겠나, 토머스?"

토머스 씨가 말했다. "'타웨가 흘러가는 곳. 지방 생활에 관한 소설. 제1장, 시내, 항만, 빈민가, 교외 등의 전체 설명.' 이 부분은 마쳤어요. 그때 정한 제목은 제1장, '공공 도시'였어요. 제2장은 '사생활'이었고, 험프리스 씨는 다음과 같이 제안했죠. '공동 저자들은 각자 도시의 한 사회분야나 계층에서 한 인물을 정해 우리의 이야기가 시작되는 시점, 즉 올해 겨울까지의 해당 인물의 간단한 내력을 독자에게 소개한다. 제2장은 앞으로 주인공이 될 그 인물들의 소개와 그들의 전기적 사실을 정리하는 것으로 구성된다.' 질문 있습니까, 여러분?"

험프리스 씨는 자신의 발언을 다 인정했다. 그가 맡은 인물은 진보적 의견을 지닌 섬세한 학교교사로, 오해받고 부당한 취급을 받았다.

"질문 없습니다." 에반스 씨가 말했다. 그는 교외를 담당했다. 그는 적어놓은 노트를 부스럭거리며 이야기를 시작하려고 기다렸다.

"난 아직 쓴 게 없습니다." 로버츠 씨가 말했다. "전부 머릿속에 들어 있습니다." 그는 빈민가를 선택했다.

"개인적으로, 술집 여급을 고를지 창녀를 고를지 아직 마음을 정하지 못했습니다." 토머스 씨가 말했다.

"창녀이기도 한 술집 여급은 어떤가?" 로버츠 씨가 제안했다. "아니면 각자 두어 명의 인물을 맡을 수도 있을까? 나는 시의원을 하고 싶네. 또 돈 때문에 결혼하려는 여자도."

"그런 사람들을 한 마디로 표현했던 게 누구죠, 험프리스 씨?" 토머스 씨가 말했다.

"그리스인들이지."

로버츠 씨가 에반스 씨를 쿡 찌르며 속삭였다. "내가 맡은 부분을 어떻게 시작해야 할지 방금 생각났네. 엠린, 들어보게. '북적이는, 다 허물어져가는 방구석에 놓인 흔들거리는 테이블 위, 진Gin 술병에 꽂아둔 깜빡이는 촛불의 불빛에 낯선 이는 토사물이나 커스터드가 가득 든 깨진 컵을 보았을지도 모른다.'"

"진지하게 하게, 테드." 에반스 씨가 웃으면서 말했다. "그 문장을 적어왔군."

"아니, 맹세하네. 그냥 떠오른 것이네!" 그는 손가락을 꺾어 딱 소리를 냈다. "그런데 내 노트는 누가 읽고 있지?"

"자네도 종이에 적은 게 있나, 토머스?"

"아직 없어요, 에반스 씨." 이번 주에 토머스는 여자가 죽는 순간 달려들어 그녀를 흡혈귀로 만든 고양이 이야기를 쓰고 있었다. 그는 그 여자가 죽지 않은 아이들의 가정교사가 되는 부분까지 썼지만 그 부분을 소설에 어떻게 끼워 넣어야 할지 생각하지 못했다.

"환상적 요소를 완전히 외면할 필요는 없지 않나요?" 그가 물었다.

"잠깐! 잠깐만!" 험프리스 씨가 말했다. "우리의 리얼리즘을 정리해보세. 잠깐 딴 생각을 하면 토머스가 등장인물을 죄다 파랑새로 바꿔버리겠군. 한 번에 하나씩 하세. 누구든 자기 인물의 내력을 다 정한 사람이 있나?" 그는 붉은 잉크로 자신이 쓴 내력을 손에 들고 있었다. 글씨체는 학자처럼 단정하고 작았다.

"내 인물은 등장할 준비가 된 것 같소만." 에반스 씨가 말했다. "하지만 아직 글로 쓰진 않았네. 써둔 것을 참고하면서 나머지는 머릿속에서 꺼내야 하네. 아주 웃긴 이야기일세."

"음, 그렇다면 자네 먼저 시작해야겠군." 험프리스 씨가 실망한 목소리로 말했다.

"모든 이의 내력은 다 우습지." 로버츠 씨가 말했다. "내 이야기를 들으면 고양이도 웃을 거야."

험프리스 씨가 말했다. "그건 동의할 수 없네. 우리의 신비한 공통분모인 거리 위 남자의 삶은 사실 도랑물처럼 지루하네, 로버츠. 자본주의 사회는 중산모라는 중산층의 신성한 상징 아래 그를 억눌림과 아무 쓸모없는 습관으로 똘똘 뭉친 존재로 만들어놓았지." 그는 손바닥에 적어둔 것에서 재빨리 눈길을 돌렸다. "빵과 버터를 얻기 위한 부단한 고투, 실직이라는 괴물, 품위라는 엉터리 신, 부부관계의 공허한 허구. 결혼이란," 그는 카펫에 재를 털며 말을 이었다. "합법적인 일부일처제 매춘일세."

"와! 놀랍군! 그런 소릴 하다니!"

"험프리스가 또 시작했군."

"난 우리 친구만큼 폭넓은 어휘력은 없는 것 같네." 에반스 씨가 말했다. "가련한 아마추어를 동정해주게. 자넨 내가 채 시작하기도 전에 내 보잘 것 없는 이야기를 부끄럽게 만들고 있군."

"나는 여전히 평범한 이의 삶이 가장 비범하다고 생각하네." 로버츠 씨가 말했다. "내 경우를 들자면……."

"서기로서 말씀드리자면," 토머스 씨가 말했다. "에반스 씨의 이야기를 넣는 데 한 표 던지겠습니다. '타웨'를 봄에 판매할 수 있도록 열심히 완성해야죠."

"내 책『내일 또 내일』은 한여름 무더위에 출간되었지." 험프리스 씨가 말했다.

에반스 씨가 기침을 하더니, 난롯불을 빤히 쳐다보다가 말을 꺼냈다.

*

"그녀의 이름은 메리네." 에반스 씨가 말했다. "하지만 사실 그건 진짜 이름이 아니네. 그녀를 그렇게 부르는 건 그녀가 실존인물이고, 우리는 그 어떤 명예훼손도 원치 않기 때문이네. 그녀는 '벨뷰'

라는 집에 살고 있지만 그 역시 진짜 이름은 아니지. 그냥 다른 저
택의 이름이네, 험프리스. 그녀를 선택한 건 그녀의 삶이 약간 비
극적이기는 하지만 살짝 유머도 있기 때문이지. 러시아적이라고
나 할까. 메리는—현재는 메리 모건이지만, 결혼 전에는 메리 필
립스였는데, 그 이야기는 뒤에 나오네. 이런 이야기를 하면 김이
빠지지—태어날 때부터 교외에 산 것은 아니네. 자네들이나 나처
럼 중산층의 그늘에 가려져 있던 건 아니란 말이지. 아니 적어도
나 같지는 않았단 말일세. 나는 '포플라'○에서 태어나 지금 '라벤
그로'에 살고 있으니까. 중산모에서 중산모로 꼼짝 못하고 있는
셈이지. 물론 보통 사람이 블룸즈버리의 신경증 걸린 시인들만큼
이나 인물로서 흥미롭다는P 험프리스의 비판에 대해서는 그의 시
각을 내가 제일 먼저 우러러봤다는 점을 밝히고 싶네."

"자네와 악수하는 걸 잊지 않겠네." 로버츠 씨가 말했다.

"일요신문의 독자시군." 험프리스 씨가 비난하듯 말했다.

"음, '보통 사람이 쥐새끼인가'라는 문제는 두 분이 나중에 논의
하시죠." 토머스 씨가 말했다. "자, 메리는 어떻게 되었죠?"

"메리 필립스는," 에반스 씨가 말했다. "잠깐, 그런데 말이지, 인
텔리겐차들이 계속 이렇게 방해하면 로버츠가 자기 수술 이야기
를 하도록 하겠네. 더는 묵과하지 않겠네. 아무튼 그녀는 카마던
셔의 큰 농장에 살았네. 그곳이 정확히 어딘지는 말하지 않겠네.
그리고 그녀의 아버지는 부인과 사별했네. 그는 필요한 것은 뭐든

갖고 있었고, 술고래였지만 항상 신사답게 살았지. 자, 자! 계급전쟁은 잊게. 전쟁의 불씨가 꺼져가는 것이 보이니까. 그는 아주 훌륭한, 뼈대 있는 가문 출신이지만, 과음을 했네. 그것뿐이네."

로버츠 씨가 말했다. "사냥하고 낚시하고 술도 마셨겠지."

"아니, 그는 완전 촌부도 아니었지만, 그렇다고 신흥부자³도 아니었네. 난 반유대주의자는 아니지만 그는 필립슈타인 같은 사람은 아니었네.ᵠ 아인슈타인이나 프로이트만 생각하면 되네. 기독교도 중에도 악인이 있지 않나. 앞서 말했듯 그는 농장 가축을 잘 키워 돈을 벌었고, 이제 '쓰며' 사는 사람일 뿐이네."

"'청산'하는 것이겠지."

"자식도 하나뿐이었고, 그 애가 바로 메리였네. 메리는 아주 고지식하고 반듯해서 아버지가 술에 취한 모습을 참을 수 없었네. 매일 밤 귀가할 때마다 그는 항상 더 심하게 취해 있었고, 메리는 방에 틀어박혀 아버지가 온 집안을 굴러다니며 자기 이름을 부르고 가끔 도자기를 깨뜨리는 소리도 들었네. 하지만 그건 가끔일 뿐이었고, 그는 메리의 머리카락 하나도 다치게 하지 않았네. 메리는 열여덟 살쯤 되었고, 보기 좋은 소녀였지. 뭐, 영화배우는 아니었고, 음, 로버츠가 좋아할 외모는 아니었고, 메리에게 오이디푸스 콤플렉스가 있었는지 모르겠지만 그녀는 아버지를 미워하고

----

3. *nouveau riche.* 원문은 프랑스어.

부끄러워했네."

"내가 좋아할 외모라니, 그게 뭔가, 에반스?"

"모르는 척하지 말게, 로버츠. 에반스 말은 자네가 집에 데려가 자네의 우표 수집을 보여줄 만한 사람을 말하는 거 아닌가."

"전 입을 다물게요." 토머스 씨가 말했다.

"'닥치고 있을게요'라고 해야지." 로버츠 씨가 말했다. "토머스, 자네가 우리 말투를 따라 하면 하층계급을 깔본다고 할까봐 두려운 게군."

"인신공격은 하지 말게,[R] 로버츠." 험프리스 씨가 말했다.

"메리 필립스는 마커스 데이비드라는 젊은이와 사랑에 빠졌네." 에반스 씨는 여전히 난롯불을 응시한 채 친구들의 시선을 피하면서, 타오르는 불길에 대고 말을 이어나갔다. "그녀는 아버지에게 이렇게 말했네. '아버지, 마커스와 전 결혼하고 싶어요. 그 사람을 언제 저녁 식사에 초대할 테니 술에 취하지 않겠다고 약속해주세요.'

그가 말했네. '내가 언제 술에 취했다고 그러냐!' 하지만 그는 그 말을 할 때도 술에 취해 있었고, 조금 뒤 약속을 했네.

'약속을 어기시면 절대 용서하지 않을 거예요.' 메리가 아버지에게 말했네.

마커스는 타지에 사는 부유한 농부의 아들이었네. 자네들이 상상할 수 있을지 모르겠지만 좀 촌스러운 발렌티노[S]라고나 할까.

메리가 그를 저녁 식사에 초대하자 마커스는 머리에 기름을 바르고 아주 멋진 모습으로 찾아왔지. 필립스 씨는 그날 아침 시장에 갔다가 돌아오지 않았네. 메리가 직접 문을 열어주었지. 어느 겨울 저녁이었네.

그 장면을 상상해보게. 온갖 집착과 공포증에, 공작부인처럼 잘났고, 고지식하고 점잖은 시골 처녀가 젖 짜는 처녀처럼 발그레한 얼굴로 연인을 위해 문을 열어주었는데 새카만 문지방에 잘 생긴 얼굴로 수줍게 서 있는 연인이 서 있는 걸 본 거지. 이건 내가 적어왔네.

그녀의 미래는 그날 저녁에 달려 있었지. '들어와요.' 메리가 말했네. 둘은 키스하지는 않았지만 메리는 마커스가 고개를 숙여 인사하면서 자기 손에 입을 맞추어주길 바랐네. 메리는 그를 안으로 맞이했네. 특별히 깨끗하게 청소하고 윤을 냈지. 그리고 그에게 스완지 도자기가 든 장식장을 보여주었네. 초상화를 걸어두는 방은 따로 없어서 메리는 복도에 놓아둔 어머니의 스냅 사진과 키크고 젊고 맨 정신인, 수달 사냥할 때 입는 복장을 한 아버지 사진을 보여주었네. 그러는 내내 메리는 자기 재산을 과시하면서, 치안판사 부친을 둔 마커스에게 자기 집안의 배경이 그의 신부가 되기에 부족함이 없을 정도로 넉넉하다는 걸 증명하려고 애쓰면서 아버지의 등장을 기다렸네.

'오, 주여,' 둘이 다 식은 저녁 식탁에 앉았을 때, 메리는 이렇게 기도하고 있었네. '부디 아버지가 부끄럽지 않은 모습으로 도착하게 해주세요.' 여러분이 원한다면 메리를 속물이라고 불러도 좋네만 시골 신사들, 아니 신사에 가까운 사람들의 삶이란 낡아 빠진 상징물과 소유에 대한 집착으로 가득 차 있음을 기억해두게. 저녁 식사를 하면서 메리는 마커스에게 자기 가족에 대해 말했고, 식사가 그의 입맛에 맞기를 바랐네. 따뜻한 식사여야 했지만 그에게 늙고 지저분한 하인들을 보이고 싶지 않았네. 늘 함께했던 하인들이라 아버지는 그들을 바꿀 생각이 없었지. 특정 사회에 만연한 토리즘^{T}의 한 단면이랄까? 이야기를 축약하자면(이건 요지일 뿐이네, 토머스), 그들이 한창 저녁 식사 중이었고, 대화도 점점 더 친밀해져서 메리가 아버지를 거의 잊고 있던 차에 현관문이 벌컥 열리더니 고주망태가 된 필립스 씨가 복도로 비틀거리며 들어왔네. 식당 문이 열려 있었기 때문에 그들은 다 볼 수 있었네. 아버지가 복도에서 휘청거리며 잔뜩 취한 목소리로 중얼거리고 있을 때, 메리에게 솟구친 온갖 감정을 다 설명할 생각은 없네. 그는 덩치가 컸네. 그걸 이야기하는 걸 잊었군. 키가 6피트에 체중이 18스톤^{U}이나 되었지.

'어서요! 어서! 식탁 밑에 숨어요!' 메리가 다급히 속삭였고, 마커스의 손을 잡아끌어서 식탁 밑에 웅크리고 숨었지. 마커스가 얼마나 당황했을지는 우리도 알 수 없는 노릇이네.

필립스 씨가 들어왔고, 아무도 없는 걸 보더니 식탁에 앉아 남은 식사를 다 먹어치웠네. 두 접시를 깨끗하게 핥아 먹었지. 메리와 마커스는 식탁 밑에서 그가 욕설을 중얼거리며 먹어치우는 소리를 들었네. 마커스가 꼼지락거릴 때마다, 메리가 말했네. '쉬이잇!'

더 먹을 것이 없자 필립스 씨는 식당에서 어정어정 걸어 나갔네. 그들은 그의 다리를 보았네. 그때, 그가 계단을 올라가며 입에 올린 단어에 메리는 식탁 밑에서 몸을 떨었네. 네 글자로 된 단어였네."

"우리가 맞힐 기회를 세 번 주게." 로버츠 씨가 말했다.

"메리는 아버지가 방으로 들어가는 소리를 들었네. 메리와 마커스는 숨어 있던 곳에서 기어 나와 빈 접시 앞에 앉았네.

'뭐라고 용서를 구해야 할지 모르겠네요, 데이비드 씨.' 메리는 이렇게 말하며 거의 울다시피 했네.

'문제될 것 없습니다.' 마커스는 어느 모로 보나 유순한 청년이었네. '카마던의 장터에 다녀오신 거겠죠. 저도 차만 마시는 사람들을 좋아하지 않습니다.'

'술은 사람을 짐승으로 만들어요.' 메리가 말했네.

마커스는 메리에게 염려하지 말라고, 자신은 아무렇지 않다고 말했고, 메리는 과일을 권했네.

'저희 가족을 뭐라 생각하시겠어요, 데이비드 씨? 아버지가 저러시는 건 처음 봐요.'

이 소동으로 두 사람은 불쑥 가까워져 곧 서로 마주보고 웃었는데, 메리의 상처 받은 자존심이 거의 다 나아진 순간, 갑자기 필립스 씨가 방문을 열더니 아래층으로 달려 나왔네. 18스톤의 체중 때문에 온 집안이 흔들렸지.

'피해요!' 메리가 조그만 목소리로 마커스에게 말했네. '아버지가 들어오기 전에 피하세요!'

그럴 시간이 없었네. 필립스 씨는 벌거벗고 복도에 서 있었네.

메리는 마커스를 다시 식탁 밑으로 끌고 들어갔고, 아버지를 보지 않으려고 눈을 가렸네. 아버지가 복도에서 우산을 찾느라 더듬거리는 소리가 들렸고, 메리는 그가 무엇을 하려는지 알고 있었네. 자연의 부름에 따라 밖으로 나가려던 참이었지. '오, 주여' 메리가 기도했네. '부디 우산을 찾아 밖으로 나가게 하소서. 복도에서는 안 됩니다! 복도에서는!' 필립스 씨가 우산을 찾느라 외치는 소리가 들렸네. 메리는 눈을 뜨고 아버지가 현관문을 당기는 것을 보았고, 그는 문을 경첩에서 떼어내 번쩍 들고는 어둠 속으로 걸어 나갔다네.

'서둘러요! 제발 서둘러요!' 메리가 말했네. '다시는 만나지 말아요. 부끄러움은 제 몫이니까요.' 메리는 울기 시작했고, 마커스는 집에서 뛰쳐나갔네. 메리는 밤새 식탁 밑에 있었네."

"그게 끝인가?" 로버츠 씨가 말했다. "아주 감동적인 사건이군, 엠린. 어떻게 그런 이야기를 짓게 되었나?"

"어떻게 그걸로 끝일 수가 있나?" 험프리스 씨가 말했다. "메리 필립스가 어떻게 '벨뷰'에 가게 되었는지 설명이 없지 않나. 그녀가 카마던셔의 식탁 밑에 있는 걸로 끝났으니."

"마커스는 경멸 받을 친구 같아요." 토머스 씨가 말했다. "저라면 그런 식으로 여인을 버려두고 가지 않을 겁니다. 그렇죠, 험프리스 씨?"

"식탁 밑이라. 그 부분이 마음에 드는군. 위치가 절묘해. 당시는 관점이 달랐지." 로버츠 씨가 말했다. "이제 편협한 청교도주의는 한물갔으니까. 에반스 부인이 식탁 밑에 들어갔다고 상상해보게. 그런데 그다음 어떻게 되었나? 그녀가 쥐가 나서 죽었나?"

에반스 씨가 난롯불에서 고개를 돌려 그를 책망했다. "한껏 경박하게 굴게나. 하지만 그런 사건이 메리처럼 자존심 세고 예민한 여인에게 영영 영향을 준다는 사실은 바뀔 수 없네. 그녀의 감수성을 옹호하는 게 아닐세. 그녀가 가진 자존심의 근거는 모두 낡은 것이니까. 그런데 로버츠, 사회 체제로 모든 걸 속단하지 말게. 내가 한 이야기는 실제 있었던 사건이네. 그것의 사회적 함의는 우리 관심사 밖이고."

"주제 넘는 소릴 해서 미안하네, 에반스."

"그럼 메리는 어떻게 된 건가요?"

"그를 조르지 말게, 토머스. 자네 머릴 물어뜯어버릴 거야."

에반스 씨가 순무 술을 더 가지러 나갔다가 돌아와서 다시 이야기를 이어나갔다.

"그다음 어떻게 되었는지 궁금한가? 오! 메리는 당연히 아버지 집을 나갔지. 메리는 아버지를 용서하지 않을 거라고 했고, 또 용서하지 않았네. 그래서 카디건셔에서 에머 로이드 박사라는 숙부와 살게 되었네. 그 역시 치안판사였고, 그 일로 큰 재산을 모은 일흔다섯 정도 된 사람이었네. 자, 나이를 기억해두게. 그는 일도 많고, 영향력 있는 친구들도 여럿 있는 사람이었지. 그의 가장 오랜 친구 중 하나가 존 윌리엄 휴즈였네. 실명은 아니네. 런던 포목상이었고, 판사 집 근처에 별장을 갖고 있었지. 위대한 캐러덕 에반스가 한 말을 기억하나? 웨일스 놈들은 런던 놈들을 속여 떼돈을 벌고 나면 죽을 땐 항상 웨일스로 돌아가는 법이지.[v]

그런데 그 집의 외동아들 헨리 윌리엄 휴즈는 교육을 잘 받은 청년이었고, 메리를 보자마자 사랑에 빠졌네. 메리는 마커스와 식탁 밑에서 겪은 수치를 잊고 그를 사랑하게 되었네. 이런, 아직 시작도 안 했는데 실망한 표정 좀 짓지 말게. 이건 사랑 이야기가 아닐세. 하지만 그들은 결혼하기로 마음먹었고, 존 윌리엄 휴즈는 메리의 숙부가 지역에서 가장 존경 받는 사람들 중 한 명이고, 메리의 아버지가 돈도 있으니 죽고 나면 메리의 것이 되리라 생각해서 결혼을 승낙했네.

그들은 런던에서 조용히 식을 올렸네. 모든 것이 다 준비되었지. 필립스 씨는 초대하지 않았네. 메리는 혼수를 준비했고. 로이드 박사가 메리의 아버지 노릇을 했네. 베아트리스와 베티 윌리엄 휴즈가 신부 들러리를 맡았지. 메리는 베아트리스와 베티와 함께 런던에 가서 사촌과 함께 지냈고, 헨리 윌리엄 휴즈는 아버지 가게 위 숙소에서 지냈지. 결혼식 전날, 로이드 박사가 시골에서 올라와 메리와 만나 차를 마셨고, 존 윌리엄 휴즈와 저녁 식사를 했네. 누가 돈을 냈는지는 나도 모르겠네. 그다음 로이드 박사는 호텔로 돌아갔지. 이런 사소한 것들을 세세히 늘어놓는 건 모든 것이 잘 준비되고 평범했다는 이야기를 하려는 걸세. 만사 안전하고 확실했지.

이튿날, 식이 시작되기 직전, 메리, 그리고 이름이나 성격은 이 이야기와 무관한 메리의 사촌, 그리고 매우 평범하고 서른 살 먹은 두 자매는 로이드 박사가 오기를 초조하게 기다렸네. 시간이 지났고, 메리는 울기 시작했고, 자매는 부루퉁한 표정이 되었고, 사촌은 모두에게 걸리적거리고 있었고, 박사는 오지 않았네. 사촌은 박사가 묵는 호텔로 전화를 걸어보았지만 그가 거기에 묵지 않았다는 답을 들었네. 그렇네. 호텔 직원은 박사가 결혼식에 참석한다는 걸 안다고 했네. 하지만 그의 침대엔 사람이 잔 흔적이 없다고 했지. 직원은 그가 교회에서 기다리고 있을지도 모른다고 했네.

택시를 타고 가는 시간이 더없이 길게 느껴졌고, 베아트리스와 베티는 마음을 졸였고, 마침내 자매, 사촌, 메리가 함께 교회 앞에 당도했네. 사람들이 교회 앞에 모여 있었네. 사촌은 택시 창문으로 머리를 내밀고 경찰에게 교회 관리인을 불러달라고 했고, 관리인은 로이드 박사가 오지 않았으며, 신랑과 신랑 들러리가 기다리고 있다고 했네. 이어 교회 문 앞에서 소동이 일었고, 경찰이 메리의 아버지를 끌고 나오는 것을 보았을 때, 메리의 심정이 어땠을지는 자네들도 상상할 수 있겠지. 필립스 씨는 주머니마다 술병을 차고 있었고, 그가 도대체 어떻게 교회 안으로 들어갔는지는 아무도 알지 못했네."

"마지막 결정타로군." 로버츠 씨가 말했다.

"베아트리스와 베티가 말했네. '울지 말아요, 메리. 경찰이 그분을 끌고 나가잖아요. 저 봐요! 시궁창에 쓰러졌어요! 물이 첨벙이네요! 걱정 말아요, 곧 다 끝날 거예요. 당신은 헨리 윌리엄 휴즈의 부인이 될 거예요.' 그들은 최선을 다하고 있었네.

'로이드 박사님이 안 계셔도 결혼식은 올릴 수 있어.' 사촌은 메리에게 이렇게 말했고, 메리는 울면서―그런 상황에서는 누구라도 울었겠지―환한 표정을 지어보였네. 그런데 그 순간, 다른 경찰이⋯⋯"

"또!" 로버츠 씨가 말했다.

"⋯⋯ 사람들 사이로 들어와 교회 문 앞으로 가더니 안에 편지를 전했네. 존 윌리엄스 휴즈, 헨리 윌리엄 휴즈, 들러리가 나왔고, 다들 경찰에게 뭐라고 하면서 팔을 흔들어댔고, 메리와 들러리들, 사촌이 타고 있는 택시를 가리켰네.

존 윌리엄 휴즈가 택시로 달려오더니 창문에 대고 외쳤네. '로이드 박사가 타계했다! 결혼식을 취소해야겠다.'

헨리 윌리엄 휴즈가 그를 따라와서 택시 문을 열고 말했네. '메리를 집으로 데려다줘요. 우리는 경찰서로 가야 해요.'

'그리고 영안실에도 가야 한다.' 그의 아버지가 말했네.

택시는 예비 신부를 집으로 데려다주었고, 자매들은 메리가 내내 운 것보다 더 많이 울었네."

"슬픈 결말이군." 로버츠 씨가 감탄하며 말했다. 그는 잔에 술을 더 따랐다.

"실은 그게 끝이 아니네." 에반스 씨가 말했다. "결혼식만 취소된 게 아니었네. 결혼식은 이후에도 없었거든."

"하지만 이유가 뭔가?" 필립스 씨가 시궁창에 쓰러졌을 때도 진지한 표정으로 이야기를 듣던 험프리스 씨가 물었다. "어째서 박사의 죽음으로 모든 것이 멈춰야 하지? 다른 사람을 불러다가 결혼식을 올리면 되지 않나. 나라면 그렇게 할 텐데."

"박사의 죽음 때문이 아니라 박사가 어디서 어떻게 죽었느냐 때문이었지." 에반스 씨가 말했다. "그는 호텔 방 침대에서 어느 여인의 품 안에서 죽었네. 매춘부 말일세."

"저런!" 로버츠 씨가 말했다. "일흔다섯에. 우리에게 나이를 기억해두라고 해줘서 다행이네, 에반스."

"하지만 메리 필립스는 어떻게 '벨뷰'에서 살게 되었죠? 그 이야기를 하지 않았어요." 토머스가 말했다.

"윌리엄 휴즈 집안이 그렇게 죽은 남자의 조카딸을 받아들이지는 않았을 테고……."

"제 아무리 대단한 남자라 해도." 험프리스 씨가 더듬더듬 말을 보탰다.

"…… 메리는 다시 아버지와 함께 살게 되었고, 그는 당장 버릇을 고쳤네. 당시 메리는 화를 잘 냈거든! 그런데 어느 날 메리는 곡물과 돼지 사료를 팔러 다니는 장사꾼을 만나 홧김에 그와 결혼을 했네. 그들은 '벨뷰'에서 살게 되었고, 필립스 씨가 죽으면서 재산을 성당에 남기면서 메리는 결국 아무것도 얻지 못했네."

"남편도 얻지 못했지. 그가 뭘 파는 행상이라고 했지?" 로버츠 씨가 물었다.

"곡물과 돼지 사료라고 했네."

그다음, 험프리스 씨가 자신이 써온 내력을 읽었다. 길고, 슬프고, 자세하고, 문장이 좋았다. 로버츠 씨는 빈민가에 대한 이야기를 했고, 그건 책에 넣을 수 없는 내용이었다.

그때 에반스 씨가 시계를 보았다. "자정이군. 모드에게 자정 전에 자러 가겠다고 약속했네. 고양이는 어디 있지? 녀석을 밖에 내놓아야 하네. 쿠션을 찢어놓거든. 신경 쓸 바는 아니지만. 삼보! 삼보!"

"저기 있군요, 에반스 씨. 식탁 밑에요."

"가엾은 메리 같군." 로버츠 씨가 말했다.

험프리스 씨, 로버츠 씨, 젊은 토머스 씨는 난간에서 모자와 외투를 챙겼다.

"지금 몇 시인지 알아요, 엠린?" 에반스 부인이 위층에서 불렀다.

로버츠 씨가 문을 열고 서둘러 나갔다.

"지금 가요, 모드. 작별인사 중이에요. 잘 가게." 에반스 씨가 큰 목소리로 말했다. "다음 주 금요일, 9시 정각에 만나세." 그가 속삭였다. "내 이야기를 좀 더 다듬어놓겠네. 다음 장을 마치고, 그다음 장으로 넘어가세. 잘 가게, 동지들."

"엠린! 엠린!" 에반스 부인이 불렀다.

"잘 주무시오, 메리." 로버츠 씨가 닫힌 문에 대고 말했다.

세 친구는 걸어서 돌아갔다.

누가 함께 오면 좋겠어요?[A]

초승달 모양의 가로수 길에서 새들이 노래하고 있었다. 자전거를 탄 소년들이 벨을 울리며 살짝 경사진 비탈길을 페달을 밟아 내려가면서 바퀴소리를 요란하게 내 햇볕 비추는 문 앞에서 잡담을 나누던 여자들을 놀라게 했다. 어린 동생들을 유모차에 태워 보도에서 놀고 있던 여자애들은 꽃단장한 여름옷에 색색의 리본을 달고 있었다. 공용 놀이터의 동그라미 그네 위에서는 코흘리개 학교에서 나온 아이들이 신나게 어지러울 정도로 빙빙 돌면서 "그네 흔들어줘!", "그네 흔들어줘!"라고 졸랐고, "오오! 나 떨어져!"라고 외치고 있었다. 마치 국제행사나 기념축제라도 벌어진 것처럼 다채롭고 밝았던 그날 아침, 레이몬드 프라이스[B]와 나는 플란넬을 입고 모자도 쓰지 않은 채 지팡이를 들고 배낭을 메고 웜스 헤드[C]까지 함께 산책을 떠났다. 주거지역인 업랜스의 광장을 지나가면서 우리는 칼같이 주름 잡은 흰 바지에 멋들어진 블레이저를 입은 청년들과, 벌꿀색 다리에 타월을 목에 두르고 셀룰로이드 선글라스를 쓴 여자들을 스쳐 지났고, 지팡이로 우편함을 툭툭 쳤고, 가워행 버스 정류장에서 기다리고 있는 관광객 무리를 뚫고 지나갔고, 점심 바구니를 훌쩍 뛰어넘었고, 그게 밟힐지 말지 신경도 쓰지 않았다.

"어째서 저 버스 도마뱀들은 걷지를 못하지?" 레이가 말했다.

"태어날 때부터 기력이 없어서." 내가 답했다.

우리는 엄청난 속도로 스케티 로드를 걸어갔고, 등에서는 배낭이 이리저리 흔들렸다. 지나치는 대문마다 톡톡 치면서 숨 막히는 집에 갇혀 사는 사람들에게 산책자가 내릴 수 있는 가장 멋진 축복을 전했다. 우리는 신선한 한 모금 공기마냥 상큼하게, 출근용 줄무늬 옷을 차려 입고 개 목줄을 쥐고 모퉁이에서 휘파람을 불고 있는 남자를 지나쳤다. 어깨의 들썩임과 시원시원한 발걸음으로 도심의 소리와 냄새를 내던지면서 길을 반쯤 올라가던 우리는 여행에 나선 여자들이 "키다리와 땅딸이네!"[D]라고 외치는 소리를 들었다. 레이는 마르고 키가 컸고, 나는 키가 작았기 때문이다. 관광 버스에 색색의 장식 띠가 휘날리고 있었다. 파이프를 열심히 빨고 있던 레이는 너무 빨리 걷느라 손을 흔들지도, 미소조차 짓지 않았다. 손을 흔든 여자들 중 내가 놓친 사람이 누가 있을지 궁금했다. 종이 모자를 쓴 내 미래의 애인이 여행객 무리 맨 뒤, 나무통 옆에 앉아 있었을지도 모르겠다. 하지만 낯익은 길을 벗어나 해안을 향해 성큼성큼 걸어가고 있자니 밤에 떠올렸던 그녀의 얼굴과 목소리는 잊어버렸고, 나는 시골 공기를 들이마셨다.

"여긴 공기가 다르네. 숨 쉬어봐. 시골과 바닷바람이 조금 섞인 것 같아. 깊이 들이쉬어. 니코틴을 날려줄 거야."

그는 손에다 침을 뱉었다. "아직도 시내랑 같은 회색이군." 그가 말했다.

그는 침을 다시 입에 넣었고, 우리는 머리를 꼿꼿이 들고 걸었다.

그때쯤 우리는 시내에서 3마일쯤 나와 있었다. 적당히 떨어져 있는 집들은 저마다 양철 지붕 차고와 뒷마당의 개집과 잘 깎인 잔디밭이 딸려 있었고, 간혹 장대에 코코넛을 매달아두거나 새 물통이나 공작새 모양의 덤불이 달려 있었는데, 공유지 외곽에 다다르자 그 수도 점점 줄었다.

레이는 걸음을 멈추고 한숨을 쉬더니 말했다. "잠깐만 기다려

쥐. 파이프를 채우고 싶어." 마치 폭풍우 속을 걷고 있는 듯 그는 손을 들어 가려 파이프에 성냥을 댔다.

우리는 얼굴이 달아오르고 이마가 땀에 젖은 채 마주 보고 씩 웃었다. 그날 이미 우리는 무단 결석생으로서 가까워졌다. 우리는 도망치고 있었다. 아니, 우리를 소유한 거리를 거만하게 벗어나, 자부심과 장난기를 느끼면서 미지의 시골을 향해 걸어가고 있었다. 나는 휘황찬란한 쇼윈도나 새들 위로 울려 퍼지는 잔디 깎기 기계의 음악 소리가 없는 곳에서 햇볕을 쬐며 걷는 것은 우리의 운명을 거스르는 일이라고 생각했다. 새똥이 울타리에 떨어졌다. 시내라면 뼈아픈 패배였다. 양 한 마리가 보이지 않는 곳에서 "매 애!"하고 울었고, 업랜스를 향해 보란 듯 외치는 것 같았다. 무엇을 보여줄지는 모르겠다. "웨일스 자연 속 방랑자 둘이네." 레이는 이렇게 말하고 눈을 찡긋거렸고, 시멘트를 실은 트럭 하나가 우리를 지나쳐 골프장으로 향했다. 레이가 내 배낭을 툭 치더니 어깨를 폈다. "자, 이제 가자." 우리는 전보다 더 빨리 언덕을 올랐다.

자전거 타는 사람들 한 무리가 길가에 멈춰 서서 종이컵에 민들레 우엉 술[E]을 마시고 있었다. 덤불 속에 빈 병이 뒹굴고 있었다. 소년들은 전부 러닝셔츠와 반바지를 입고 있었고, 소녀들은 크리켓 셔츠와 남자용 회색 긴바지에 바지자락에는 클립 대신 안전핀을 꽂고 있었다.

"뒤에 한 자리 있어, 꼬마야!" 2인용 자전거를 탄 소녀가 내게 말했다.

"별로 멋진 결혼식은 아니겠는걸!" 레이가 말했다.

"받아치기 잘하던데요!" 그들에게서 멀어진 뒤, 소년들이 노래를 부르기 시작했을 때, 내가 레이에게 말했다.

"와, 정말 기분 좋다!" 레이가 말했다. 헤더가 무성한 드넓은 공용지를 지나 흙먼지 언덕 위에 올랐을 때, 그는 손으로 햇볕을 가리고 주위를 둘러보았고, 파이프 연기를 굴뚝처럼 뻐끔거리면서 멀리 나무들과 그 사이의 바다를 지팡이로 가리켰다. "저 아래가 옥스위치Oxwich야. 하지만 보이지는 않아. 저건 농장이고. 지붕 보여? 아니, 저기, 내 손 끝을 봐. 이게 진짜 사는 거지!" 그가 말했다.

우리는 지팡이로 나지막한 두렁길을 때려가며 나란히 길 한가운데를 따라 내려갔고, 레이는 달려가는 토끼를 보았다. "여기가 시내 근방이라니, 상상이 가? 완전 야생인 걸."

우리는 이름을 아는 새들을 손으로 가리켰고, 나머지는 이름을 지어 붙였다. 갈매기와 까마귀가 보였지만, 까마귀는 어쩌면 떼까마귀였을지도 모른다. 빠르게 걸어가며 콧노래를 부르는 동안 레이는 개똥지빠귀와 제비, 종달새가 머리 위로 날아갔다고 했다.

그는 걸음을 멈추고 풀잎을 조금 뜯었다. "이건 지푸라기가 되셔야지." 그는 이렇게 말하고 파이프를 문 입에 같이 물었다. "와, 하늘이 정말 파랗네! 대서부철도ᶠ에 사방에 이런 것들이 있다니!

토끼와 들판과 농장이라니! 다들 지금의 나를 보면 내가 얼마나 힘들었는지 아무도 모를 거야. 난 뭐든 할 수 있었지. 소도 몰고, 밭을 갈 줄도 알았어."

그의 아버지, 형, 누나는 세상을 떠났고, 어머니는 관절염으로 꼼짝 못하고 하루 종일 휠체어에 앉아 지내고 있다. 그는 나보다 열 살 더 많았다. 그는 주름지고 마른 얼굴에 팽팽하게 긴장된, 구부러진 입매를 갖고 있었다. 윗입술은 사라지고 없었다.

더위로 뿌연 안개가 깔린 공용지가 양쪽으로 한없이 펼쳐진 긴 길, 우리는 단 둘이 오후의 태양을 받으며 걸었고, 목이 마르고 졸렸지만 우리는 발걸음을 늦추지 않았다. 곧 자전거 타는 무리가 지나갔다. 남자 셋, 여자 셋, 그리고 2인용 자전거를 탄 여자 하나까지 모두 웃으면서 종을 울리면서 지나갔다.

"정강이는 좀 어때?"

"돌아가는 길에 또 보겠네!"

"그때도 너희들은 걷고 있겠지!"

"목발 하나 줄까?" 그들이 외쳤다.

그리고 그들은 가버렸다. 흙먼지도 다시 가라앉았다. 자전거 벨 소리가 우리 앞길을 빙 둘러싼 숲을 가로질러 희미하게 들려왔다. 시내에서 6마일 조금 더 떨어진 곳, 야생 공용지가 인적 하나 없이 펼쳐져 있었다. 우리는 나무 밑에서 각다귀들을 쫓기 위해 연기를 마구 피워 올렸고, 수년 동안 사람 하나 본 적 없는, 아무도 밟지 않은 땅의 한구석, 나무 하나에 기댄 채 어른처럼 이야기를 나눴다.

"컬리 패리 기억해?"

바로 이틀 전, 스누커 당구장[G]에서 그를 보았다. 보조개가 쏙 들어간 그의 얼굴을 떠올려보았지만 우리가 걷고 있는 이 길, 잿빛 도로, 공용지의 헤더, 녹색 들판과 드문드문 보이는 청색 바다의 색색이 뒤섞이면서 희미하게 사라졌다. 그리고 그의 바보 같은 목소리의 기억은 새 소리, 바람이 불지 않는데도 희한하게 움직이는 나뭇잎 소리 속에서 잊혀졌다.

"걘 지금 뭘 하고 있을까? 야외에 더 자주 나와야 하는데, 완전히 도시 아이잖아. 여기 우릴 보라고!" 레이는 나무와 나뭇잎으로 가득한 하늘을 향해 파이프를 흔들었다. "하이 스트리트를 다 준대도 이곳과 바꾸지 않겠어!"

나는 거기서 우리의 모습을 보았다. 소년과 청년, 어울리지 않게 그을린 모습 아래, 비좁은 도시에 살아 실은 창백한 얼굴로, 가쁜 숨을 쉬며 뜨거운 두 발로 포플러 숲을 가로지르는 길 위, 그곳에서 이른 오후 쉬고 있는 우리의 모습을. 또 나는 레이의 눈에서 적응 안 되는 행복감을, 내 눈에서는 도저히 불가능한 다정함을 보았다. 레이는 시골 풍경에 감탄하거나 가리킬 때마다 자신의 과거에 저항했고, 그때마다 나는 쓸모도 필요도 없는 사랑이 넘쳐났다.

"맞아요, 여기 우릴 봐요." 내가 말했다. "여기서 빈둥대고 있잖아요! 웜스 헤드는 12마일이나 떨어져 있어요. 전차 소리 듣고 싶지 않아요, 레이? 저건 산비둘기예요. 봐요! 애들이 스포츠 호외를 들고 거리로 나와 있어요. 신문이요! 신문! 컬리는 붉은 공으로 포켓 샷을 치고 있을 거예요. 자! 어서요!"

"우로 봐!" 레이가 말했다. "바보 같긴! 그 이야기 기억해?"

길을 올라 숲을 벗어나니 우리 뒤에서 2층 버스 한 대가 부르릉거렸다.

"로실리 버스가 오네." 내가 말했다.

우리 둘 다 지팡이를 들어 버스를 세웠다.

"왜 버스를 세운 거야?" 레이가 위층에 앉으면서 말했다. "오늘은 걷는 휴가인데."

"같이 세웠잖아요."

우리는 운전기사처럼 앞에 앉았다.

"덜컹거리는 거 괜찮아요?" 내가 말했다.

"네가 흔들대고 있잖아." 레이가 말했다.

우리는 배낭을 열어 샌드위치와 삶은 달걀과 고기 페이스트를 나눠 먹었고, 보온병에 든 차를 돌아가며 마셨다.

"돌아가면 버스 탔다는 이야기는 하지 말아요." 내가 말했다. "하루 종일 걸어 다닌 척해요. 저기 옥스위치다! 멀지 않아 보이네요, 그렇죠? 지금쯤 턱수염도 생겼을 거예요!"

버스가 언덕을 오르는 자전거 무리를 지나쳤다. "끌어줄까?" 내가 외쳤지만, 그들은 듣지 못했다. 2인용 자전거에 탄 여자는 다른 사람들보다 한참 뒤처져 있었다.

우리는 점심을 무릎에 올려놓고 앉았다. 운전대는 잊었고, 아래 운전석에 앉은 기사 마음대로 지그재그 길을 가도록 맡겨두었다. 우리는 회색 교회당과 풍상에 닳은 천사들을 보았다. 바다에서 가장 먼 언덕 밑에 예쁘장한 분홍색 시골집들이 있었고—저기서 산다고 생각하니, 그 어떤 빽빽하고 북적대는 거리와 굴뚝 달린 지붕보다 풀과 나무가 나를 더 꼼짝 못하게 가둘 것 같아 끔찍했다—, 급유 펌프와 건초더미, 파리들에게 에워싸여 도랑에 꼼짝않고 서 있는 말에 한 남자가 타고 있었다.

"이게 바로 시골을 구경하는 법이지."

버스가 좁은 언덕을 오를 때 배낭을 메고 걸어가던 두 사람이 덤불 쪽으로 몸을 피했고, 거기서 양팔을 번쩍 들고 배를 쑥 집어넣었다.

"너랑 나랑도 저럴 뻔했다."

우리는 덤불에 몸을 바짝 기대고 있는 사람들을 기쁘게 돌아보았다. 그들은 다시 길로 올라와 달팽이처럼 느릿느릿 걸었고, 점점 더 작아졌다.

우리는 로실리 입구에서 종을 울려 버스를 멈췄고, 가벼운 발걸음으로 마을까지 몇 백 야드를 걸었다.

"꽤 빨리 마쳤네." 레이가 말했다.

"기록 같아요." 내가 말했다.

기나긴 황금빛 해변을 내려다보는 절벽 위에서 우리는 활짝 웃으면서 마치 상대가 앞을 못 보는 사람인 양 서로서로 웜스 헤드의 거대한 바위를 가리켰다. 썰물 때였다. 우리는 미끄러운 바위들을 건너가 마침내 바람 부는 정상에 위풍당당하게 섰다. 엄청나게 무성한 풀이 자라는 그곳, 우리는 깡충깡충 뛰어다녀야 했고, 많이 웃고 많이 뛰었더니 양들이 겁을 먹고 염소처럼 언덕 등성이를 달려 오르내렸다. 이렇게 고요한 날에도 웜에서는 바람이 불었다. 웜의 구불구불한 몸통 끝에 닿자 내가 이제껏 본 것보다 많은 갈매기들이 갓 죽은 갈매기들과 숱한 세월 쌓이고 쌓인 똥 위를 날며 울어댔다. 그 끝에서는 조그맣게 말하는 내 목소리도 한데 모여 쩡쩡 울리는 고함소리가 되어 퍼져나갔다. 마치 내 주위의 바람이 온 하늘의 궁륭만큼 높고 넓은, 파란, 보이지 않는 천장과 벽으로 조가비나 동굴을 만든 것 같았다. 푸드덕대는 갈매기 소리도 천둥소리가 되었다. 그곳에 서서, 어딘가 초상화에서 본 롤리 경처럼, 한 손은 허리에, 한 손은 햇볕을 가린 채 다리를 벌리고 선 나는[11] 마치 선잠에 들기 직전, 다리는 밤으로 길게 끝없이 늘어나고, 심장은 방망이질 쳐서 이웃들을 깨우고, 점점 늘어나는 방에서는 숨소리가 허리케인처럼 울려 퍼지는 그런 발작의 순간을 홀로 맞이하는 생각을 했다. 하늘과 바다 사이에 놓인 거대한 바위 위에서 작아지는 대신 나는 숨 쉬는 건물처럼 커진 듯했고, 이 세상에서 오직 레이만이 나의 멋진 고함 소리에 맞먹을 수 있었다. "우리 여기서 계속 살면 안돼요? 계속, 계속이요. 망할 집을 짓고, 망할 왕처럼 살 텐데요!" 그 말은 꽥꽥거리는 새들 사이에서 울려 퍼졌고, 새들은 퍼덕이는 날개소리와 함께 그 말을 갑岬으로 실어 날랐다. 레이는 띄엄띄엄 떨어진 바위의 불안정한 모서리 위를 뛰어다니며 지팡이로 여기저기를 때렸고, 지팡이는 뱀이나 불꽃으로 변할 것 같았다. 그리고 우리는 땅바닥에 주저앉았다. 고무 같은, 갈매기 똥이 석회석처럼 변한 풀밭, 양털이 뭉쳐 있는 돌멩이들, 뼛조각과 깃털이 가득한 곳, 반도의 끝자락에 쭈그리고 앉았다. 우리가 한동안 꼼짝도 하지 않자 더러운 잿빛 갈매기들도 진정했고, 몇 마리는 우리 근처에 내려앉았다.

그다음 우리는 먹을 것을 마저 먹었다.

"여기는 다른 곳과는 영 다르네요." 내가 말했다. 나는 다시 내 크기로, 5피트 5인치에 8스톤으로 돌아왔고, 내 목소리는 더 이상 하늘로 쏠려 올라가 쩌렁쩌렁 울려 퍼지지 않았다. "꼭 바다 한가운데 같아요. 윔이 움직인다는 생각도 들죠? 그렇죠? 이 섬을 아일랜드로 이끌어 봐요, 레이. 예이츠도 만나고, 블라니에 키스도

할 수 있을 거예요.¹ 벨파스트에서 나랑 한판 붙어요."

바위 끝에 선 레이는 그곳에 속하지 않는 존재 같았다. 그는 편안히 햇볕을 쬐며 모로 누워 절벽 아래 바다를 내려다보는 대신, 마치 딱딱한 의자에 앉아 손으로 할 게 없어 어색한 사람마냥 뻣뻣이 앉아 있었다. 그는 길들인 지팡이를 만지작거리면서 주위가 정돈되기를, '헤드'에서 길이 생겨나기를, 울퉁불퉁한 가장자리에 난간이 솟아나기를 기다렸다.

"도시 사람에게는 지나치게 야생적이네요." 내가 말했다.

"너나 도시 사람이지! 버스를 세운 사람이 누군데?"

"같이 세워서 좋아하지 않았어요? 안 그랬으면 아직도 펠릭스처럼 걷고 있었을 걸요. 그냥 여기가 마음에 들지 않는 척하는 거죠? 바위 끝에서 춤을 춘 걸 봤는데요."

"두어 발자국 뛰어본 것뿐이야."

"아, 뭔지 알겠어요. 가구가 마음에 안 드는군요. 소파랑 의자가 충분하지 않으니까." 내가 말했다.

"넌 네가 시골 사람이라고 생각하지? 소랑 말을 구별도 못하면서."

우리는 말다툼을 시작했고, 곧 레이는 다시 편안해져서 단조로운 야외는 잊어버렸다. 그때 갑자기 눈이 내렸어도 그는 알아채지 못했을 것이다. 그는 자기 내면으로 침잠해 들어갔고, 바위는 블라인드를 내린 컴컴한 집이 되었다. 새들을 향해 춤추고 고함치던 하늘 높던 형상들은 차츰 쪼그라들어 구덩이 속에 숨은, 소도시의 두 불평꾼이 되었다.

레이가 고개를 숙이고 어깨를 들어 올려 목 없는 사람처럼 하고, 거기다 앙다문 이빨 사이로 숨을 쓰읍 들이쉬는 것을 보고 나는 무슨 일이 일어날지 알았다. 흙먼지 앉은 하얀 신발을 응시하는 그를 보고 나는 그가 머릿속에서 무슨 형상을 만들었는지 알았다. 침대에서 죽은 사람의 발, 레이는 형 이야기를 하려는 것이었다. 가끔, 우리가 축구를 구경하느라 펜스에 기대서 있을 때, 그가 자신의 깡마른 손을 응시하는 것이 눈에 띄곤 했다. 그는 살집을 잡아당겨 손을 점점 더 마르게 해서, 섬세한 살갗에 뼈가 앙상하게 드러난 해리의 손을 만들어 쳐다보았다. 혹 그가 잠시 주위 세상과 담을 쌓거나, 내가 그를 홀로 두거나, 그가 눈길을 아래로 내리깔거나, 단단한 진짜 펜스나 뜨거운 파이프 주둥이를 잡았다가 놓칠 경우, 그는 다시 으스스한 병실로 돌아가, 시트와 대야를 들고 돌아다니면서, 딸랑이 소리를 들어야 할 것이다.

"갈매기가 저렇게 많은 건 처음 봐요." 내가 말했다. "저렇게 많은 걸 봤어요? 갈매기가 저렇게 많은 걸. 한번 세어 봐요. 저 위에서 둘이 싸우고 있어요. 봐요! 하늘에서 암탉들이 싸우는 것처럼 서로 쪼아대고 있어요! 저 큰 놈이 뭘 얻어낼 거 같아요? 늙고 더러운 놈! 저놈이 저녁 식사로 먹은 양이랑 죽은 갈매기 조각은 부럽

지도 않아요." 나는 '죽은'이라는 말을 해버린 나를 욕했다. "오늘 아침 시내에서 즐겁지 않았어요?" 내가 말했다.

레이는 자기 손을 빤히 쳐다보았다. 이제 아무것도 그를 막을 수 없었다. "오늘 아침 시내에서 즐겁지 않았냐고? 다들 여름옷을 차려 입고 웃고 있었지. 아이들은 놀고 있었고, 다들 행복했지. 브라스밴드도 나올 뻔했지. 아버지가 발작을 일으키면 난 침대에서 붙잡고 있었어. 형을 위해 하루에 시트를 두 번 갈아야 했지. 피가 사방에 묻어 있었어. 형이 점점 더 야위어지는 걸 보았어. 결국 한 손으로도 형을 들어 올릴 수 있었지. 그런데 형수는 형이 자기 얼굴에 대고 기침을 한다고 찾아오지도 않았어. 어머니는 몸을 움직일 수 없었고, 난 식사도 준비해야 했지. 식사 준비하고, 간호하고, 시트를 갈고, 아버지가 미치면 진정시키고. 그러면서 생각이 모질게 변했지." 그가 말했다.

"하지만 같이 걷고 좋았잖아요. 공유지에서도 즐거웠잖아요. 오늘 정말 멋진 날이에요, 레이. 형 일은 유감이에요. 좀 더 살펴봐요. 바다로 내려가 봐요. 선사시대 그림이 있는 동굴이 있을지도 모르잖아요. 그럼 그걸로 기사를 써서 큰돈을 벌어요. 내려가 봐요."

"형은 나를 부를 때마다 종을 울렸지. 소리를 낼 기운이 없었거든. 형은 이렇게 말하곤 했지. '레이, 내 다리 좀 봐. 오늘 더 가늘어졌니?'"

"해가 지고 있어요. 내려가요."

"아버지는 내가 침대에서 당신을 잡아 누르면 자기를 죽이려 한다고 생각했어. 아버지가 돌아가실 때도 나는 그를 붙잡고 있었는데, 몸을 덜거덕거리면서 떨고 계셨어. 어머니는 부엌 의자에 앉아 있었는데, 아버지가 돌아가신 걸 알고는 비명을 지르면서 여동생을 찾았어. 브렌다는 크레이기노스의 요양원ʲ에 있었지. 어머니가 비명을 지르기 시작했을 때, 해리 형이 방에서 종을 울렸지만, 난 형한테 갈 수가 없었어. 아버지는 침대에서 돌아가셨어."

"바다로 내려갈래요." 내가 말했다. "같이 갈래요?"

레이는 구덩이에서 다시 넓은 세상으로 나왔고, 나를 따라 천천히 가파른 언덕을 내려갔다. 거센 바람에 갈매기들이 날아올랐다. 나는 뾰족뾰족하고 마른 덤불에 매달렸지만 뿌리가 뽑혀나갔다. 발을 디딘 곳이 무너졌고, 손가락으로 잡고 있던 바위틈도 더듬다가 부서져버렸다. 나는 검고 편평한 바위 위로 굴러 떨어졌다. 바위 끝은 흡사 꼬마 '윔'처럼 불과 몇 발자국 앞에서 바다 쪽으로 위험하게 튀어나와 있었다. 나는 물보라에 흠뻑 젖은 채 레이와 우르르 쏟아지는 돌멩이를 올려다보았다. 레이가 내 옆에 떨어졌다.

"이제 끝났다고 생각했어." 레이가 몸을 떠는 것을 멈추더니 말했다. "한순간에 과거가 번개처럼 스쳐지나가더라."

"전부 다요?"

"음, 거의. 형의 얼굴이 네 얼굴처럼 또렷하게 보였어."

우리는 석양을 보았다.

"오렌지 같다."

"토마토 같아."

"금붕어 어항 같다."

우리는 조금씩 나은 비유를 써서 태양을 묘사했다. 바다는 우리가 있는 바위를 때렸고, 바짓가랑이를 적셨고, 뺨을 찔렀다. 나는 신발을 벗고 레이의 손을 잡은 뒤 엎드린 채 바위를 미끄러져 내려가 바다에 발을 적셨다. 그다음 레이가 미끄러져 내려왔고, 그가 바닷물을 찰 때 나는 그를 꽉 붙잡았다.

"이제 돌아가요." 내가 그의 손을 잡아당기며 말했다.

"아니, 싫어." 그가 말했다. "기분이 좋아. 발 좀 더 담그고 있을게. 목욕물처럼 따뜻한 걸." 레이는 발버둥을 치고, 소리를 지르고, 다른 손으로 바위를 마구 때리면서 물에 빠져 죽는 시늉을 했다. "날 구하지 마!" 레이가 외쳤다. "물에 빠져 죽는다! 물에 빠져 죽는다!"

나는 레이를 잡아당겼고, 그는 버둥거리다가 신발 한 짝을 떨어뜨렸다. 우리는 그것을 건져 올렸다. 신발에 물이 가득했다.

"괜찮아, 그럴 가치가 있었어. 여섯 살 이후로 물놀이를 한 적이 없어. 얼마나 즐거웠는지 이루 말할 수 없어."

레이는 아버지와 형을 더 이상 떠올리지 않았지만 거칠고 따뜻했던 바닷물에서의 즐거움이 끝나면 다시 고통스러운 집으로 돌아가 말라가는 형을 볼 것이 분명했다. 나는 해리의 죽는 이야기를 수없이 들었고, 미친 아버지는 레이만큼 익숙했다. 기침 소리와 비명 소리, 허공을 할퀴는 손짓 하나까지 다 알고 있었다.

"이제 하루에 한 번씩 물놀이를 해야겠어." 레이가 말했다. "저녁마다 모래사장에 내려가서 실컷 물놀이를 할 거야. 첨벙대고, 튀기고, 무릎까지 적실 거야. 누가 웃든 상관 안 해."

레이는 잠시 가만히 앉아 방금 한 말을 심각하게 생각했다. "아침에 일어나면, 그날 기다려지는 게 하나도 없어. 토요일 빼고는." 그러더니 이렇게 말했다. "아님 너희 집에 어휘 공부하러 가는 날 빼고는. 난 죽은 거나 다름없어. 근데 이제는 아침에 일어나 이렇게 생각할 수 있겠어. '오늘 저녁엔 바닷가에 가서 물장난을 칠 거야'라고. 지금 또 하고 싶어." 레이는 젖은 바지자락을 걷어 올렸고, 바위에서 쭉 미끄러졌다. "날 놓치지 마."

그가 바닷물 속에서 발차기를 하고 있을 때 내가 말했다. "우린 지금 세상 끝자락 바위에 있어요. 우리 둘밖에 없어요. 여긴 전부 우리 거예요, 레이. 우리가 원하는 사람은 누구라도 여기 데려올 수 있어요. 나머지는 다 쫓아낼 수도 있고요. 누가 함께 오면 좋겠어요?"

레이는 바빠서 대답도 없었다. 물을 사방에 튀기고, 자맥질 시늉을 하고, 물속에서 둥글게 움직이거나 발가락으로 수면을 가만히 훑느라……

"바위에 누굴 데려오고 싶어요?"

레이는 죽은 사람처럼 온몸을 쭉 뻗었다. 발은 바다 속에서 꼼짝하지 않았고, 입은 바위 웅덩이 가장자리에 대고, 손으로는 내 발을 움켜쥐었다.

"난 조지 그레이를 데려오고 싶어요." 내가 말했다. "런던에서 와서 노포크 스트리트에 사는 사람이에요. 아마 모를 거예요. 그는 여태껏 내가 본 사람 중에서 가장 희한한 사람이에요. 오스카 토머스보다 더 괴상한 사람인데, 그 정도면 더 괴상한 사람은 아마 없을 거예요. 조지 그레이는 안경을 쓰지만, 안경에 알은 없고 테만 있어요. 가까이에서 보기 전에는 알 수 없어요. 그는 온갖 일을 다 해요. 고양이 의사이기도 하고, 매일 아침 스케티에 가서는 어떤 여자가 옷 입는 걸 도와줘요. 그의 말로는 늙은 과부라는데, 혼자서는 옷을 못 입는대요. 어떻게 그런 여자를 알게 되었는지 모르겠어요. 여기 온 지 한 달밖에 안 되었는데 말이에요. 그도 문학 학사예요. 난 그가 주머니에 뭘 갖고 다니는지 알아요! 핀셋이랑, 고양이용 가위랑, 수첩을 여럿 갖고 다녀요. 그중 하나를 내게 읽어준 적이 있는데, 런던에서 한 온갖 직업이 적혀 있었어요. 그는 여자 경찰관이랑 종종 같이 자는데, 그녀가 종종 돈을 준대요. 또 그녀는 제복을 입고 잔대요. 정말 그렇게 괴상한 사람은 처음 봤어요. 그 사람도 같이 왔으면 좋겠어요. 레이, 누가 함께 오면 좋겠어요?"

레이가 다시 발을 움직이더니, 발을 뒤로 쭉 뻗어 물을 세차게 치고는 휘저었다.

"그윌림도 여기 왔으면 좋겠어요." 내가 말했다. "그윌림 이야기는 했죠. 그윌림이 있으면 바다에 설교를 할 텐데. 여기가 바로 그런 장소예요. 여기처럼 외로운 곳은 없어요." 오, 사랑하는 석양! 오, 무시무시한 바다! 선원들을 가엾이 여기고, 죄인들을 가엾이 여기고, 레이먼드 프라이스와 나를 불쌍히 여기시길! 오, 저녁이 구름처럼 몰려오나니! 아멘. 아멘. "누구랑 같이 오고 싶어요, 레이?"

"형이랑 같이 오고 싶어." 레이가 말했다. 그는 편평한 바위 위로 올라와 발을 말렸다. "해리가 여기 있으면 좋겠어. 해리가 여기 지금, 이 순간에, 이 바위 위에 있으면 좋겠어."

해는 거의 기울어져, 절반은 그늘진 바다였다. 추위가 바다로부터 몰려들었다. 물보라가 쳤고, 나는 그걸로 얼음 뿔에, 물이 뚝뚝 떨어지는 꼬리에, 물고기들이 지나다니는 물결치는 얼굴을 한 몸뚱이를 만들 수 있을 것 같았다. 한줄기 찬바람이 '헤드'로 몰려와 우리의 여름 셔츠 속으로 파고들었고, 바다는 우리의 바위를 빠르게 뒤덮기 시작했다. 이미 친구들로 뒤덮여 있던 바위, 살아 있는 친구와 죽은 친구들, 어둠에 맞서 달리는 친구들로 뒤덮여 있던 우리의 바위를. 위로 오르면서 우리는 아무 말도 하지 않았다. 나는 이런 생각을 했다. 우리가 입을 연다면 우리 둘 다 이렇게 말하겠지. '너무 늦었어, 이제 너무 늦었어'라고. 우리는 도약판 같은 풀밭과 꺼칠한 바위 바늘 위를 달렸고, 레이가 피 이야기를 했던 구덩이로 내려갔다가, 삐죽삐죽한 혹을 타고 올라와 편평한 바위를 따라 달렸다. 우리는 '헤드'가 시작되는 지점에 서서 아래를 내려다보았다. 물론 우리 둘 다 쳐다보지 않고도 "밀물이 들어온다"라고 말할 수 있었지만.

밀물이 들어왔다. 미끄러운 징검돌은 사라졌다. 어스름에 육지에서 조그만 사람 형상이 우리에게 손짓을 했다. 일곱 명의 사람들이 깡충거리며 외쳤다. 자전거를 타던 무리 같았다.

가르보 할머니[A]

파Farr 씨[B]는 쥐 떼를 헤치며 걷는 사람처럼 어둡고 좁은 계단을 살금살금, 지겹다는 표정으로 걸어 내려갔다. 그는 보지 않고도, 또 미끄러지지도 않았지만, 못된 녀석들이 저 어두운 구석에 바나나 껍질을 놓아둔 것을 알고 있었다. 또 화장실에 도착하면 세면대는 막혀 있고, 변기 수조 줄은 누군가 일부러 잘라놓았을 것이다. 그는 언젠가 '파 씨는 사생아'라고 휘갈겨 쓴 갈색 낙서를 기억했고, 그날 개수대는 피로 가득했지만, 정작 피를 흘린 사람은 아무도 없었다. 한 여직원이 급히 계단을 오르다가 그가 들고 있던 서류를 쳐서 떨어뜨렸지만 사과도 하지 않았고, 화장실 문을 열려고 씨름하던 그는 잘못 문 꽁초 담뱃불에 아랫입술을 데었다. 나는 화장실 안에서, 그가 못마땅해서 문을 흔드는 소리, 징징거리는 소리, 작은 에나멜가죽 구둣발을 구르는 소리, 또 그가 잘 쓰는 욕설―어둠 속에서 생각하는 데 익숙한 막장 갱부처럼 그는 거칠게 혼잣말로 욕설을 했다―을 들었고, 나는 문을 열어주었다.

"항상 문을 잠그나?" 그는 서둘러 타일 벽 쪽으로 다가가며 물었다.

"문이 꽉 끼여서 열리지 않았던 거예요." 내가 말했다.

그는 몸을 부르르 떨더니 단추를 잠갔다.

그는 선임 기자였고, 훌륭한 속기사였으며, 줄담배를 피웠고, 독주가였고, 굉장히 웃겼고, 얼굴은 동그랗고 배는 나왔으며, 코에는 커다란 땀구멍이 숭숭 나 있었다. 언젠가 「타워 뉴스」[C]사의 화장실에서 그를 관찰했을 때, 나는 그가 한때는 고상한 척 지팡이를 들고 점잔 빼는 걸음걸이에, 조끼에는 주머니 시계를 넣고, 금니를 하고, 어쩌면 단춧구멍에는 집 정원에서 꺾은 꽃 한 송이를 꽂고 다닌 사람일지 모르겠다고 생각했다. 그런데 이제 매사 정확하게 행동하려는 그의 시도는 번번이 시작도 전에 망가졌다. 엄지와 검지 끝을 붙이면 새카만 우드바인[D] 담뱃진이 진하게 물든 갈라진 손톱만 보였다. 그는 내게 담배 한 대를 권했고, 성냥이 어디들어 있는지 찾느라 코트를 뒤적였다.

"불 여기 있어요, 파 씨." 내가 말했다.

그와 친하게 지내는 게 좋았다. 그는 주요 기사를 다 맡았고, 간혹 발생한 살인사건도 다뤘다. 토머스 오코너가 술병으로 때려 아내를 죽인 것이라든가—아, 그건 내가 태어나기 전이었다—파업과 대형 화재 사건도 그의 담당이었다. 나는 그처럼 줄담배였다. 나쁜 습관의 훈장인 셈이었다.

"벽에 저 글을 보게." 그가 말했다. "이젠 꼴사납지. 다 때와 장소가 있는 법이야."

그는 내게 눈을 찡긋하더니 마치 생각이 거기서부터 흘러나온다는 듯 머리 빠진 부분을 긁적대며 말했다. "솔로몬 씨가 쓴 거지."

솔로몬 씨는 편집국장이었고, 웨슬리 교인이었다.[E]

"솔로몬 영감이라면," 파 씨가 말했다. "그냥 재미삼아 애들을 다 반으로 토막 냈을 거야."

나는 미소를 지으면서 말했다. "분명 그랬을 거예요!" 물론 그런 생각은 품고 있지 않지만, 이 말에 모종의 경멸이 드러나게 답했어야 했는데, 라고 생각했다. 남자들끼리의 멋진 순간이었고, 3주전 근무를 시작한 이래 가장 즐거운 시간이었다. 갈라진 타일 벽에 기대서, 담배를 피우며 싱글거리고, 젖은 바닥을 문질러대는 내 신발을 내려다보면서 늙고 높은 사람과 사소한 뒷말을 나누는 것 말이다. 전날 밤 공연한 「십자가형」 리뷰를 쓰거나, 새로 산 모자를 삐딱하게 쓰고 뭔가 사고가 일어나기를 바라면서 크리스마스 토요일의 북적이는 시내를 이리저리 돌아다니고 있어야 할 시간이었다.

"언제 저녁에 나랑 함께 가보자고." 파 씨가 천천히 말했다. "부둣가 '피시가드'로 가보지. 거기 가면 선원들이 바에서 뜨개질하는 걸 볼 수 있네. 오늘 밤 어떤가? 또 '로드 저지'에 가면 실링으로 살 수 있는 여자들이 있지. 자네도 우드바인만 피우는군. 나랑 같군."

그는 어린아이처럼 손을 씻었고, 롤 타월로 더러운 것을 닦아냈고, 세면대 거울을 쳐다보면서 콧수염 끝을 비틀었지만 이내 다시 처졌다.

"그만 일하러 가보게." 그가 말했다.

거울에 얼굴을 들이대고 한 손가락으로 털이 무성한 콧구멍을 탐색하는 그를 놔두고 로비로 나왔다.

11시가 거의 다 되었다. 하이 스트리트의 담배 가게 위에 있는 '카페 로열'에서 코코아나 러시아 홍차를 마실 시간이었다. 그곳은 말단 직원이나 가게 점원, 아버지 사무실에서 일하거나 주식 중개업자나 변호사 밑에서 일하는 청년들이 매일 오전 모여 이런저런 이야기를 나누는 곳이었다. 나는 사람들을 뚫고 걸어갔다. 축구경기를 보러 온 더 밸리 The Valley 사람들, 시골에서 장보러 온 사람들,

쇼윈도를 기웃거리는 사람들, 붐비는 거리 모퉁이에서 말없이 빗속에 혼자 서 있는 사람들, 유모차를 밀고 가는 엄마 부대들, 브로치를 단 검정 드레스에 골풀 바구니를 든 노파들, 반짝이는 레인코트를 입고 흙탕물이 튄 스타킹을 신은 깔끔한 여자들, 옷이 젖을까 봐 두려운 젊은 멋쟁이들, 젖은 각반을 찬 회사원들, 온갖 우산들의 버섯 숲을 뚫고 걸어가는 내내 나는 내가 절대 완성하지 못할 문장들을 생각했다. 차차 당신들 모두 한 이야기에 넣어주겠어.

장을 보느라 얼굴이 벌겋게 달아오른 콘스터블 부인이 황소처럼 울워스^F 잡화점 문을 황소처럼 밀고 나오다가 나를 알아보았다. "네 엄마를 못 본 지도 한참이야! 어이구, 크리스마스라 사람들이 어찌나 많은지! 플로리^{G}에게 내 안부 전해주렴. '모던'에서 차 한 잔 하려고 한다." 부인이 말했다. "저런, 냄비를 잃어버렸네!"

퍼시 루이스가 보였다. 학교 때 내 머리에 껌을 붙였던 녀석이다.

키 큰 남자가 모자 가게 문을 빤히 쳐다보며 사람들 사이에서 꿋꿋이 버티고 서 있었다. 카페 입구에 도착해 계단을 오르는 동안 쓸데없이 감동적인 온갖 낭보가 내 주위에서 자라고 움직이고 있었다.

"스와퍼 씨, 뭘로 드릴까요?"^{H}

"평소 마시는 걸로 주세요." 코코아와 공짜 비스킷.

친구들 대부분이 이미 와 있었다. 몇몇은 희미한 콧수염을 기르고 있었고, 구레나룻에 헝클어진 머리를 한 친구들도 있었고, 몇

몇은 구부러진 파이프를 이빨로 문 채 이야기를 했다. 핀 스트라이프 바지와 딱딱한 컬러, 과감한 중산모도 하나 있었다.

"여기 앉아." 레슬리 버드가 말했다. 그는 댄 루이스 제화점 구두를 신고 있었다.

"이번 주에 극장에 갔었나, 토머스?"

"응. 리걸 극장에. 「하얀 거짓말」을 봤어. 굉장히 좋은 무대였지! 코니 베넷이 아주 잘하던 걸! 거품 목욕하던 그녀를 기억하나, 레슬리?"[1]

"내가 보기엔 거품이 너무 많더군."

도시의 억양은 사라졌고, 집에서 쓰던 악센트도 감춰졌다.

길 건너 인터내셔널 스토어스[J]의 맨 위층 창문에 제복을 입은 여자들 한 무리가 손에 찻잔을 들고 서 있었다. 그중 하나가 손수건을 흔들었다. 내게 흔든 건지 궁금했다. "검은 옷 아가씨가 저기 또 있네." 내가 말했다. "너를 점찍었나봐."

"작업복을 입고 있으면 모두 괜찮아 보이지만," 레슬리가 말했다. "꽃단장을 하면 끔찍해. 일전에 조그만 간호사를 한 명 알았는데, 유니폼을 입으면 예뻤지. 정말 세련됐어. 그런데 실은 아니라는 거지. 어느 날 밤 같이 산보를 했지 않겠어. 제일 좋은 드레스를 차려 입었더라고. 완전히 달랐어. 근데 왠지 막스 앤 스펜서[K] 점원 같은 느낌이더라고." 이렇게 이야기하면서도 레슬리는 곁눈질로

180

창문 안쪽을 훑었다.

그녀가 다시 손을 흔들더니 고개를 돌려 키득거렸다.

"싸구려구만!" 레슬리가 말했다.

"그 작은 오드리는 자꾸만 웃었지." 내가 말했다.

레슬리가 도금을 한 담뱃갑을 꺼냈다. "선물이야." 그가 말했다. "장담하는데, 전당포 하는 우리 숙부가 일주일도 안 되어서 이걸 갖게 될 거야. 멋진 터키탕에 가봐야지."

그의 성냥에는 '알솝스'라고 적혀 있었다. "'칼튼'에서 얻은 거야." 그가 말했다. "바에서 일하는 여자가 예쁘장해. 일도 잘하고. 거기 안 가봤지? 오늘 밤에 한번 같이 가지 그래? 길 모리스도 거기 올 거야. 보통 토요일에 두어 잔 하거든. '멜바'에서 댄스파티도 있어."

"미안." 내가 말했다. "오늘 선배 기자랑 만나기로 했어. 다음에 언제 가지, 레슬리. 또 봐!"

나는 내 몫의 3펜스를 냈다.

"잘 있어, 케이시."

"잘 가, 해넌."[M]

비가 그쳤다. 하이 스트리트는 반짝였다. 단정하게 차려입은 한 남자가 전차선을 따라 걸어가면서 플래카드를 높이 들고 큰 목소리로 주님을 경외했다. 내가 알기로 그는 매튜스 씨라는 사람이었는데, 몇 년 전 영국 항구에서 구원을 받더니 이제 매일 밤 장화를 신고 기도서와 회중전등을 들고 골목골목을 누볐다. 술집 '버글'의 옆문으로 식료품상 에반스 씨가 들어갔다. 세 명의 타이피스트가 수란과 밀크셰이크로 점심을 때우러 빠르게 스쳐지나가자 라벤더 향이 남았다. 그나저나 아케이드를 통과해서 돌아가야 하나? 음반점 옆, 다 망가진 빈 유모차를 끌고 나와 늘 거기 서서, 모자를 벗어 머리카락을 솟구치면서 동전을 구걸하는 저 노인을 봐야 하나? 다 애들을 웃기려는 속임수일 뿐, 나는 스트랜드Strand로 불리는 슬럼가 가장자리의 채플 스트리트 지름길을 택했고, 눈 밝은 부모를 가진 젊은이들이 막차 전차를 타고 귀가하기 전, 술 냄새를 지우려고 2펜스어치 감자튀김을 사가는 이탈리아 가게를 지나갔다. 그리고 좁은 건물 층계를 올라가 기자실로 들어갔다.

솔로몬 국장이 전화기에 대고 고함을 치고 있었다. 마지막 말이 들렸다. "자넨 몽상가일 뿐이야, 윌리엄스." 그가 수화기를 내려놓았다. "녀석이 아주 잘난 몽상가야." 누구에게랄 것도 없이 말했다. 그는 욕을 하는 법이 없었다.

나는 「십자가형」에 대한 리포트를 완성해서 파 씨에게 건넸다.

"쓸데없는 장광설이 너무 많아."[N]

30분 뒤, 골프 복장을 한 테드 윌리엄스가 싱글거리며 들어와서는 솔로몬 국장 등 뒤에서 조롱하는 손짓을 하더니 손톱 다듬는 줄을 들고 한쪽 구석에 조용히 앉았다.

내가 속삭였다. "무슨 일인데?"

"홉킨스라는 전차 운전수 자살 사건을 취재하러 갔는데 미망인이 나를 붙잡고 차를 대접했어. 그것뿐이야." 그는 행동거지에 상당한 애교가 있었고, 차라리 여자애에 가까울 정도였다. 플릿 스트리트°를 꿈꾸며 보름치 여름휴가일랑 내던지고, 「데일리 익스프레스」 앞을 오르내리며 펍에서 유명인들을 찾는 기자라기보다는.

토요일 오후는 비번이었다. 1시, 퇴근 시간이었지만 나는 계속 앉아 있었다. 파 씨는 아무 말도 없었다. 나는 글을 끼적거렸고, 솔로몬 국장의 투칸처럼 생긴 옆모습과, 전화박스 창문 뒤에서 곡조에 안 맞게 휘파람을 부는 급사 녀석의 모습을 그리며 바쁜 척했다. 그림에는 서명에 곁들여 '지구, 유럽, 영국, 남부 웨일스, 타웨, 「타웨 뉴스」, 기자실에서'라고 썼다. 그리고 내가 쓸 책 목록을 써봤다. '조상의 땅. 웨일스 캐릭터의 다각적 연구', '열여덟 살. 지방자서전', '자비 없는 숙녀들. 소설'. 파 씨는 여전히 고개를 들지 않았다. 나는 '햄릿'이라고 적었다. 시의회 회의록을 집요하게 적고 있지만 파 씨가 약속을 잊었을 리 만무했다. 어깨너머로 솔로몬 국장이 이렇게 중얼대는 소리가 들렸다. "시의원 대니얼스는 될 대로 되라지." 1시 반이었다. 테드는 꿈속을 헤매고 있었다. 나는 느릿느릿 외투를 걸치고, 옛 문법학교 목도리를 이쪽저쪽으로 묶어보았다.

"게을러서 제 반차도 안 쓰는 사람이 있군." 파 씨가 불쑥 말했다. "6시에 '세 개의 등불'에서 보세." 그는 돌아보지도, 글쓰기를 멈추지도 않았다.

*

"산책이라도 가니?" 어머니가 물었다.

"네. 공용지에요. 저 기다리지 말고 차 드세요."

나는 '더 플라자'¹⁾ 극장에 갔다. "기자입니다." 티롤리안 모자를 쓰고 스커트를 입은 여자에게 말했다.

"이번 주에 벌써 기자가 두 분이네요."

"특별 고지가 있었어요."

그녀가 나를 자리로 안내했다. 먼저 교육영화가 나왔다. 서로 끌어안고 발아하는 황당한 씨앗과 팔다리처럼 생긴 식물이 눈앞에서 펼쳐질 때, 나는 술집에 모인 단발머리 여자들과 동성애자 선원들을 생각했다. 면도칼 싸움이 벌어질 수도 있었고, 언젠가 테드 윌리엄스도 '선원 선교회'º 앞에서 입술 하나를 발견한 적이 있었다. 그 입술에는 작은 콧수염이 달려 있었다. 흐느적대는 식물들이 화면 위에서 춤을 추었다. 타웨가 좀 더 큰 항구도시였다면 지하에서 성인영화를 상영하는 커튼을 친 룸도 있었을 것이다. 감자의 일생이 끝났다. 그다음, 나는 어느 미국 대학에 입학했고, 대통령의 딸과 춤을 추었다. 나는 링컨이라 불리는 키 크고 피부가 검고 치아가 반듯한 주인공으로 재빨리 변신했고, 여자는 그의 그림자를 붙잡으며 내 이름을 불렀고, 선원 모자를 쓴 수영복 차림의 대학 합창단원들이 나를 다 큰애라고, 왕이라고 불렀고, 잭 오키와 나는 들판을 내달렸고, 군중들의 어깨 위에서 대통령의 딸과 나는 색이 변하는 커튼을 닫고 키스를 했다.[R] 그러고 나서 극장을 나와 가로등이 강하게 비추고 비가 다시 내리는 거리로 나서니 어지럽고 눈이 부셨다.

비를 맞으며 사람들 속에서 꼬박 한 시간을 더 허비했다. 엠파이어[S] 극장 앞에 늘어선 줄을 보았고, 「파리의 밤」[1] 포스터를 살폈다. 주초에 겨울 햇살 속에서 팔짱을 끼고 거리를 돌아다니던 합창단 여자들의 긴 다리와 놀라운 얼굴이 떠올랐다. 그녀들의 입술에서 내가 한 줄도 쓰지 않은 「무자비한 숙녀들」의 첫 페이지로 남겨둔 보물이 빨간 생채기처럼 떠올랐다. 머리카락은 새카맣거나 은색이었다. 향기와 화장품은 뜨거운 초콜릿색 동양을 연상시켰고, 그들의 눈은 웅덩이 같았다. 롤라 드 켄웨이, 뱁스 코시, 레이모나 데이[T]는 평생 나와 함께하리라. 점점 쇠약해지지만 고통 없는 병으로 죽어가면서 준비해둔 마지막 유언을 남길 때까지 그녀들은 늘 나와 함께 걷고, 사라진 하이 스트리트에서 스러져간 내 청춘, 그

----

1. *Nuit de Paris.* 원문은 프랑스어.

휘황찬란했던 쇼윈도, 노랫소리가 흘러나왔던 펍, 김이 모락모락 나는 감자튀김 가게에서 핸드백을 무릎 위에 놓고 귀고리를 짤랑거리던 해포드^U 요부들의 밤을 상기시키리라. 나는 걸음을 멈추고 '더티 블랙'과 '팬시 맨'의 쇼윈도를 보았지만 아무것도 없었다. 코를 간지럽히는 파우더와 냄새 나는 폭탄, 고무 펜, 찰리 가면뿐이었다. 신기한 물건들은 모두 안에 있었지만, 나는 혹 그 여자가 다가와 응대할까 두려워 들어갈 수 없었다. 콧수염을 달고, 다 안다는 눈빛의 '더티 블랙' 부인, 또 거기서 한 번 보았던, 내게 눈짓을 던지며 해초 냄새를 풍기던 마른 강아지 상의 딸까지. 시장에서 분홍색 은단을 샀다. 무슨 일이 생길지는 모르는 일.

'세 개의 등불'의 내실에는 나이 지긋한 남자들로 가득했다. 파 씨는 아직 오지 않았다. 시의원과 변호사 사이에 서서 바에 몸을 기댄 채 쓴 맥주를 마시면서 나는 아버지가 지금 나를 보고 있기를 바랐고, 동시에 그가 애버레이븐의 A 숙부 집에 가신 것을 다행으로 여겼다. 아버지도 내가 더는 애가 아닌 것을 모를 리 없었고, 또 내 담배와 모자, 꽉 쥔 술잔의 각도를 보고 화를 내지 않을 리도 없었다. 맥주 맛이 맘에 들었다. 하얀 거품이 살아 있었고, 황동색의 깊이가 있었다. 젖은 갈색 잔의 벽을 통해 바라본 세상, 입술에 몰려드는 감촉, 출렁이는 뱃속으로 서서히 들어가는 느낌, 혀끝에 느껴지는 짭짤함, 가장자리의 거품까지 모두 좋았다.

"같은 걸로 한 잔 더요, 아가씨." 중년 여자였다. "아가씨도 한 잔 하겠어요?"

"일할 때는 안 돼요. 어쨌든 고마워요."

"천만에요."

그 말은 일이 끝난 뒤 함께 술을 마시자는, 자신이 빠져나올 때까지 뒷문에서 기다리라는, 그리고 밤새 산책로와 모래사장을 따라 걷고, 연인들이 외투 밑에서 사랑을 나누고 멈블즈 등대를 바라보는 부드러운 모래언덕으로 올라가자는 초대였을까? 그녀는 통통하고 평범했고, 그물장식을 얹은 머리는 희끗희끗한 황갈색이었다. 그녀는 흡사 아들에게 영화관에 가라며 동전을 주는 엄마처럼 내게 거스름돈을 쥐어주었다. 나는 그녀가 거기에 크림을 얹어준다고 해도 그녀와 데이트하지 않을 생각이었다.

파 씨는 추레한 사람들의 시선을 피하면서, 구두끈과 성냥을 팔려는 사람을 우악스럽게 밀치면서 하이 스트리트를 바쁘게 걸어왔다. 가난하고 병들고 추하고 원치 않는 사람들이 너무 가까이 다가와 혹 아는 체를 하거나 동정의 손짓을 했다가는 거기서 헤어날 수 없고, 그날 저녁 약속은 영영 망칠 것임을 그는 알고 있었다.

"아, 자네는 파인트 쪽이군." 그가 내 옆에 다가와 말했다.

"오셨군요, 파 씨. 가끔 기분 전환으로 마시는 거예요. 뭐 드세요? 지저분한 밤이네요." 내가 말했다.

장사 잘 되는 가게에 들어와, 비와 불안한 거리를 피해, 가난한

자들과 과거가 그를 건드릴 수 없는 곳에 자리 잡은 파 씨는 사업가들과 전문직 종사자들 사이에서 천천히 잔을 집어 불빛을 향해 들어올렸다. "더 지저분해질 거야." 그가 말했다. "'피시가드'까지 가보세. 건배! 거기 가면 뜨개질하는 선원들도 있네. '저지'의 늙은 창녀들도 있고. 바람 좀 쐬러 가야지."

식료품상 에반스 씨가 커튼으로 가린 옆문으로 재빨리 들어와 나지막하게 술을 시키더니 외투로 가리고 몰래 마셨다.

"같은 걸로." 파 씨가 말했다. "그리고 이 양반께는 반 파인트로."

그곳은 너무 고급 술집이어서 크리스마스 같지 않았다. 표지판에는 '여성 출입 금지'라고 적혀 있었다.

우리는 에반스 씨가 외투 텐트 밑에서 술을 마시게 두고 나왔다.

아이들이 고트 스트리트에서 소리를 지르고 있었다. 한 생뚱맞은 꼬마가 내 소맷부리를 잡아당기더니 이렇게 외쳤다. "동전 하나만 주세요!" 덩치 큰 여자들이 남자 모자를 쓰고 문 앞을 막고 있었고, 세련된 여자 한 명이 칼튼 호텔 맞은편 녹색 공중변소 모퉁이에서 윙크를 던졌다. 우리는 음악 속으로 들어갔다. 바에는 리본과 풍선이 매달려 있었고, 피아노 옆에는 결핵에 걸린 테너가 붙어 있었다. 레슬리 버드의 예쁜 종업원이 스탠드 뒤에서 한 무리의 청년들을 나무라고 있었다. 그들은 카운터 너머로 몸을 숙여 그녀에게 스타킹 밴드를 보여 달라고, 라임 얹은 진을 마시라고, 단둘이 자정 산책을 가자고, 극장에 축축한 모험을 하러 가자고 조르고 있었다. 내가 그들을 부러운 눈으로 쳐다보자 파 씨는 자기 잔을 내려다보며 비웃었다. 나는 그녀가 그들의 행동을 얼마나 좋아하는지, 그들의 손을 어떻게 살짝 때리는지, 그리고 그녀가 자신의 예쁜 외모와 명랑함을 과시하면서 어떻게 몸을 살짝 빼며 맥주 손잡이를 당기는지를 보았다.

"더 밸리에서 촌놈들이 왔군. 오늘밤에 토하는 꼴 좀 보겠어." 그가 즐거워하며 말했다.

반지르르한 머리에 하얀 피부, 다부진 체격, 튀어나온 광대뼈와 쑥 들어간 눈, 밝은 색 타이를 매고, 더블브레스트 조끼에 폭 넓은 바지를 입은 다른 젊은이들도 있었다. 몇몇은 갱坑 노동으로 곰보였고, 흉터로 얼룩지고 망가진 솥뚜껑만한 손을 가진 젊은이들이 다들 얼큰히 기분 좋게 취해서 피아노 주위에 서서 노래를 불렀고, 가슴이 푹 꺼진 테너가 청아한 목소리로 리드하고 있었다. 오! 저 도발적인 장난과 요동치는 합창에 낄 수 있다면! 어깨를 활짝 젖히고, 사회주의자들^V과 팔짱을 끼고 「천국의 빵」^W을 외치고, 스탠드에서 농담과 윙크를 던져 '야해요!'라거나 '재미있네요!'라는 말을 듣고, 쏟아진 맥주와 쌓여가는 잔 사이에서 아무것도 아닌 순진하고 지저분한 사랑을 나눌 수 있다면!

"망할 나이팅게일들에게서 벗어나세." 파 씨가 말했다.

"너무 시끄럽네요." 내가 말했다.

"다른 데로 옮기세." 우리는 장례식장 옆의 스트랜드 골목길을 내려가 어디선가 아기들이 다 같이 울어대는 가스등 길을 지나 '피시가드' 입구에 다다랐다. 그때 에반스 씨처럼 얼굴을 가린 한 남자가 장갑을 낀 손에 병인지 블랙잭인지를 들고 우리 바로 앞에서 술집을 빠져나왔다. 술집은 텅 비어 있었다. 손을 떠는 노인이 바 스탠드에 앉아 시계를 보고 있었다.

"메리 크리스마스, 영감님."

"안녕하시오, F 씨."

"럼 한 잔 주시오, 영감님."

붉은 병이 잔 두 개를 채웠다.

"아주 특별한 독이네, 친구."

"그거면 자네 눈이 튀어나올 거야." 파 씨가 말했다.

나의 강철 같은 머리는 꿈쩍도 하지 않았다. 선원들이 마시는 럼으로는 내 뱃속에 든 바위를 건드리지 못했다. 포도주를 홀짝이는 불쌍한 레슬리 버드, 그리고 토요일 밤마다 눈 밑을 흑연으로 칠하고 탕아처럼 보이려는 꼬맹이 길 모리스, 그들이 지금 내 모습, 어둡고 망가진 방, 벽에 권투선수 사진이 간당간당 붙어 있는 이곳에서 날 보았으면 좋았을 텐데.

"독 좀 더 주세요, 영감님." 내가 말했다.

"오늘 밤 사람들 다 어디 갔습니까? 다들 해안가로 떠났나요?"

"룸에 있소, 파 씨. 프로더로 부인의 딸을 위한 파티가 있어."

*

내실에서는 왕가의 눅눅한 초상화 아래 검은 드레스를 입은 여자들이 딱딱한 벤치에 줄지어 앉아 기네스 맥주를 채운 작은 잔을 길게 늘어놓은 채 웃고 울고 있었다. 맞은편 벤치에는 스웨터를 걸친 남자 둘이 여인들의 감정에 공감한다는 듯 고개를 끄덕이며 음미하듯 술을 마시고 있었다. 한가운데 의자에는 살찐 턱 밑으로 끈을 묶은 보닛을 쓰고, 깃털 목도리를 두르고, 하얀 운동화를 신은 노파가 다른 사람들보다 더 큰 소리로 키득거리다가 울다가 하고 있었다. 우리는 남자들의 벤치에 앉았다. 두 명 중 한 명이 부르튼 손으로 모자를 들어 올리며 인사했다.

"어떻게 모인 거요, 잭?" 파 씨가 물었다. "여긴 내 동료 토머스 씨요. 여긴 잭 스티프, 장례식장 직원이지."

잭 스티프는 웅얼거리며 말했다. "저기 프로더로 부인이요. 우리는 가르보 할머니라고 부르지요. 보다시피 여배우 같지는 않으니까요. 한 시간 전쯤 병원에서 연락이 왔대요. 해리스 부인의 위니프리드가 여기로 연락을 했어요. 둘째 딸이 임신한 상태로 죽었다는군요."

"딸아이도 죽었어요." 그 옆의 남자가 말했다.

"그래서 노파들이 동정해서 다 모인 거예요. 가르보 할머니를 위해 아주 많이 모였어요. 할머니가 술을 마시기 시작하더니 모두에게 술을 사고 있네요. 벌써 할머니에게서 두 파인트나 얻어 마셨어요."

"창피한 일이군!"

뜨거운 실내에서 럼이 타오르며 취기가 오르기 시작했지만 내 머리는 언덕처럼 튼튼하게 느껴졌다. 아침이 밝기 전 책을 열두 권 쓰고, '칼튼' 여종업원을 타워 강 모래사장에서 술통처럼 굴려 댈 수 있을 것 같았다.

"병사들에게 술을!"

새 관객이 등장하자 여자들은 더 크게 울며 프로더로 부인의 무릎과 손을 다독였고, 보닛을 고쳐 씌워주면서 죽은 딸을 칭찬했다.

"뭘 드시겠어요, 프로더로 부인?"

"아뇨, 나랑 같이 들어요. 이 집에서 제일 좋은 걸로."

"음, 기네스가 한 잔 당기는데."

"그리고 거기 뭘 좀 더해야죠."

"그럼, 마지를 위해서 그러죠."

"그 애가 여기 있다고 생각하세요. 「원 오브 더 루인즈」나 「코클즈 앤 머슬즈」[X]를 부르고 있다고 말이에요. 그 앤 정말 다 큰 어른 목소리를 냈다니까요."

"아유, 그러지 마요, 해리스 부인!"

"자, 기운 내시라고 하는 얘기예요. 너무 울면 몸 상해요, 프로더로 부인. 같이 노래 불러요."

"새하얀 달이 회색 산 위로 떠오르고,

태양은 파란 바다 밑으로 지고 있었네.

내 사랑과 함께 수정처럼 맑은 샘으로 걸어 들어갈 때."[Y]

프로더로 부인이 노래를 불렀다.

"부인 딸이 좋아하던 노래죠." 잭 스티프의 친구가 말했다.

파 씨가 내 어깨를 툭 쳤다. 그의 손이 저 높은 곳에서 천천히 내려왔고, 그의 가느다란, 새 같은 목소리가 천장에서 날개를 파닥이며 맴돌며 말했다. "자네랑 나는 밖에서 한 잔 하지." 큰 우산과 보닛들, 하얀 운동화들, 술병들과 곰팡이 핀 왕의 초상화, 노래하는 장례식장 직원, 「트럴리의 장미」…… 이 모든 것들이 내실에서 헤엄치고 있었다. 덩치 작은 두 사람과 파 씨, 그리고 그의 쌍둥이 동생이 미끄러지듯 나를 문으로 데려갔고, 밤공기가 나를 쳐 쓰러뜨렸다. 저녁이 불쑥 닥쳐왔다. 벽이 무너지면서 내 중절모를 벗겼다. 파 씨의 동생이 자갈길 밑으로 사라졌다. 벽이 물소처럼 달려들었다. 조심하게, 친구! 앙고스투라 한잔하게, 브랜디 한잔하게, 페르네 브랑카, 폴리,[Z] 오오! 어머니가 아끼는 아들! 개 털 하나 뽑겠나?

"이제 좀 괜찮나?"

나는 한번도 본 적 없는 폭신한 의자에 앉아 좀약 맛이 나는 술을 홀짝이면서 테드 윌리엄스와 파 씨의 언쟁을 감상하고 있었다. 파 씨는 단호하게 말했다. "자넨 여기 선원들을 보러 왔잖나."

"아뇨, 그게 아니죠." 테드가 말했다. "지방색을 느끼러 왔죠."

벽에 적힌 안내문은 이랬다. "더 로드 저지. 주인장은 티치 토머스." "도박 금지." "욕설 금지. 당신은 빼고―." "주님은 스스로 돕지만 당신은 그래서는 안 된다." "숙녀 입장 금지. 단 숙녀는 예외".

"재미있는 펍이군요." 내가 말했다. "안내문 보셨어요?"

"이제 괜찮나?"

"울렁거려요."

"자네가 좋아할 예쁜 아가씨가 있네. 보게. 자네를 자꾸 쳐다보지 않나."

"하지만 코가 없잖아요."

내 술은 순식간에 저절로 맥주로 바뀌었다. 망치 소리가 들렸다. "정숙! 정숙!" 갑자기 새 룸에서 소리가 났고, 노칼라 셔츠 차림의 회장이 시가를 물고 젠킨스 씨에게 「라구나의 백합」^A2을 연주해달라고 청했다.

"신청곡 들어왔습니다." 젠킨스 씨가 말했다.

"정숙! 정숙! 세바스토폴 스트리트에서 온 케이티가 노래합니다. 무슨 노랜가요, 케이티?"

케이티는 국가를 불렀다.

"프레드 존스 씨가 허접한 애창곡을 부를 겁니다."

삐걱거리는 목소리의 바리톤이 합창을 망쳤다. 그게 내 목소리라는 걸 깨닫고, 소리를 죽였다.

한 구세군 여성이 소방관 둘이 벌리는 팔을 피한 뒤 그들에게 「워 크라이」[B2] 한 부를 팔았다.

머리에 화려한 수건을 두르고, 끝에 구멍이 뚫린 검정과 흰색 샌들에 양말도 안 신은 젊은이가 사람들이 "메이블!"[C2]이라고 외칠 때까지 춤을 추었다.

테드가 내 옆에서 환호를 질렀다. "저거 멋진데! '밤의 니진스키'라, 기사 스토리가 되겠는데! 인터뷰 딸 수 있을까?"

"행여나!"파 씨가 말했다.

"나 짜증나게 만들지 말아요."

부둣가 바람이 거리로 불어왔고, 만에서는 시끄러운 준설기 소리, 배가 입항하는 소리가 들렸다. 가스등이 휘어졌고, 얼룩 투성이 벽에 다시 담배 연기가 들어찼고, 조지 왕과 메리 왕비는 여자들이 앉은 벤치 위에서 물을 뚝뚝 떨어뜨리고 있었다. 잭 스티프가 두 손을 짐승 앞발처럼 맞잡고 속삭였다. "가르보 할머니가 없어졌어요."

슬프고도 명랑한 여자들이 함께 모였다.

"해리스 부인 딸이 연락을 잘못 전했대요. 가르보 할머니 딸은 아주 건강하고, 태어난 아기가 죽었다고. 그래서 노파들이 돈을 돌려받고 싶은데, 가르보가 안 보인대요." 잭이 자기 손을 핥았다.

"어디로 갔는지 나는 알지."

그의 친구가 말했다. "다리 너머 술집이겠지."

여자들이 낮은 목소리로 프로더로 부인을 거짓말쟁이, 간통녀, 애비 없는 자식을 낳은 년, 도둑년이라고 욕했다.

"당했구먼."

"절대 못 고치지."

"찰리가 그년한테 문신을 해줬는데."

"3파운드 8펜스를 나한테 갚아야 하는데."

"난 2파운드 10."

"내 이빨 값."

"내 '올드 에이지'에서 1파운드 6펜스."

누가 내 잔을 계속 채웠을까? 맥주가 뺨과 옷깃을 타고 흘러내렸다. 입에 침이 가득했다. 벤치가 빙빙 돌았다. '피시가드' 건물이 기우뚱거렸다. 파 씨가 천천히 뒷걸음쳤다. 아니다, 망원경이 뒤집혀 있었다. 커다랗고 털이 가득한 콧구멍이 달린 그의 얼굴이 내 옆으로 다가와 숨을 내쉬었다.

"토머스 씨가 토하려고 하네."

"우산 잊지 말아요, 아서 부인!"

"그의 머리 좀 잡아요!"

마지막 전차는 덜컹거렸다. 나는 차비를 낼 동전이 없었다. "여기서 내려요, 조심해요!" 아버지 집으로 가는 길, 언덕이 하늘에 닿았다. 아무도 깨어 있지 않았다. 나는 흐트러진 침대로 기어들어갔고, 벽지의 호수가 접히면서 나를 빨아들였다.

*

성 마리아의 종이 1마일 밖에서 교회 시간이 한참 지난 뒤까지 내 머릿속을 울렸지만 일요일은 조용했다. 다시는 술을 마시지 않겠다고 생각하며 나는 점심때까지 침대에 누워 지난밤 열 시 시내에서 보고 들은 불안한 형상과 아련한 목소리들을 떠올렸다. 신문을 읽었다. 그날 아침 모든 소식은 나빴지만 "우리 주님은 꽃을 사랑하신다"라는 기사에 나는 당황하고 괴로워 눈물이 났다. 나는 일요일의 고기와 세 가지 야채 요리를 사양했다.

오후에 공원에서 혼자 텅 빈 연주대에 앉아 있었다. 바람에 실려 자갈길을 따라 암석정원으로 날아가던 종이 뭉치를 낚아챘고, 그것을 쫙 펴서 무릎 위에 펼쳐놓은 뒤, 아무 희망 없이 시 한 편의 첫 세 줄을 적었다. 추위에 앙상하게 떨고 있는 나무 뒤에 웅크리고 있던 내게 개 한 마리가 다가오더니 내 손에 코를 대고 킁킁거렸다. "내 유일한 친구군." 내가 말했다. 개는 킁킁거리고 긁어대면서 해가 지기 시작할 무렵까지 나와 함께 있었다.

월요일 아침, 내가 쓴 기사와 시를 다시 볼 일이 부끄럽고 혐오스럽고 두려웠다. 나는 그것을 찢어 옷장 위로 던졌다. 사무실로 향하는 전차에서 레슬리 버드에게 이렇게 말했다. "토요일에 우리랑 함께 있었어야 했는데, 젠장!"

크리스마스 이브, 화요일 밤 일찍 나는 빌린 반 크라운을 들고 '피시가드'의 내실로 들어갔다. 잭 스티프 혼자 있었다. 여자들이 앉았던 벤치는 신문지로 덮여 있었다. 풍선 여러 개가 램프에 매달려 있었다.

"안녕하세요!"

"메리 크리스마스!"

"프로더로 부인은 어디 계세요?"

잭의 손에는 붕대가 감겨 있었다. "아! 소식 못 들었어요? 부인이 모아준 돈을 다 써버렸대요. 그 돈을 들고 다리 건너 '마음속 기쁨' 술집으로 갔답니다. 노파들 중 누구도 그분을 못 봤고요. 1파운드가 넘는 돈이었다는데. 사람들이 그 할멈 딸이 죽지 않았다는 걸 알기 전에 그 돈을 거의 다 썼답니다. 그때는 사람들 볼 낯이 없었겠죠. 나랑 같이 이거 한잔해요. 할멈은 월요일에 술집에서 나머지도 다 써버렸대요. 바나나 화물선 선원들이 할멈이 다리를 건너가는 걸 봤다는데, 중간에서 멈췄다고 하네요. 그들이 바에 도착했을 때, 문은 닫혀 있었고요. 한 발 늦었지요."

"메리 크리스마스네요!"

"바닥에 운동화 한 켤레가 떨어져 있었어요."

그날 밤, 가르보 할머니의 친구는 아무도 오지 않았다.

내가 한참 뒤 이 일을 글로 써서 보여주었더니 파 씨는 이렇게 말했다. "완전 틀렸네. 사람들을 혼동했어. 손수건을 맨 녀석은 '저지'에서 춤을 췄어. 프레드 존스는 '피시가드'에서 노래를 불렀고. 뭐, 신경 쓸 거 없네. 오늘 밤에 '넬슨'에 같이 가서 한 잔 하지. 거기 가면 선원들이 깨문 데를 자네한테 보여줄 아가씨가 있네. 그리고 잭 존슨을 아는 경찰관도 있지."

"차차 그들 모두 한 이야기에 넣을 겁니다." 내가 말했다.

어느 따뜻한 토요일[A]

백사람 셔츠를 입은 젊은이가 여름 방갈로촌 근처에 앉아 밖으로 나오는 갈색과 백색 피부의 여자들, 하얀 가슴팍에 등은 벌겋게 탄 예쁘장한 그녀들이 붉은 발가락의 못생긴 발로 조심조심 날카로운 돌을 피해 바다로 걸어가는 모습을 보면서 모래 위에 아주 크고 들쭉날쭉한 여자 얼굴을 그렸다. 바다에서 막 나온 한 벌거숭이 꼬마가 그 위로 뛰어가면서 물을 털었고, 얼굴에 두 개의 큼지막한 젖은 눈과 발자국 구멍을 만들었다. 젊은이는 여자를 지우고 배불뚝이 남자를 그렸다. 한 소녀가 그 위로 머리를 휘날리며 달려갔고, 남자의 배를 따라 일렬의 단춧구멍이 생겼다. 조개껍질이 잔뜩 붙은 긴 다리 사이에는 애들 그림처럼 찔끔찔끔 오줌 방울이 만들어졌다.

피크닉 나온 여자들과 애들이 옹기종기 모여, 타오르는 태양 아래 기운 없이 젖은 채 축 늘어져 있거나, 종이 쇼핑백을 요란스레 뒤적이고 있거나, 반대편 해변으로 가는 사람들의 발길에 이내 무너질 모래성을 쌓고 있는 가운데, 아이스크림 파는 소리, 공놀이하는 남자애들이 신나서 화내며 외치는 소리, 바닷물이 허리까지 차올라 여자애들이 내지르는 비명소리 속에서 젊은이는 실패의 그림자를 옆에 끼고 홀로 앉아 있었다. 몇몇 말 없는 남편들은 바짓단을 걷고 멜빵을 늘어뜨린 채 바닷가에서 천천히 노를 젓고 있었고, 두꺼운 검정 피크닉 드레스를 입은 여자들은 자기들 다리를 보고 웃고 있었고, 개들은 돌멩이를 쫓아 달리고 있었고, 한 남자애는 보란 듯 물개 튜브를 타고 바다에 떠 있었다. 홀로 버려진 젊은이는 토요일 휴일이 가짜지만 예쁜 밋밋한 그림처럼, 저속한 태양 아래, 자신의 눈앞에 펼쳐져 있는 것을 보고 있었다. 종이 봉지, 양동이와 삽, 파라솔과 술병들이 널브러진 가운데 까불며 장난치는 가족들, 가방에 선탠 방지 크림을 넣고, 뜨겁게 달아올라 아프면서도 즐거운 소녀들, 가슴이 떡 벌어진 구릿빛 청년들, 조끼를 입고 부러워하는 새하얀 청년들, 말없이 물속을 헤치며 걸어가는 뭇 남편들의 가늘고 새하얀, 털이 솟은 가련한 다리들, 더러운 모래사장에서 한없이 즐거워하는 아무것도 모르는 통통한 아이와 곱슬머리 아이, 빡빡머리 아이와 척추장애 아이들……, 젊은이는 이 모든 것이 먼 옛날의 수치심과 연민으로 이어진다고 고독감에 떨며 극적으로 느꼈다. 모든 휴일에서 밀려나, 영영 구더기와 더불어 살 운명을 지닌 젊은이처럼, 위인에게도 범인에게도, 작열하는 태양이 일으키는 에너지에도, 그리고 하루 바깥세상을 즐기는 여름 몸뚱이의 아둔함에도 섞이지 못한 그는 한 꼬마가 은쟁반으로 쳐올린 공을 잡았고, 그걸 도로 던지려고 일어났다.

소년이 그에게 같이 놀자고 했다. 좀 떨어진 곳에 한 상냥한 가족이 서서 기다리고 있었다. 드레스 자락을 속옷에 쑤셔 넣고 헝클어진 머리를 한 여자들, 셔츠 차림의 맨발의 남자들, 속치마와 속옷 차림의 아이들이 있었다. 젊은이는 모자를 쌓아 만든 위켓^B 앞에 쟁반을 들고 서 있는 아버지에게 씁쓸히 공을 던졌다. "외로운 늑대가 공놀이를 하다니……." 쟁반이 빙그르르 날아가는 것을 보며 그는 혼잣말을 했다. 젊은이는 공을 쫓아 바다로 달려가다가, 옷을 벗고 있는 여자들을 쏜살같이 지나치며 윙크를 던졌고, 모래성에 발이 걸려 뱀처럼 둘둘 말린 채 누워 있는 젖은 여자들 속으로 넘어졌고, 파도 속에서 공을 잡으려고 신발을 적셨고, 육체를 과시하며 행복감이 찾아오는 것을 느꼈고, "조심해요, 덕워스, 빠른 공이 갑니다"^C라고 모자 더미 너머 어머니에게 외쳤다. 공은 소년의 머리를 맞고 팅겼다. 팅긴 공은 여기저기 흩어져 있는 가족들 사이사이, 샌드위치와 옷가지, 삼촌들과 어머니들 사이사이를 돌아다녔다. 셔츠 자락을 늘어뜨린 대머리 사내가 공을 엉뚱한 방향으로 던졌고, 콜리 한 마리가 그 공을 물고 바다로 뛰어들었다. 이번에는 어머니가 쟁반을 집어들 차례였다. 쟁반과 공이 다함께 그녀의 머리 위로 날아갔다. 파나마모자를 쓴 삼촌이 개를 향해 공을 던졌고, 개는 공을 물고 잡을 수 없는 곳으로 헤엄쳐갔다. 그들은 젊은이에게 냉이 달걀 샌드위치와 따뜻한 흑맥주를 권했고, 그와 한 삼촌과 한 아버지는 밀물이 차올라 발을 적실 때까지 「이브닝 포스트」를 깔고 앉아 있었다.

*

'다시 혼자군. 무덥고, 불행하고.' 누워 있거나 요란하게 뛰어놀던 모르는 사람들 사이에서 평화롭게 달리던 신나는 순간이 공처럼 날아갔고, 그는 물속에서 이렇게 중얼거렸다. 해변 한쪽 구석으로 걸어가 '매튜스 씨'라고 적힌 상자 위에서 한 지옥불 설교자가 무표정한 여자 무리를 향해 말하는 것을 보았다. 완두콩 새총을 든 남자아이들이 그 옆에 조용히 앉아 있었다. 누더기 차림의 남자는 모자에 한 푼도 모으지 못했다. 매튜스 씨는 차가운 손으로 악수를 했고, 흔들리는 상자 위에서 휴일을 향해 화를 냈고, 여름에 저주를 퍼부었다. 그는 새로운 온기를 구하라고 소리쳤다. 강렬한 태양이 그의 뼛속까지 비추었고, 그는 외투 옷깃까지 채우고 있었다. 밸리의 아이들, 쑥 들어간 건방진 눈에 빠른 혀와 노래하는 듯한 목소리, 조개껍질처럼 얇은 가슴을 가진 아이들이 '펀치 앤 주디'[D] 인형극과 '스톱 미' 세발자전거[E] 주변에 모여들었고, 그는 그들 모두를 부정했다. 속옷만 입은, 머리를 빗고 파우더를 바른 여자들, 타월 밑에서 요령껏 옷을 갈아입는 얌전한 여자들을 그는 모두 부정했다.

매튜스 씨가 죄악의 도시를 성토하고, 아이스크림 상인 주변에서 춤추는 벌거벗은 아이들을 쫓아내고, 여자들의 그을린 허벅지 둘레를 자신의 검은 코트로 감싸주면서, "재앙이오! 재앙이오! 곧 밤이 닥치리니!"라고 외치는 동안, 어깨 한가득 그림자를 걸머지고 절망에 빠져 있던 젊은이는 문득 자신의 친구들이 여자들과 '자이언트 레이서'를 타고 광란하고 있거나 '유령 열차'를 타고 해골 터널을 질주하고 있을 포스코울의 코니 해변[F]을 생각했다. 레슬리 버드는 가슴 한가득 코코넛을 껴안고 있을 것이다. 브렌다는 허버트와 함께 사격장에 있을 것이다. 길 모리스는 '에스플라나드'에서 몰리에게 체리가 든 칵테일을 사주고 있겠고. 그런데 그는 지금, 여기 서서, 은퇴한 술주정뱅이 매튜스 씨가 저녁 무렵 해변에서 어둠을 향해 외치는 소리를 듣고 있었다. 주머니에 돈도

두둑하고, 토요일은 사그라지고 있는데.

한창 고독을 타고 있었을 때, 그는 그들의 제안을 거절했다. 허버트가 후미 번호판에 G. B.[G]가 박힌, 라디에이터에는 바닷바람에 머리칼을 휘날리는 님프가 장식된, 차체가 낮은 붉은 스포츠카를 몰고 집으로 찾아왔지만 그는 이렇게 말했다. "아, 그럴 기분이 아니야. 조용한 시간을 갖고 싶어. 너희들끼리 즐겁게 보내. 얼음과자 너무 많이 먹지 말고." 그랬던 그가 고작 해가 지기를 기다리면서, 선지자 뒤의 하늘 한 지점을 멍하니 바라보고 있는 여인네들의 서글픈 무리 속에 서서 아침이 밝아오기만을 기다리고 있다니. 맙소사! 장터 놀이기구와 사격장에서 돈을 써대고, 번쩍이는 라운지에 앉아 한 잔에 1파운드 6펜스나 하는 술과 터키담배를 들고 여자들에게 핫한 뉴스를 이야기하면서 태양이 라운지 창가 너머 야자수 사이로, 해변 산책로 위로, 목욕용 의자 위로, 장애인과 과부들 위로, 반바지에 스카프를 두른 주말 부인들과 밋밋한 안경을 걸친 여자 친구들과 몰려다니는 맵시 있는 곱슬머리 여자들 위로, 그리고 순진하지만 으스대는 요란한 소년들과, 발목 높이 크기의 폼들과, 자전거를 탄 상냥한 남자들…… 위로 지는 것을 볼 수 있다면. 로널드는 '레이디 모이라' 호를 타고 일프라쿰으로 떠났고, 시끌벅적한 바에서 브린하이프리드[H]에서 온 무리들과 위스키 잔을 들이붓고 있겠지만 제 고향 친구가 6시 무렵 해변을 혼자 어슬렁거리며 그 시간을 예배 시간처럼 지겨워하리라고는 상상도 못할 것이다. 그의 친구들은 모두 쾌락 속으로 사라졌건만.

그는 생각했다. '시인은 자신의 시와 함께 살고, 함께 걷는다. 투시자에게 다른 친구 따위는 필요 없다. 토요일은 상스러운 날이다. 집으로 가서 내 방 보일러 옆에 앉아 있어야겠다.' 그러나 그는 살아 움직이는 시인이 아니었다. 그는 고작 따뜻한 공휴일을 맞이한, 바닷가 소도시에 사는, 2파운드를 쓸 수 있는 젊은이일 뿐이었다. 그에게 투시는 없었고, 가진 것은 고작 2파운드와, 쓰레기 수북한 모래사장에 발을 디디고 있는 작은 몸뚱이뿐. 고요함은 노인들을 위한 것이었다. 그는 몸을 움직였고, 철도 탈선기를 지나 전차가 다니는 길로 갔다.

그는 빅토리아 가든스의 꽃시계를 보며 외쳤다.

"한낱 서생아, 이제 뭘 할 건데?" 그가 자문하듯 외쳤고, 그때 백색 타일로 된 소변기 맞은편 벤치에 앉아 있던 한 여자가 미소를 지으면서 소설책을 내려놓았다.

그녀는 옛 스타일의, 헐겁게 말아 올린 갈색 머리를 하고 있었고, 머리에 꽂은 울워스 잡화점의 하얀 장미는 귀에 닿아 있었다. 가슴에는 붉은 종이 장미가 꽂힌 하얀 프록코트를 입고 있었고, 장터에서 산 반지와 팔찌를 끼고 있었다. 눈은 작고 선명한 초록색이었다.

그는 한눈에, 세심하고 냉정하게, 그녀의 외모에 드러난 남다른 면모를 모두 알아차렸다. 머리에서 발끝까지 훑는 그의 시선에도 불구하고 그녀가 취한 차분하고 당당하고 확신하는 태도, 미소와 고갯짓에서 이미 알 수 있었다. 그는 그녀가 부드러운 태도와 적당히 거리를 두는 것으로 무례한 접근과 시선을 피하고 있음을 느꼈다. 손이 떨렸다. 그녀가 입고 있는 프록코트는 길었고, 옷깃은 높았지만 그녀는 사실 낡은 벤치 위에 벌거벗고 앉아 있는 것이나 다름없었다. 그녀는 미소로서 자신의 몸을 드러냈다. 걸친 것 하나 없이, 흠 하나 없이, 시트 밑에서 기꺼이 응하며 따뜻하게 덥혀 줄 것을 고하고 있었다. 그녀는 죄책감 없이 기다리고 있었다.

'아, 정말 아름다운 여인이다.' 그는 머리로는 단어를, 눈으로는 그녀의 머리카락과 붉고 하얀 피부를 담으며 이렇게 생각했다. '이처럼 아름답게 나를 기다리고 있다니. 물론 자신이 날 기다린다고는 생각하지 않겠지. 내가 말할 수도 없는 일이고.'

그는 꼼짝 않고 그녀를 응시했다. 그녀는 카메라 앞에 선 자신만만한 여자처럼 양손을 포개고 앉아 미소를 지었고, 고개를 살짝 기울여 장미를 목덜미 쪽으로 떨구었다. 그녀는 그의 선망어린 눈빛에 응했다. 이 진기한 여인은 그의 긴 시선을 마음속으로 받아들였고, 그의 바보 같은 사랑을 귀히 여겨주었다.

각다귀들이 그의 입속으로 날아 들어왔다. 그는 창피한 마음에 가

던 길을 서둘렀다. 가든스 정문 앞에서, 그는 세상 마지막으로 그
녀를 한 번 더 보려고 고개를 돌렸다. 그녀는 그가 느닷없이 어색
하게 떠나자 평정을 잃고 당황해서 눈으로 그를 쫓았다. 그를 다
시 부르려는 듯 한 손을 들었다. 그가 기다렸다면, 그녀는 그를 불
렀을 것이다. 그가 모퉁이를 돌자, 그녀의 목소리가 들렸다. 우거
진 담벼락 너머에서 들려오는 백 개의 목소리, 모두 그의 이름을
부르는 그녀의 목소리였다. 백 개의 이름 모두 그의 이름이었다.

그렇다면 이제 사랑에 미친 젊은 겁쟁이 서생은 무엇을 해야 할
까? 그는 텅 빈 '빅토리아' 살롱의 뒤틀린 거울에 비친 자신을 향
해 소리 없이 물었다. 이마에 '배스'라고 쓰인, 원숭이처럼 처진
그의 얼굴이 킥킥거리며 조롱했다.

'비너스가 접시에 담겨 나오면 난 그녀에게 뿌릴 식초를 주문할
거야.' 멜론 조각처럼 생긴 두 개의 새빨간 입술이 말했다.

'넌 공원에서 괴상한 창녀를 본 거야.' 거울상이 대답했다. '그녀
는 야생아라고. 오 이런! 오 이런! 그녀 머리에 내려앉은 이슬을
보았니? 잡지에 나오는 사람마냥 거울에 대고 말하는 건 그만 둬.
나는 너를 너무너무 잘 아니까.'

얼굴이 퉁퉁 부어 턱이 축 늘어진 처음 보는 머리가 그의 어깨
뒤에서 나타났다. 그가 휙 돌자 바텐더가 말했다.

"하나뿐인 연인이 실망을 안겼나요? 시체를 데워놓은 모습이

시네요. 이건 저희가 드리는 것이니 드시죠. 오늘은 맥주를 공짜로 드립니다. X도 공짜입니다." 그는 맥주 핸들을 당겼다. "여기서는 최고급만 팝니다. 신선한 맥주죠. 손님은 정말 괴상해보이십니다." 그가 말했다. "유일하게 구조된 난파선에서 유일하게 살아남은 사람 같아요. 건배!" 그는 자신이 따른 맥주를 마셨다.

"맥주 한 잔 주시겠어요?"

"여기가 어디라고 생각하시는 겁니까? 선술집인 줄 아세요?"

젊은이는 살롱 한가운데 반짝이는 테이블 위에 독주를 적신 손가락으로 여자의 머리를 그렸고, 그 위에 노란 거품으로 머리카락을 그렸다.

"아! 더러워요! 더러워!" 바텐더가 카운터 뒤에서 달려 나와 마른 행주로 그 머리를 닦아버렸다.

젊은이는 모자로 손을 가리고 테이블 가장자리에 자기 이름을 썼고, 글자가 말라 사라지는 것을 지켜보았다.

열린 퇴창 너머로, 모래로 덮힌, 무용지물이 된 철길 건너에서 점점이 해수욕하는 사람들, 작은 오두막들, 펀치 앤 주디 주위에서 뛰어다니는 난장이들, 몇 안 되는 신도들이 보였다. 그도 저 복작대는 황무지에서 절망을 탓하면서, 또 친구를 찾으면서도 끝내 마다하며 놀았고, 이제 자신만의 진정한 행복을 찾았다 싶었는데 '신사용' 화장실과 꽃시계 옆, 당혹스럽고 어색한 30초 사이에 그녀를 잃어버렸다. 더 나이 들고, 더 현명해졌지만 나아진 구석은 전혀 없는 그는 만남과 이별이 그의 얼굴에 눈 밑 그늘이나 입가의 주름살을 남겼는지 보려고 거울을 들여다보았지만 바뀐 모습에서 어떤 답이 나올지는 그도 잘 알고 있었다.

바텐더가 다가와 옆에 앉더니 가성의 목소리로 이렇게 말했다. "자, 이제 이야기 해봐요. 나는 고객의 비밀 창고니까."

"할 이야기가 없어요. 빅토리아 가든스에서 어떤 여자를 봤는데 너무 수줍어서 말을 걸지 못했어요. 그녀는 신이 내린 작품이었어요!"

순간, 사랑과 아픔의 와중에도 성격 좋은 사람처럼 대하려 했던 게 너무 부끄러웠다. 그녀의 평온한 얼굴이 눈앞에 아른거렸고, 그녀의 미소는 방금 그가 한 말을 꾸짖고 또 용서하는 듯했다. 젊은이는 벤치에 앉아 있던 자신의 여자를 더럽혔고, 가래침과 톱밥 더미 속으로 그녀를 끌고 내려가 창녀로 단장시킨 셈이었다. 급기야 바텐더는 이렇게 말했다.

"나도 큰 게 좋아요. 베시를 한 바퀴 도는 거나, 가스공장 한 바퀴 도는 거나 같다는 말도 있잖아요.⌋ 나도 평생의 기회를 놓쳤어요. 홀딱 벗은 예쁜이들이 오십 명이나 있었는데, 집에 분젠 버너를 두고 나왔죠."

"같은 걸로 더 주세요."

"비슷한 거 말이죠."

바텐더는 맥주를 한 잔 따라 마시더니 한 잔을 더 따랐다.

"나는 항상 손님과 한잔 마셔요." 그가 말했다. "그래야 동등해지니까요. 자, 이제 우리는 실연한 독신자가 되는 거군요." 그는 다시 앉았다.

"손님이 무슨 이야기를 해도 내가 모르는 건 없어요." 바텐더가 말했다. "이 바에서 엄청 취한 엠파이어의 쇼걸을 스무 명도 더 봤어요. 아, 그 여자들! 그 다리라니!"

"오늘밤에도 공연을 하나요?"

"이번 주에는 여자를 톱으로 반 토막 내는 친구만 나와요."

"그 반은 나를 주세요."

취객 한 명이 보이지 않는 흰 선을 밟아가며 들어왔고, 룸 저 끝에서 연민을 느낀 바텐더는 그에게 파인트를 건넸다. "오늘 맥주는 공짜예요." 그가 말했다. "X도 공짜예요. 볕에 나가 계셨군요."

"하루 종일 볕에 나가 있었어요." 그 남자가 말했다.

"햇볕에 화상을 입은 것 같네요."

"술 때문에 그래요." 남자가 말했다. "술을 계속 마셨거든."

"휴일이 끝나가는구나." 젊은이는 잔에 대고 속삭였다. '안녕, 검은 새야.ᴷ 좋은 시간은 사라졌어.' 그는 이렇게 생각하면서 벽에 붙은 우스꽝스러운 총천연색 엽서를 기가 막힌 듯 찬찬히 훑어보았다. 산처럼 높은 엉덩이를 한 해변의 여자들, 가냘픈 다리에 망원경을 든 공처가 남자들이 그려진 엽서였다. 그 위로, 흑맥주를 마시는 테리어 그림이 걸려 있었다. 그런 그가 지금 여기서 명랑한 바텐더와 찌그러진 모자를 쓴 취객과 함께 황혼녘의 쓰레기를 치우고 있다니……. 모자를 이마 아래로 살짝 기울였더니 머리카락 한 뭉치가 흘러내려 눈꺼풀을 간지럽혔다. 그는 이방인의 재빠른 눈매로, 미묘한 쓴웃음 자락이든, 자신의 죽음의 형상을 허공에 그리는 희미한 몸짓 하나 놓치지 않는 그 눈매로, 썩어가는 룸 한쪽 구석에서 손으로 입을 가린 채 기침을 하며 대마초 연기를 뿜어대는 머리가 흐트러진 어느 젊은이를 보았다.

하지만 취객이 확고한 발걸음에 위엄을 갖추고 흡사 흔들리는 배에서 잔을 한가득 채워 들고 돌아다니는 사람마냥 그에게 다가왔을 때, 또 스탠드 뒤의 바텐더가 잔을 덜그덕거리면서, 휘파람을 불면서, 술을 퍼마시고 있을 때, 그는 이 사이비 남몰래 비극을 뿌리쳤다. 코웃음이 나왔고, 얼굴이 빨개졌다. 그는 우울의 모자를 쫙 펴서 챙이 단단한 트릴비 모자로 바꾸었고, 침울한 이방인을 묵살해버렸다. 자신의 본모습이라는 안전한 중심으로 몸을 피하자, 주위의 익숙한 세상이 그의 또 다른 몸처럼 느껴졌다. 그는 온갖 일이 벌어지는 허름한 소도시 바닷가, 이름 없는 호텔의 평범한 술집에 슬프지만 만족하며 앉아 있었다. 어두운 내면세계는 필요 없었다. 타웨가 사방에서 그를 압박하고 있었다. 기이하고 평범한 사람들이 자기 집에서, 삭막한 건물에서, 공장과 거리에서, 빛나는 상점과 신성모독 교회에서, 종점과 마을회관에서, 허물어져가는 골목길과 벽돌 길에서, 광고판 뒤 아치와 은신처와 구덩이에서, 도시의 평범한 온갖 날것의 정보에서 요란하게 형형색색으로 튀어나오고, 기어 나오고 있었다.

마침내 취객이 그에게 다가왔다. "여기 손을 올려보시오." 이렇게 말하더니 돌아서서 제 엉덩이를 툭툭 쳤다.

바텐더가 휘파람을 불면서 젊은이가 취객의 바지 엉덩이를 만지는 것을 보려고 일어났다.

"거기서 뭐가 느껴지시오?"

"아무것도 안 느껴지네요."

"그렇소. 아무것도. 아무것도. 거긴 아무것도 느낄 게 없소."

"그럼 어떻게 앉아요?" 바텐더가 물었다.

"의사가 남겨놓은 것으로 앉을 뿐이요." 그가 화를 내며 말했다. "나도 전에는 당신처럼 제대로 된 엉덩이가 있었소. 다울레스의 지하에서 일을 하고 있었는데, 세상의 종말이 온 거요.¹ 내가 엉덩이를 잃은 대신 얼마를 받았는지 아시오? 4파운드 3실링이요! 엉덩이 하나에 2파운드랑 반 펜스 세 개를 받은 거요. 돼지 한 마리보다 싼 값에!"

빅토리아 가든스에서 본 그 여자가 친구 두 명과 함께 들어왔다. 그녀만큼 아름다운 금발의 젊은 여자와, 젊어 보이려는 옷을 걸친 화장을 한 중년 여자였다. 셋이 테이블에 앉았다. 그가 사랑한 그 여자가 포트와인 세 잔과 진을 시켰다.

"참 기분 좋은 날씨죠?" 중년 여인이 말했다.

"하늘이 참 잘 보이네요." 바텐더가 답했다. 그는 몇 번이나 고개 숙여 절을 하고 미소를 지으면서 주문한 술을 그들 앞에 내놓았다. "공주님들은 더 좋은 펍으로 가신 줄 알았습니다." 그가 말했다.

"당신 없는 더 좋은 펍이 어디 있어요, 미남 아저씨?" 금발 여자가 말했다.

"여기가 바로 '리츠'고 '사보이' 아닌가요, 귀여운 갸르송¹?" 가든스에서 본 여자가 이렇게 말하더니 손에 키스를 담아 그에게 날렸다.

창가에 있던 젊은이는 그녀가 어둑한 실내로 불쑥 들어왔을 때부터 당황했고, 그 키스를 낚아채고는 얼굴을 붉혔다. 그는 생각했다. 이 룸을 뛰쳐나가, 기적을 일으킨 가든스를 가로질러 자기 집으로 달려가 침대 시트에 머리를 박고, 옷도 벗지 않고 떨면서, 밤새 누운 채, 귓전에 울리는 그녀의 음성을 들으면서, 감은 눈꺼풀 밑에서 그녀의 커다란 녹색 눈동자를 바라보겠노라고. 하지만 오직 피 끓는 병든 소년만이 진정한 사랑을 피해 꿈속으로 달려

---

1. *garçon.* 원문은 프랑스어.

가, 수치로 가득한 침실에 누워, 축축하게 젖은 베개를 폭신하고 통통한 가슴과 얼굴 삼아 얼굴을 파묻고 흐느낄 것이다. 그는 자신의 나이와 시를 떠올렸고, 꼼짝하지 말자고 다짐했다.

"정말 고마워요, 루." 바텐더가 말했다.

그녀의 이름은 루, 루이즈, 루이자였다. 그녀는 스페인 사람이거나 프랑스 사람이거나 집시일 테지만 그는 그녀의 목소리가 어느 거리의 것인지 알 수 있었다. 그녀의 친구들의 날카롭게 오르락내리락하는 목소리에서 그는 그들이 어디 사는지 짐작할 수 있었다. 중년 여인의 이름은 에메랄드 프랭클린 부인이었다. 매일 밤 '쥬스 하프'[M]에서 술을 홀짝이고, 사람들을 살피고, 시계를 보았던 여자였다.

"우리는 해변에서 매튜스의 지옥불 설교를 들었어요. 이것도 안 된다, 저것도 안 된다고 떠들지만 실은 그자는 아침도 먹기 전에 파인트를 마시는 사람이에요." 프랭클린 부인이 말했다. "참, 배짱도 좋아!"

"게다가 치마에서도 눈을 떼지 않죠." 금발의 여자가 말했다. "난 차라리 카운터 뒤의 라몬 노바로를 믿지, 그를 믿지는 않겠어요."

"아이고! 내가 출세했네요. 지난주에는 찰리 체이스였는데." 바텐더가 말했다.[N]

216

프랭클린 부인이 장갑을 낀 손으로 빈 잔을 들고 종처럼 흔들었다. "남자들은 언제나 사기꾼이지." 그녀가 말했다. "자, 우리에게 싸구려 독주를 돌려봐요."

"특히 프랭클린 씨가 그렇죠." 바텐더가 말했다.

"그래도 그 설교자 말에 상당한 일리가 있어요." 프랭클린 부인이 말을 이었다. "특히 난삽한 사랑에 대해서는. 술집이 끝난 뒤 모래사장에 산책을 나가보면 소돔과 고모라가 따로 없다니까요."

금발 여자가 웃었다. "도덕 선생님 말씀을 경청하라!⁰ 에이, 난 부인이 지난 수요일에 흑인이랑 같이 있는 걸 봤는데요. 박물관 옆에서."

"아뇨, 인도인이었어요." 프랭클린 부인이 말했다. "또 대학생이고요. 그 일을 기억해줘서 고맙군요. 따지고 보면 세상 만민이 형제라고 하지만 우리 가족 중에 깜둥이 혈통은 없어요."

"아이고! 아이고!" 루가 말했다. "그런 이야기는 그만해요. 서로 사랑합시다! 오늘은 내 생일이에요. 또 휴일이고요. 날 좀 재미있게 만들어줘요. 야옹! 야옹! 마저리, 에메랄드와 키스하고 화해해요." 루는 그들에게 미소를 지으면서 비웃음을 날렸다. 이어 바텐더에게 윙크를 던졌고, 바텐더는 그들의 잔을 가득 채웠다. "당신의 파란 눈에 건배, 갸르송!" 루는 구석에 앉아 있는 젊은이를 보지 못했다. "그리고 저기 계신 할아버지에게도 건배." 그녀는 비틀거리는 취객을 향해 말했다. "저 할아버지는 오늘 스물한 살이에

217

요. 봐요! 내 말에 웃잖아요."

취객은 깊숙이, 위태위태하게 허리를 숙여 절했고, 모자를 벗어 예를 표했고, 비틀거리며 맨틀피스에 몸을 기댔다. 손에 든 가득한 파인트 잔은 바위처럼 흔들림이 없었다. "카마던셔 최고의 미인이십니다." 그가 말했다.

"여긴 글래머건셔예요, 아저씨." 그녀가 말했다. "지리도 모르세요? 왈츠 추는 것 좀 봐! 잔 조심하세요! 저분, 쌩쌩하네요.[P] 자, 더 빨리! 찰스턴 한번 춰 봐요."

취객은 파인트 잔을 높이 들고 쓰러질 때까지 춤을 추면서도 춤추는 내내 술 한 방울 흘리지 않았다. 그는 먼지 쌓인 바닥, 루의 발치에 누워 자신감과 애정을 표하면서 그녀를 향해 씩 웃었다. "에고, 넘어졌구려." 그가 말했다. "엉-덩-이가 있었을 땐 돌격대처럼 춤출 수 있었는데."

"최후의 심판 때 엉덩이를 잃은 분이죠." 바텐더가 이해를 도왔다.

"언제 엉덩이를 잃었다구요?" 프랭클린 부인이 물었다.

"가브리엘 천사가 다울레스로 내려가 트럼펫을 불었을 때요."[Q]

"날 놀리는군요."

"천만에요, 에메랄드 부인. 어이, 당신! 토사물 통에서 일어나요."

남자는 엉덩이를 꼬리처럼 흔들더니 루의 발치에서 으르렁거렸다.

"내 발에 머리를 올려봐요. 편히 누우세요. 누워 있게 냅둬요." 루가 말했다.

그는 곧바로 잠들었다.

"가게에 술주정뱅이를 둘 수는 없어요."

"그럼 당신이 꺼지면 되잖아요."

"잔-인한 프랭클린 부인!"

"자, 일 보세요. 저 구석에 있는 젊은이 주문을 받아요. 혀를 내밀고 있잖아요."

"잔-인-한 부인!"

프랭클린 부인이 젊은이에게 관심을 보였을 때, 루는 살롱 건너편을 찬찬히 훑었고, 그가 창문을 등지고 앉아 있는 것을 보았다.

"음, 잔을 받아야 되겠는 걸." 그녀가 말했다.

"밤이 지나기 전에 여러 잔을 받게 될 거야."

"아니 진짜야, 마저리. 누가 저기 있는지 몰랐어. 실례할게요, 거기 구석에 있는 분……." 루가 말했다.

바텐더가 전등을 켰다. "'어둠 속의 빛'이랄까요."[R]

"어머!" 루가 말했다.

젊은이는 감히 움직일 생각을 못 했다. 자신을 훑어보는 그녀의 긴 빛, 한 줄기 빛처럼 둘 사이에 빛나는 황홀감이 부서질까 두려웠고, 그녀가 깜짝 놀라 말을 꺼낼까 두려웠다. 그러나 그는 자신의 두 눈에 사랑을 감추지 않았다. 그녀가 쉬이 그의 사랑 속으로 뚫고 들어와, 가슴 속 심장을 움직여, 그 박동이 친구들의 열띤 대화 소리보다 더 크게, 또 침을 뱉고 잔에 광을 내면서도 무엇 하나 놓치지 않는 바텐더가 카운터 뒤에서 달가닥대는 소리보다 더 크게, 또 곤히 잠든 남자의 코고는 소리보다 더 크게 뛰도록 만들고 싶었다. 이제 그 무엇도 나를 해칠 수 없다. 바텐더여, 비웃어라. 에메랄드 부인이여, 술잔 속에서 키득거리시라. 나는 세상을 향해 말하고 있고, 열락의 초원을 걷고 있고, 얼간이처럼 루를 바라보고 있다. 그녀는 나의 소녀, 나의 백합이다. 오, 사랑! 오, 사랑이여! 그녀는 요조숙녀는 아니다. 노래하는 듯한 목소리, 심해 잠수부처럼 술을 마시는 그녀다. 하지만 루, 나는 당신의 것! 루, 당신은 나의 것이다! 이제 그는 그녀의 냉정함을 관조하는 것을 거부하고 그녀의 아름다움을 언어로 바꾸고 싶었다. 그녀는 태양 아래, 달 아래 오직 그의 것이었다. 그는 부끄러움을 내던지고, 자신감을 갖고 그녀를 향해 미소를 지었다. 만반의 준비를 했음에도 그녀가 웃음으로 답하자 그의 손가락은 가든스에서 떨렸던 것처럼 다시 떨렸고, 뺨은 붉어졌고, 심장은 마구 내달리기 시작했다.

"해럴드, 저 젊은이의 잔을 채워줘요." 프랭클린 부인이 말했다.

바텐더는 한 손에는 먼지떨이, 다른 손에는 물이 뚝뚝 흐르는 잔을 들고 가만히 서 있었다.

"귀에 물이라도 찼어요? 젊은이 잔을 채워주라고요!"

바텐더는 먼지떨이를 눈에 댔다. 그는 흐느꼈다. 그리고 짐짓 눈물을 닦는 척했다.

"저는 지금 초연[2]을 관람 중이고, 여기가 귀빈석이라고 생각했는데……." 그가 말했다.

"귀가 아니라 머릿속에 물이 들었나보네요." 마저리가 말했다.

"'첫눈에 반한 사랑, 혹은 또 한 명의 남자 탈선'이라는 제목의 아름다운 희비극이 될 거라고 꿈꿨는데. 제1막은 바닷가의 술집이고."

두 여자가 검지로 이마를 톡톡 두드리며 비웃었다.

루는 여전히 웃으면서 말했다. "제2막은 어디였죠?"

그가 상상했던 것만큼 상냥한 목소리였다. 지나치게 친숙한 바텐더나 수준 낮은 여자들과 나누는 즐겁고 까칠한 수다를 듣기 전에 상상했던 목소리였다. 어떤 나쁜 친구도 감히 더럽힐 수 없는 현명하고 부드러운 여자, 영혼까지 맑은 순수한 부드러움으로 감각이 빚어낸 장애물마저 무화시키는 여자였다. 그녀의 상냥함을 말로 옮기려고 현실의 룸과 그 안에 실재했던 사랑을 내팽개치고 언어로 도피하던 그는 문득 놀라 깨어났고, 그 순간, 문장의 옷을 걸친 차분한 심경이 아닌, 여섯 발자국 앞에 있는 생기 넘치는 육

-----

2. *première.* 원문은 프랑스어.

체, 손에 쥐고 가져야 할 한 예쁜 여인을 보았다. 그는 재빨리 그녀를 손에 넣어야 했다. 그는 일어나 그녀에게 다가가려고 했다.

"2막이 시작되기 전에 꿈이 깼네요." 바텐더가 말했다. "아, 그걸 보려고 사랑하는 노모도 팔아치웠을 겁니다. 흐릿한 불빛. 자줏빛 소파. 미칠 듯한 희열. 라, 라, 셰리!³"

젊은이는 그녀 옆으로 와서 앉았다.

바텐더 해럴드는 카운터 너머로 몸을 숙여 손을 귀에 바짝 댔다.

바닥에 누워 있던 남자가 자다가 몸을 뒤척였다. 머리는 타구 통에 박혀 있었다.

"진즉에 와서 앉았어야죠." 루가 속삭였다. "가든스에서 발을 멈추고 내게 말을 걸었어야죠. 수줍었나요?"

"너무 수줍었어요." 젊은이가 속삭였다.

"속삭이는 건 매너가 아니죠. 아무 말도 안 들려요." 바텐더가 말했다.

젊은이가 손가락을 튕기자, 그 신호에 맞춰 정장 차림의 웨이터들이 거대한 식당을 부산하게 움직이며 굴을 서빙 했고, 바텐더는 포트와인, 진, 넛브라운 맥주로 잔을 채웠다.

"우린 모르는 사람과는 술 안 마셔요." 프랭클린 부인이 웃으면

3. Là, là, chérie! 원문은 프랑스어("저기요, 저기요, 셰리!"). '셰리'는 'dear'. 원본의 'Là, la chérie'는 오타.

서 말했다.

"이 사람은 모르는 사람이 아니에요." 루가 말했다. "그렇죠, 잭?"

그는 테이블에 1파운드짜리 지폐를 던졌다. "배상금을 드리죠."

채 시작하기도 전에 끝나버린 저녁 시간은 매혹적인 여인들의 칼날처럼 날카로운 웃음소리, 차라리 배우가 되었어야 할 바텐더의 수다, 그의 곁에 앉은 루의 기쁜 미소와 침묵 속에서 빠르게 흘러갔다. 이제 그는 그녀가 자신처럼 머뭇거리며 휴일의 외로운 길을 걸어왔고, 이제 안전하고 확실하다, 라고 생각했다. 따스한 소용돌이 속, 그들은 가까웠고, 비슷했다. 도시와 바다와 마지막 남은 행락객들이 그들과 아무 상관없는 어둠 속으로 떠나갔고, 이 룸만 혼자 남아 타올랐다.

하나씩 하나씩 어둠 속에서 길을 잃은 남자들이 술집으로 들어와 슬픈 얼굴로 술을 마시고 나갔다. 얼굴이 붉어진 프랭클린 부인은 그들이 떠날 때마다 잔을 흔들며 술을 흘렸다. 해럴드는 그들의 등 뒤에 윙크를 던졌다. 마저리는 길고 하얀 다리를 보여주었고.

"우리 말고는 아무도 우리를 사랑하지 않아요." 해럴드가 말했다. "그만 문을 닫고 쓰레기들을 들어오지 못하게 할까요?"

"루가 오브라이언 씨를 기다리고 있지만…… 그렇다고 말리진 않겠어요." 마저리가 말했다. "그분은 아일랜드에서 온 루의 돈 많은 애인이거든."

"오브라이언 씨를 사랑해요?" 젊은이가 속삭였다.

"어찌 사랑하겠어요, 잭?"

오브라이언 씨의 모습이 눈에 선했다. 위트 있고, 중년의 키 큰 남자, 희끗거리는 곱슬머리, 깔끔하게 손질한 콧수염, 넷째손가락에 번쩍이는 반지를 끼고, 현명해 보이는 주름진 눈에, 마네킹처럼 말끔하게 고래 뼈 페티코트를 입은, 카디프 주변의 질척한 남자. 루의 끔찍한 애인이 회사 차를 타고 답답한 거리를 뚫고 그녀에게 달려오는 모습이 눈에 선했다. 젊은이는 시체로 가득한 테이블 위에서 손을 꽉 쥐었고, 따뜻하고 강한 손으로 그녀를 지켜주고 싶었다. "내 차례예요, 내 차례." 그가 말했다. "자, 잔을 가득 채워요! 두 순배, 세 순배! 프랭클린 부인이 소심하네요!"

"엄마는 소심하게 군 적 없어요."

"오, 루!" 그가 말했다. "전 당신과 함께하면 행복 그 이상이에요."

"구구! 구구! 멧비둘기 소리 들어봐요."

"구구거리라고 해요." 마저리가 말했다. "나도 구구거릴 수 있어요."

바텐더가 놀라서 주위를 둘러보았다. 그는 두 손을 들어, 손바닥을 위로 하더니 귀에 갖다 댔다.

"이 바에 새들이 가득하네요." 바텐더가 말했다.

"에메랄드 부인이 알을 낳고 있네요." 프랭클린 부인이 의자에서 몸을 흔들자 그가 말했다.

곧 바에 손님이 가득했다. 취객이 깨어나 달려 나갔고, 갈색 웅덩이에 모자를 남겨놓았다. 그의 머리카락에서 톱밥이 떨어졌다. 체구가 작은, 동그랗고, 얼굴이 붉은 쾌활한 노인이 젊은이와 루를 마주보고 앉았고, 젊은이와 루는 테이블 밑에서 손을 잡고, 서로 다리를 비벼대고 있었다.

"사랑하기 참 좋은 밤이오!" 노인이 말했다. "바로 이런 날 제시카가 부자 유대인에게서 도둑질을 했지. 그게 어디 나오는 이야기인지 아시오?"

"『베니스의 상인』이요." 루가 말했다. "하지만 당신은 아일랜드 사람이잖아요, 오브라이언 씨."

"전 당신이 키 크고 콧수염이 달린 사람일 거라고 굳게 믿었습니다." 젊은이가 진지하게 말했다.

"무기는 뭐죠, 오브라이언 씨?"

"새벽엔 브랜디라고 생각합니다만, 프랭클린 부인."

"오브라이언 씨에 대해서는 당신에게 전혀 설명하지 않았는데, 정말 놀랍네요!" 루가 속삭였다. "이 밤이 영영 지속되었으면 좋겠어요."

"하지만 여기서는 싫어요. 이 바 말고요. 커다란 침대가 있는 방에서 계속되어야죠."

"바에 침대라." 노인이 말했다. "본의 아니게 엿들었습니다만, 그건 내가 항상 원한 거요. 한번 생각해보시죠, 프랭클린 부인."

바텐더가 카운터 뒤에서 불쑥 튀어나왔다.

"끝낼 시간입니다, 신사 및 기타 여러분!"

정신이 말짱한 낯선 이들이 프랭클린 부인의 웃음소리를 들으며 떠났다.

불이 꺼졌다.

"루, 날 잃어버리지 말아요."

"손 잡았어요."

"꼭 잡아요. 아플 정도로."

"그 사람 모가지를 부러뜨려버려요." 프랭클린 부인이 어둠 속에서 말했다. "기분 나쁘라고 한 말은 아니고요."

"마저리는 손을 쳐내죠." 마저리가 말했다. "어두운 곳에서 나가요. 해럴드는 어둠 속을 돌아다니고 싶나 봐요."

"여자 가이드가 있어야죠!"

"각자 한 병씩 들고 루의 집으로 가요." 마저리가 말했다.

"내가 술을 사겠소." 오브라이언 씨가 말했다.

"이제 당신이 날 잃어버리지 말아요." 루가 속삭였다. "날 꽉 잡아요, 잭. 다른 사람들은 오래 있지 않을 거예요. 오, 세상에. 당신과 단둘이라면 얼마나 좋을까!"

"당신이랑 나랑, 그리고 달님이랑."

오브라이언 씨가 살롱 문을 열었다. "숙녀 여러분, 롤스로이스에 타십시오. 신사들은 일단 약을 구하러 갈 겁니다."

루가 마저리와 프랭클린 부인을 따라 나서기 전, 젊은이는 그녀가 그의 입술에 재빨리 키스하는 것을 느꼈다.

"술값을 나누는 건 어떻겠소?" 오브라이언 씨가 말했다.

"화장실에서 제가 뭘 찾았는지 보십시오." 바텐더가 말했다. "이 양반이 변기에 앉아서 노래를 하고 있네요." 그는 취객을 부축하고 카운터 뒤에서 나타났다.

그들은 모두 차에 올라탔다.

"첫 번째 정거장은 루의 숙소입니다."

*

젊은이는 루의 무릎에 앉아 희뿌연 안개 속 도시를 보았다. 조용히 소용돌이치는 항구의 푸른 연기가 도시를 감싸고 있었다. 빈민가 거리를 따라 밝혀진 불빛은 점점 더 늘어나고 있었고, 깜빡이는 상점들은 하나씩 어두워졌다. 차에서 향수, 파우더, 살 냄새가 났다. 그는 우연히 팔꿈치로 프랭클린 부인의 풍만한 가슴을 쳤다. 부인의 허벅지는 취객의 흔들리는 체중을 쿠션처럼 받치고 있었다. 그는 여자 몸뚱이 위에서 이리저리 흔들리고 있었다. 가슴, 다리, 배와 손이 그와 닿았고, 그를 달구었고, 그를 질식시켰다. 이 밤을 지나 루의 침대로 향하면서, 또 죽어가는 휴일의 믿기지 않는 종점으로 향하면서, 그들은 검은 집들과 교각들, 연기 구름 속 기차역을 지나 둥근 난간 위에 희미한 가로등이 비추는 가파른 골목길을 달렸다. 이어 크레인, 벽 사닥다리, 장대와 대들보, 수레, 벽돌더미로 둘러싸인 높다란 공동주택이 서 있는 곳으로 방향을 틀었다.

그들은 어둡고 위험한 층계를 여러 층 올라 루의 방으로 향했다. 닫힌 문들의 바깥쪽 난간마다 빨래가 널려 있었다. 프랭클린 부인은 다른 이들보다 뒤처져 홀로 취객을 상대하며 비틀거리다가 양동이에 발이 걸렸고, 검은 고양이는 다행히 그녀의 발을 밟고 달아났다. 루는 젊은이의 손을 쥐고 주민들의 명판과 문들이 쭉 이어진 복도를 지났고, 성냥을 켠 뒤 속삭였다. "오래 걸리지 않을 거예요. 착하게 굴고, 오브라이언 씨를 잘 참아줘요. 여기예요. 먼저 들어와요. 환영해요, 잭!" 루는 방문 앞에서 그에게 다시 키스했다.

그녀가 전등을 켰다. 그는 당당히 그녀의 방으로, 곧 친숙해질 그 방으로 들어갔다. 널찍한 침대, 의자 위에 올려둔 전축, 구석에 반쯤 가려진 세면대, 가스난로와 조리대, 닫힌 찬장, 손잡이가 없는 서랍장 위에 마분지 틀 액자를 한 그녀의 사진이 보였다. 그녀가 먹고 자며 지내는 곳이었다. 저 더블베드에서 그녀는 하얀 얼굴로 몸을 동그랗게 말고 왼편으로 누워 밤새 잤다. 그녀와 영원히 함께 살게 된다면 그는 그녀가 꿈을 꾸지도 못하게 할 것이다. 다른 어떤 남자도 그녀의 머릿속에 눕거나 그녀와 사랑을 나눌 수 없으리라. 그는 그녀의 베개를 쓰다듬었다.

"도대체 왜 에펠탑 꼭대기에 사는 거죠?" 바텐더가 방으로 들어오면서 물었다.

"이렇게 힘들어서야!" 오브라이언 씨가 말했다. "하지만 여기 있으면 참 아늑하고 좋겠네."

"올라오기가 쉽지 않아서 문제죠!" 프랭클린 부인이 말했다. "난 완전 녹초에요. 이 애물단지 늙은이는 1톤은 나가는 거 같아요. 누워요, 바닥에 누워 자요. 이 늙은 애물단지야!" 그녀는 애정을 담아 말했다. "이름이 뭐예요?"

"어니요." 취객이 팔을 들어 얼굴을 가리면서 말했다.

"아무도 당신을 깨물지 않아요, 어니. 자, 이 사람에게 위스키 한 모금만 줘요. 조심해요! 조끼에 흘리지 말고. 아침에 조끼를 짜고 있을 테니까. 커튼 좀 쳐요, 루. 사악한 초승달이 보이잖아요." 프랭클린 부인이 말했다.

"달을 보면 머릿속에 떠오르는 게 있나요?"

"나는 달을 사랑해요." 루가 말했다.

"달을 마다하는 젊은 연인들은 없지." 오브라이언 씨가 젊은이에게 쾌활한 미소를 지어보이더니 그의 손을 쓰다듬었다. 그의 손은 붉고, 털이 나 있었다. "나는 한눈에 루와 이 멋진 청년이 굉장한 인연임을 알아차렸네. 그들의 두 눈에 다 배어나더군. 이것 참! 내가 눈앞에서 사랑이 싹트는 걸 모를 정도로 그렇게 늙지는 않았지. 보이지 않나요, 프랭클린 부인? 보이지 않나요, 마저리?"

긴 침묵 속에서 루는 오브라이언 씨의 말을 못 들은 척하며 찬장에서 잔을 모아왔다. 그녀는 커튼을 쳐서 달을 가렸고, 침대 가장자리에 발을 깔고 앉은 뒤, 낯선 사람을 보듯 자기 사진을 쳐다보았고, 가든스에서 젊은이가 사랑에 빠지기 전, 그녀를 처음 만났을 때처럼 두 손을 포개고 있었다.

"천사 군대라도 지나가는 모양이군." 오브라이언 씨가 말했다. "왜 이렇게 조용한 거요! 내가 무슨 말 실수라도 했나? 술 마시고 즐겁게 놉시다. 우린 내일 죽는 거요. 내가 무엇을 위해 이 아름답고 빛나는 술을 샀을 것 같소?"

술병을 계속 비웠다. 끝난 놈들은 맨틀피스 앞에 줄지어 세웠다. 위스키가 떨어졌다. 바텐더 해럴드와 드레스가 치켜올라간 마저리가 의자 하나에 포개 앉아 있었다. 프랭클린 부인은 어니의 머리를 자기 무릎에 얹은 채 나름 제대로 된 감미로운 콘트랄토 발성으로 「목동의 아가씨」⁵를 불렀다. 오브라이언 씨가 발로 박자를 맞췄다.

'루를 품에 안고 싶다……' 젊은이는 그렇게 혼자 중얼거렸다. 그는 오브라이언 씨가 발을 구르고 미소를 짓는 모습과 바텐더가 마저리를 한층 깊이 끌어안는 것을 보았다. 프랭클린 부인의 목소리가 감미롭게 울려 퍼졌다. 히죽거리는 구경꾼들 없이 그와 루가 하얀 침대에 누워 있어야 할 이 작은 방에서 울려 퍼졌다. 그와 루는 절절 끓는 돌을 매단 한 덩어리 차가운 몸이 되어, 같이 나락 속으로, 새하얀 공백 속으로, 텅 빈 바다 속으로 내려가 다시는 떠오르지 않을 수 있었다. 초야의 침대, 그의 숨소리가 들릴 만큼 가까이 앉아 있는 그녀, 그러나 그들은 서로의 만남 이전보다 훨씬 더 멀리 떨어져 있었다. 바로 전, 그는 그녀의 몸 말고 모든 것을 갖고 있었다. 지금, 그녀는 그에게 두 번의 키스를 안겼고, 그게 시작일 뿐 나머지는 모두 사라졌다. 그는 오브라이언 씨에게 착하게, 참을성 있게 굴어야 했다. 다 이해한다는 듯, 늙다리 미소를 던지는 그를 강철 주먹으로 날려버릴 수도 있었다. 해럴드와 마저리야, 점점 더 밑으로 가라앉아라! 오브라이언 씨의 발치에서 고래처럼 텀벙거려라!

그는 전기가 나가기를 바랐다. 어둠 속, 그와 루는 침대 시트 밑으로 기어들어가 죽은 척할 수 있다. 죽은 척 꼼짝 않고, 소리 없이 있는데 누가 그들을 찾겠는가?

그러면 다들 어지러운 계단 아래를 향해 소리를 지르며 그들을 찾을 것이고, 잡동사니 널브러진 좁은 복도에서 말없이 더듬거리거나, 무너진 집들의 황무지, 크레인과 사다리 더미 속에서 그들을 찾기 위해 비틀거리며 밖으로 나갈 것이다. 그는 상상의 어둠 속에서 오브라이언 씨의 외침 소리("루, 어디 있소? 대답해요! 대답해요!")와 공허하게 울리는 메아리("대답해요!")를 들었고, 차디찬 우물 속 같은 침대에서 그녀의 입술이 다른 이름을 속삭이기 위해 움직이는 것을 듣고, 느낄 수 있었다.

"멋진 노래로군요, 에메랄드. 그리고 아주 짓궂은 가사요. 그건 목동이었소, 그렇지." 오브라이언 씨가 말했다.

바닥에 쓰러져 있던 어니가 굵고 부루퉁한 목소리로 노래를 부르기 시작했지만 프랭클린 부인이 손으로 그의 입을 막았다. 그는 그 손을 킁킁거렸다.

"이 젊은 목동은 어떨까나?" 오브라이언 씨가 젊은이를 향해 잔을 들었다. "사랑만큼 노래도 잘하려나? 아가씨가 한번 청해보지 그래?" 그가 루에게 말했다. "혹 나이팅게일 같은 노래를 들려줄지 아나?"

"노래할 줄 알아요, 잭?"

"까마귀처럼 하죠, 루."

"그럼 시는 못 읊을까나? 애인에게 시도 조잘대지 못하는 젊은이라니!" 오브라이언 씨가 빈정거렸다.

루는 찬장에서 붉은 표지로 장정된 책을 꺼내 젊은이에게 건네면서 이렇게 말했다. "여기서 한 편 읽어줄 수 있어요? 제2권은 모자 상자에 있어요. 꿈같은 시를 읽어줘요, 잭. 자정이 거의 다 되었으니까."

"연애시만 읽어요. 다른 건 안 돼." 오브라이언 씨가 말했다. "연애시 아니면 듣지 않겠소."

"부드럽고 달콤한 걸로요." 프랭클린 부인이 말했다. 그녀는 어니의 입에서 손을 떼고, 눈을 들어 천장을 바라보았다.

젊은이는 테니슨 시 전집 제1권 면지의 헌사에 적힌 그녀의 이름에 눈길이 걸려, 그것을 읽었다. 아주 작은 목소리로. '루이자에게, 주일학교 선생님 기네스 포브스가. 신이 하늘에 있어, 세상은 평안하네.'ᵀ

"잊지 마시오. 연애시로 하시오."

젊은이는 춤추는 활자를 진정시키려고 한쪽 눈을 감은 채 「정원으로 오세요, 모드」를 소리 내어 읽었다. 그리고 제4연의 첫 부분에 닿자, 목소리가 커졌다.

나는 백합에게 말했다. "그녀가 마음을
즐겁게 할 수 있는 상대는 단 하나뿐이다.
춤추는 이들이 그녀를 언제쯤 놓아줄까?
그녀는 춤과 놀이에 지쳤는데."
이제 지는 달도 반쯤 기울었고,

뜨는 해에 반쯤 다가갔으며,

모래 위에서는 낮게, 돌 위에서는 요란하게,

마지막 바퀴가 소리 내며 굴러간다.

나는 장미에게 말했다. "짧은 밤은

소란과 여흥과 술과 함께 지나간다.

오, 젊은 연인이여, 그 한숨은 무엇인가.

그대의 것이 되지 못할 상대를 위한 한숨인가?

하지만 나의 연인은, 나의 연인은," 나는 이렇게 장미에게 맹세했다.

"영원히, 영원히, 내 것이다."[U]

시가 끝나자마자 해럴드가 의자 팔걸이에 머리를 눕힌 채 헝클어진 머리카락과 립스틱으로 빨개진 입술로 불쑥 이렇게 말했다. "내 할아버지는 테니슨 경을 만난 걸 기억해요. 혹이 나고 체구가 작은 분이셨죠."

"아뇨." 젊은이가 말했다. "그는 키가 크고, 머리가 길고, 턱수염이 났어요."

"그를 본 적이 있어요?"

"그때 태어나지도 않았어요."

"내 할아버지는 그를 봤어요. 혹이 있었대요."

"그럼 앨프리드 테니슨이 아니에요."

234

"앨프리드 테니슨 경은 혹이 난 자그만 사람이었어요."

"같은 앨프리드 테니슨일 리 없어요."

"당신이 착각한 거예요. 그 사람은 혹이 난 유명한 시인이라니까요."

넋을 잃은 침대 위에서, 루는 오직 그만을, 모든 남자들 중 오직 그만을 기다리고 있었다. 못생기거나 잘생기거나, 늙거나 젊거나, 대도시의, 또 망할 수밖에 없는 이 작은 세계의 모든 남자들 중 오직 그만을 기다렸다. 그녀는 침대 덮개 위에 강물처럼 흐르는 빛줄기 속에서 고개를 숙였고, 손에 입을 맞추었고, 그에게 키스를 날리고는 그 손을 꼭 움켜쥐었다. 그는 눈에 보이지 않는 그녀의 손, 그녀의 가녀린 손가락과 손바닥 안에서 고스란히 빛나고 있는 그 손을 받았다.

"테니슨 경이 어떻게 생겼는지 오브라이언 씨에게 물어봐요." 프랭클린 부인이 말했다. "부탁이에요, 오브라이언 씨. 그에게 혹이 있었나요, 없었나요?"

오직 젊은이만이, 지금 그녀의 삶과 기다림의 목적인 이 젊은이만이 루의 애정 어린 미세한 동작을 알아차렸다. 그녀는 빛나는 손을 그녀의 왼편 가슴에 댔다. 손가락을 입술에 대고는, 비밀을 지키라는 신호를 보냈다.

"경우에 따라 다르죠." 오브라이언 씨가 말했다.

젊은이는 다시 한쪽 눈을 감았다. 침대가 배처럼 흔들거렸다. 담배 연기가 뜨거운 태풍처럼 올라와 메슥거렸고, 찬장과 서랍장이 흔들렸다. 재빨리 눈을 감아서인지 바다를 항해하는 침실의 흔들림은 가라앉았지만 문득 밤공기를 마시고 싶어졌다. 갑판 위를 걷는 선원처럼 문으로 향했다.

"3층 복도 끝으로 가면 '하원'이 있을 거요." 오브라이언 씨가 말했다.

그는 문 앞에서 루를 돌아보았고, 그의 모든 사랑을 담은 미소를 건네며 거기 있는 모두의 면전에 루를 향한 그의 사랑을 고했다. 루는 오브라이언 씨의 부러움 가득한 눈길 속에서 그의 미소에 답하며 이렇게 말했다. "빨리 돌아와요, 잭! 너무 오래 있지 말아요."

이제 모두가 알게 되었다. 사랑은 하룻밤에도 쑥쑥 자라났다.

"조금만 기다려요, 내 사랑." 그가 말했다. "곧 돌아올게요."

그가 나가자 문이 닫혔다. 그는 좁다란 복도의 만리장성 속으로 걸어 들어갔다. 성냥을 켰다. 세 개가 남아 있었다. 계단을 내려가면서 끈적거리고 흔들거리는 난간에 매달렸고, 시소처럼 일렁이는 마룻바닥을 딛었고, 양동이에 걸려 정강이에 멍이 들었고, 문 뒤의 은밀한 삶이 내는 소리를 지나치다가 미끄러지고 비틀거리고 욕을 했고, 루의 목소리를 듣고는 다시 새롭게 들뜬 마음으로 나아갔고, 돌아와요 라는 말, 사랑과 포기가 뒤섞인 그를 찾는 그

236

목소리에 어둠 속 정신없이 서둘러 아픈 와중에도 그 황홀함에 우뚝 멈췄다. 그녀는 가난한 집의 썩어가는 계단에 서서 무시무시한 사랑의 말들을 쏟아내고 있었다. 그녀의 입에서, 그리고 그의 귓전에, 애정을 담은 말들이 불타올랐다. 어서 와요! 빨리요! 한순간 한순간이 사라지고 있었다. 사랑이요, 흠모하는 자요, 소중한 이요, 어서 달려와 내게 휘파람을 불고, 문을 열고, 내 이름을 외치고, 나를 눕혀줘요! 오브라이언 씨가 내 옆구리에 손을 대고 있어요.

그는 동굴 속으로 질주했다. 순간, 바람이 불어 성냥불이 꺼졌다. 마룻바닥의 검은 덩어리 위에 누워 속삭이는 두 사람이 있는 어느 방에 비틀거리며 들어갔다가 당황해서 뛰쳐나왔다. 복도 맨 끝에서 소변을 보고 서둘러 루의 방으로 돌아왔지만 건물 꼭대기의 고요한 층계에 다다른 자신을 발견했다. 손을 뻗었는데, 난간이 무너졌다. 그 어느 것도, 아무것도, 구부러진 난간 기둥이 바닥까지 뚝 떨어질 때까지 그를 막아주지 못했다. 그의 비명이 메아리치면서 소리는 두세 배로 커졌고, 잠자고 있던 가족들이 놀라서 방에서 뛰쳐나왔고, 쑥덕대는 사람들, 깜짝 놀라 앞 못 보는 사람들이 밤을 깨워 낮으로 바꾸어놓았다. 지붕 아래 굴속에서 길을 잃은 그는 문을 찾아 젖은 벽을 더듬었다. 손잡이가 잡혀 꽉 잡았지만 벽에서 떨어져나갔다. 루가 안내했던 복도는 여기보다 긴 곳이었다. 그는 문의 개수를 떠올렸다. 양쪽에 세 개씩이었다. 난간이 부서진 계단을 달려 내려가 다른 복도를 찾아 벽을 더듬었다.

문이 세 개였다. 그는 세 번째 문을 열고 어둠 속으로 걸어 들어가 왼쪽을 더듬어 스위치를 켰다. 불이 켜지면서 그의 눈에 띈 것은 침대 하나와 찬장, 손잡이가 없는 서랍장, 가스불과 구석에 놓인 세면대였다. 술병은 하나도 없었다. 잔도 없었다. 루의 사진도 없었다. 침대 위 붉은색 시트는 매끈했다. 그는 루의 시트 색깔이 기억나지 않았다.

불을 켜둔 채 나와 두 번째 문을 열었지만, 낯선 여자가 잠이 덜 깬 채 외쳤다. "누구야? 톰이니? 톰, 불을 켜." 그는 그다음 문틈에서 빛이 새어나오는 것을 보고 발걸음을 멈추고 목소리를 들었다. 옆방의 그 여자가 아직도 톰을 부르고 있었다.

"루, 어디 있어요?" 그가 외쳤다. "대답해줘요! 대답 좀 해요!"

"루, 무슨 루? 여긴 루라는 사람은 없어요." 복도 입구 첫 번째 어두운 방의 열린 문을 통해 어떤 남자가 말했다.

그는 비틀거리며 한 층을 더 내려가 손을 더듬어 문 네 개를 세었다. 문 하나가 열리더니 잠옷 차림 여자가 고개를 내밀었다. 그녀 밑으로 아이의 머리도 보였다.

"루는 어디 살죠? 루가 어디 사는지 아세요?"

여자와 아이는 아무 말 없이 빤히 쳐다보았다.

"루! 루! 그 사람 이름은 루예요!" 그는 자신이 외치는 소리를 메아리로 들었다. "루는 여기 살아요. 이 건물에! 루가 어디 사는지 아세요?"

여자는 아이의 머리카락을 잡아 방 안으로 끌고 들어갔다. 그는 문 끝을 붙잡고 매달렸다. 여자는 문 모서리로 손을 내밀어 그의 손에 열쇠 꾸러미를 쥐어주었다. 문이 쾅 닫혔다.

솔에 아기를 감싸 안은 젊은 여자가 복도 반대편 열린 문 앞에 서 있었고, 달려가는 그의 소맷자락을 붙잡았다. "무슨 루요? 당신 때문에 아기가 깼어요!"

"다른 이름은 몰라요. 프랭클린 부인과 오브라이언 씨와 함께 있었어요."

"아기가 깼다고요!"

"들어와서 침대에서 그녀를 찾아봐요." 젊은 여자 뒤의 어두운 방에서 누군가 말했다.

"저 사람이 아기를 깨웠어."

그는 젖은 손으로 입을 막고 복도를 달려 내려갔다. 2층 계단 난간에 몸을 기댄 채 쓰러졌다. 시체가 가득한 승강기가 올라오듯 바닥 층이 난간을 향해 솟아올랐고, 머릿속에선 루의 목소리가 다시 돌아오라고 속삭였다. 서둘러요! 서둘러! 기다릴 수 없어요! 기다리지 않을 거예요! 첫날밤이 죽어가고 있어요!

썩은 계단, 다리가 멍들 정도로 높은 계단, 산처럼 높은 계단을 절망스럽게 올라 맨 끝 방에 불을 켜둔 복도로 들어섰다. 불은 꺼져 있었다. 그는 문을 죄다 두드리며 그녀의 이름을 조그맣게 불렀다. 문을 쾅쾅 두드리고 고함을 쳤더니 조끼와 모자를 쓴 한 여자가 지팡이를 들고 그를 쫓아냈다.

그는 오랫동안 계단에서 기다렸지만 이제 기다릴 사랑은 없었다. 몸을 뉘일 침대는 저 멀리 자기 방의 침대뿐이었다. 이제 남은 것은 그가 알게 된 것을 기억할 다음날뿐이었다. 사방에서 깨어났던 사람들이 다시 잠들고 있었다. 그는 건물을 빠져나와 공터 안, 기울어진 크레인과 사다리 밑으로 향했다. 녹슨 고리에 매달린 희미한 등불 빛이 한때 집터였던 벽돌더미와 부서진 목재와 먼지 위로 떨어지고 있었다. 이 더러운 도시의 보잘것없고 아무도 모르는, 그러나 결코 잊지 못할 사람들, 그들이 살고 사랑하고 죽은 곳, 그러나 항상 모든 것을 잃었던 그 집 위로.

작품[1]

딜런 토머스의 작품(시, 단편, 산문, 시나리오, 서한)은 거의 대부분 런던의 덴트Dent[A]에서 출간되었다.

표준 서지는 John Alexander Rolph, *Dylan Thomas. A Bibliography* (Dent, 1956, xix, 108p.), Ralph Maud, *Dylan Thomas in Print. A Bibliographical History* (Dent, 1970, xi, 268p.)

출간순
_____

『18편』 _ 시집

18 Poems, London, *The Sunday Referee* and Parton Bookshop, 1934년 12월 18일, 40p.

수록작 • I see the boys of summer • Where once the twilight locks • A process in the weather of the heart • Before I knocked • The force that through the green fuse • My hero bares his nerves • Where once the waters of your face • If I were tickled by the rub of love • Our eunuch dreams •

----

1   시 제목은 『시 전집』을 기약 (출간 예정)

Especially when the October wind • When, like a running grave • From love's first fever • In the beginning • Light breaks where no sun shines • I fellowed sleep • I dreamed my genesis • My world is pyramid • All all and all.

『스물다섯 편』_시집

Twenty-Five Poems, Dent, 1936년 9월 10일, viii, 48p.

수록작 • I, in my intricate image • This bread I break • Incarnate devil • Today, this insect, and the world I breathe • The seed-at-zero • Shall gods be said • Here in this spring • Do you not father me • Out of the sighs • Hold hard, these ancient minutes • Was there a time • Now • Why east wind chills • A grief ago • How soon the servant sun • Ears in the turrets hear • Foster the light • The hand that signed the paper • Should lanterns shine • I have longed to move away • Find meat on bones • Grief thief of time • And death shall have no dominion • Then was my neophyte • Altarwise by owl-light.

『사랑의 지도』_시 16편, 단편 7편

The Map of Love, Dent, 1939년 8월 24일, viii, 116p.

(헌사 '케이틀린에게', p.v).

수록작 VERSE_ • Because the pleasure-bird whistles • I make this in a warring absence • When all my five and country senses • We lying by seasand • It is the sinners' dust-tongued bell • Make me a mask • The spire cranes • After the funeral • Once it was the colour of saying • Not from this anger • How shall my animal • The tombstone told • On no work of words • A saint about to fall • If my head hurt a hair's foot • Twenty-four years remind the tears of my eyes **PROSE_** • The Tree • The Enemies • The Dress • The Visitor • The Orchards • The Mouse and the Woman • The Map of Love.

『내가 숨 쉬는 세상』_시 40편, 단편 11편

The World I Breathe. Stories and Poems, Conn., Norfolk, New Directions[2], 1939년 12월 20일, ii, 184p.

수록작 POEMS_ • 『18편』『스물다섯 편』『사랑의 지도』 수록작 중 40편 **STORIES_** • The Dress • The Visitor • The Map of Love • The Enemies • The Orchards • The Mouse and the Woman • The Holy Six • A Prospect of the Sea • The Burning Baby • Prologue to an Adventure • The School for Witches.

『젊은 개예술가의 초상』_단편 10편

Portrait of the Artist as a Young Dog, Dent, 1940년 4월 4일, 256p.; Conn., Norfolk, New Directions, 1940년 9월 24일, 186p.; Dent, The British Publishers Guild, Guild Books Nº 250, 1949년 3월, 128p._문고본; New Directions Paperbook Nº 51, 1956년 1월 25일, 160p._문고본

수록작 • The Peaches • A Visit to Grandpa's • Patricia, Edith, and Arnold • The Fight • Extraordinary Little Cough • Just Like Little Dogs • Where Tawe Flows • Who Do You Wish Was With Us? • Old Garbo • One Warm Saturday.

----

2 '생애', 주 36번 참조.

『앤 존스를 기억하며』_시

From *In Memory of Ann Jones*, 그림 Brenda Chamberlain, Wales, Llanlle-chid, Caseg Press, Caseg Broadsheet No 5, 1942년 6월 2일경, 낱장.

『신작시』_시 17편

New Poems, Conn., Norfolk, New Directions, 1943년 2월, 32p.

수록작 • There was a saviour • Into her lying down head • And death shall have no dominion • Among those Killed in the Dawn Raid was a Man Aged a Hundred • To Others than You • Love in the Asylum • On the Marriage of a Virgin • When I woke • The hunchback in the park • On a Wedding Anniversary • Unluckily for a death • Ballad of the Long-legged Bait • Because the pleasure-bird whistles • Once below a time • Request to Leda • Deaths and Entrances • O Make me a mask and a wall.

『죽음과 입장』_시 25편

Deaths and Entrances, Dent, 1946년 2월 7일, 66p.

수록작 • The conversation of prayers • A Refusal to Mourn the Death, by Fire, of a Child in London • Poem in October • This side of the truth • To Others than You • Love in the Asylum • Unluckily for a death • The hunchback in the park • Into her lying down head • Paper and sticks • Deaths and Entrances • A Winter's Tale • On a Wedding Anniversary • There was a saviour • On the Marriage of a Virgin • In my craft or sullen art • Ceremony After a Fire Raid • Once below a time • When I woke • Among those Killed in the Dawn Raid was a Man Aged a Hundred • Lie still, sleep becalmed • Vision and Prayer • Ballad of the Long-legged Bait • Holy Spring • Fern Hill.

『선집』 _시 46편, 단편 6편

Selected Writings, New York, New Directions, 1946년 11월 8일, xxiv, 184p.

(서문 John L. Sweeney, p.ix~xxiii).

수록작 POEMS_ • I see the boys of summer • The force that through the green fuse • When, like a running grave • Where once the twilight locks no longer • Especially when the October wind • From love's first fever • A process in the weather of the heart • I dreamed my genesis • I, in my intricate image • A grief ago • Then was my neophyte • From the oracular archives • Let the tale's sailor from a Christian voyage • I make this in a warring absence • It is the sinners' dust-tongued bell • The spire cranes • After the funeral • How shall my animal • A saint about to fall • If my head hurt a hair's foot • This bread I break • Hold hard, these ancient minutes • Today, this insect, and the world I breathe • The hand that signed the paper • Do you not father me • Foster the light • Twenty-four years remind the tears of my eyes • When all my five and country senses see • There was a saviour • And death shall have no dominion • Among those Killed in the Dawn Raid was a Man Aged a Hundred • Love in the Asylum • Ballad of the Long-legged Bait • Deaths and Entrances • On the Marriage of a Virgin • Ceremony After a Fire Raid • Holy Spring • Vision and Prayer • Poem in October • Fern Hill • The conversation of prayers • A Winter's Tale • This side of the truth • A Refusal to Mourn the Death, by Fire, of a Child in London • Lie still, sleep becalmed • In my craft or sullen art **STORIES_** • The Orchards • A Prospect of the Sea • The Burning Baby • The Mouse and the Woman • 『젊은 개예술가의 초상』 단편 2개(The Peaches, One Warm Saturday).

『스물여섯 편』_시집

Twenty-Six Poems, Dent, 1949년 1월, 78p.; New Directions, 1949년 8월, 78p.

Dent, New Directions 공동 발행, 150부 한정판. 이탈리아 베로나 '보도니 공방Officina Bodoni' 제작(10부는 일본 독피지 Jap. vellum, 140부는 수제 종이).

수록작 • I see the boys of summer • Especially when the October wind • From love's first fever • A process in the weather of the heart • I, in my intricate image • Then was my neophyte • I make this in a warring absence • It is the sinners' dust-tongued bell • After the funeral • How shall my animal • If my head hurt a hair's foot • This bread I break • Hold hard, these ancient minutes • Today, this insect, and the world I breathe • The hand that signed the paper • Twenty-four years remind the tears of my eyes • When all my five and country senses • There was a saviour • Ballad of the Long-legged Bait • Deaths and Entrances • Fern Hill • A Winter's Tale • A Refusal to Mourn the Death, by Fire, of a Child in London • Lie still, sleep becalmed • In my craft or sullen art • In Country Sleep.

『시골의 잠 속에서』_시 6편

In Country Sleep, New York, New Directions, 1952년 2월 28일, ii, 36p.

수록작 • Over Sir John's hill • Poem on his Birthday • Do not go gentle into that good night • Lament • In the White Giant's Thigh • In Country Sleep.

『시 전집 1934~1952』_시 92편

Collected Poems 1934–1952, Dent, 1952년 11월 10일, xvi, 182p.

(헌사 '케이틀린에게', p.v; '일러두기'* Note, p.vi; 「저자의 프롤로그」 Author's Prologue, p.vii~x).

수록작 •「프롤로그」•『18편』•『스물다섯 편』•『죽음과 입장』(Paper and sticks 제외) •『사랑의 지도』의 시 전체 •『시골의 잠 속에서』. (많은 시들이 이전 판본과 다름).

＊ 일러두기_ / 내 시의 본 전집을 위해 쓴 운문 프롤로그는 내 독자들, 낯선 이들을 대상으로 한 것이다. / 이 책은 내가 쓴 대부분의 시, 그리고 내가 간직하고 싶은, 올해까지 쓴 모든 시를 수록하고 있다. 그중 몇 편을 조금 수정했지만 만약 내가 지금 이 책에 넣고 싶지 않은 것을 전부 수정했다면 분명 너무 바빠 새 시를 쓸 시간이 없었을 것이다. / 어디선가 읽은 양치기 이야기가 있다. 누군가 그에게 왜 요정 가락지fairy rings, 菌輪 안에 들어가 자신의 양떼를 지켜달라고 달에게 예를 치르느냐고 물었더니, 그가 답했다. "그걸 안 하면 정말 바보죠!" 이 시들은 그 모든 치졸함, 의혹, 그리고 혼란에도 불구하고 인간에 대한 사랑과 신을 찬양하기 위해 쓴 것이다. 만약 그렇지 않다면 나는 정말 바보일 것이다. / 1952년 11월.

『딜런 토머스 시 전집』

The Collected Poems of Dylan Thomas, New York, New Directions, 1953년 3월 31일, xxix, 203p.

『의사와 악마들』_영화 시나리오

The Doctor and the Devils, Dent, 1953년 5월 14일, iv, 138p.; New Directions, 1953년 10월 8일, 138p.

(시나리오, p.1~134; 후기 Donald Taylor, 'The Story of the film', p.135~138).

1944~1945년 집필. 1985년 영화화(감독 Freddie Francis).

『밀크우드 아래서』_라디오극

Under Milk Wood, A Play for Voices, Dent, 1954년 3월 5일, x, 102p.

(서문 Daniel Jones, p.v~viii; 극, p.1~86; 발음 설명, p.87~88; 첫 방송 출연진, p.89~90; 음악과 노래 가사, p.93~101).

『밀크우드 아래서』

Under Milk Wood, A Play for Voices, New Directions, 1954년 4월 28일, xvi, 108p.

(서문 Daniel Jones, p.vii~xi; 1953년 5월 14일의 뉴욕 시연 설명, 배역, p.xiii~xiv; 극, p.1~95; 발음 설명, p.97~98; 노래와 음악, p.100~107).

『어느 날 아침 일찍이』_라디오 방송집

Quite Early One Morning, Dent, 1954년 11월 4일, x, 182p.

(일러두기,* p.v; 서문, 감사의 말 Aneurin Talfan Davies, p.vii~x; 대본, p.1~170; 주석, p.171~181).

수록작 1부_ • Reminiscences of Childhood (First version) • Reminiscences of Childhood (Second version) • Quite Early One Morning • Memories of Christmas • Holiday Memory • How to begin a Story • The Crumbs of One Man's Year • The Festival Exhibition, 1951 • The International Eisteddfod • A Visit to America • Laugharne • Return Journey **2부_** • Wilfred Owen • Walter de la Mare as a Prose Writer • Sir Philip Sidney • A Dearth of Comic Writers • The English Festival of Spoken Poetry • On Reading One's Own Poems • Welsh Poets • Wales and the Artist • Three Poems • On Poetry.

  * 일러두기_본 라디오 방송 자료집은 자연스럽게 두 가지로 구분되고,

우리는 1부와 2부로 구분했다. 1부는 그의 창작물, 토크, 그리고 '대화극' 「귀향 여정」을, 2부는 교육적 성격이 강한 라디오 토크와 라디오 토론에서 발췌한 것들, 그리고 낭독 시 해설을 수록했다. 발췌된 토론은 각 토론의 문맥에서 어느 정도 독립적인 것들을 취하고자 시도했다. A. T. D.

『어느 날 아침 일찍이』

Quite Early One Morning, New Directions, 1954년 12월 15일, viii, 240p.

『시 전집 1934~1952』

Collected Poems 1934–1952, Dent, Readers Union, 1954년 12월 4일, xiv, 178p.

『스킨 트레이드의 모험』_단편 21편

Adventures in the Skin Trade and Other Stories, New Directions, 1955년 5월 18일, viii, 276p.; foreward Vernon Watkins, London, Putnam, 1955년 9월 12일, 115p. (서문, p.7~14).

수록작 • Adventures in The Skin Trade • After the Fair • The Enemies • The Tree • The Visitor • The Lemon • The Burning Baby • The Orchards • The Mouse and the Woman • The Horse's Ha • A Prospect of the Sea • The Holy Six • Prologue to an Adventure • The Map of Love • In the Direction of the Beginning • An Adventure from a Work in Progress • The School for Witches • The Dress • The Vest • The True story • The Followers.

『바다의 전망』_단편과 산문 15편

A Prospect of the Sea. Stories and Essays, ed. Daniel Jones, Dent, 1955년 7월 28일, viii, 136p.

수록작 1부_ • A Prospect of the Sea • The Lemon • After the Fair • The Visitor • The Enemies • The Tree • The Map of Love • The Mouse and the Woman • The Dress • The Orchards • In the Direction of the Beginning **2부_** • Conversation about Christmas • How to be a Poet • The Followers • A Story.

『웨일스의 어린이의 크리스마스』

A Child's Christmas in Wales, Conn., Norfolk, New Directions, 1955년 12월 15일, 32p.

『버넌 왓킨스에게 보내는 편지』

Letters to Vernon Watkins, ed. and intro. Vernon Watkins, Dent and Faber, 1957, 145p.; New Directions, 1957, 145p.

『팔레사 해변』_영화 시나리오

The Beach of Falesá, based on a story by Robert Louis Stevenson, New York, Stein and Day, 1963, 126p.; London, Jonathan Cape, 1964, 126p. 1947~1948년 집필.

『이십 년의 성장』_영화 시나리오

Twenty Years A-Growing, Dent, 1964, 91p.

1944~1945년 집필. 아일랜드 작가 오설리번Maurice O'Sullivan, (1904~ 1950)의 동명의 자서전(*Twenty Years a-Growing [Fiche Bliain ag Fás]*, 1933)을 바탕으로 한 영화 시나리오. 미완성.

『레베카의 딸들』_영화 시나리오

Rebecca's Daughters, London, Triton, 1965, 144p.

1948년 집필. 1992년 영화화(감독 Karl Francis).

『서한선』

Selected Letters of Dylan Thomas, ed. Constantine FitzGibbon, Dent, New Directions, 1966, xii, 420p.

『노트』

① *The Notebooks of Dylan Thomas*, ed. and intro. Ralph Maud, New York, New Directions, 1967, 364p.; ② *Poet in the Making. The Notebooks of Dylan Thomas*, Dent, 1968, 364p.; ③ *Dylan Thomas. The Notebook Poems 1930-1934*, ed. Ralph Maud, Dent, 1989, 288p.

①과 ②는 현재 뉴욕 주립대 버펄로의 '로크우드 도서관 특별 시집 장서Margaret Lockwood Library Special Poetry Collection'에 소장된 딜런의 노트 4권 수록(서문, 해제, 주석) • 제1권 (B432F7) 1930년 4월 27일~10월 9일; 제2권 (B432F6) 1930년 12월~1932년 7월 1일; 제3권 (B432F5) 1933년 2월 1일~8월 16일; 제4권 (B432F4) 1933년 8월 17일~1934년 4월 30일; ②는 이와 더불어 학창기 습작시 11편, 분실된 노트(1932년 7월 ~1933년 1월)에 수록된 것으로 추정되는 8편의 시 수록; ③은 분실된

노트에 수록된 학창기 습작시 3편, 기타 15편 수록(스완지 문법학교 교지 발표작, 첫 노트에서 삭제된 시, 단편 「싸움」에 실린 시).

『시』_시 201편

Dylan Thomas. The Poems, ed. Daniel Jones, Dent, 1971, 291p.

(서문 Daniel Jones, p.xiii~xx).

『시 전집』에 수록된 92편의 시 외에 56편의 노트 시, 대영 도서관 소장 수고 7편(1932년 가을, MS 48217), 노트에 첨부된 2편의 시, 1947년판 ‘*In Country Heaven*’, 딜런의 열여섯 살 생일 이전에 쓰인 36편 등 총 201편 수록.

『초기 산문』_단편, 시나리오, 비평, 산문집

Dylan Thomas. Early Prose Writings, ed. intro. Walford Davies, Dent, 1971, xvi, 204p.

(서문 Walford Davies, p.vii~xvi; 1부는 단편, 미발표 소설 및 시나리오 발췌, 2부는 비평과 기타 산문).

수록작 **1부**_ • Brember • Jarley's • The True Story • The Vest • In the Garden • Gasper, Melchior, Balthasar • The Burning Baby • The End of the River • The Horse's Ha • The School for Witches • The Holy Six • Prologue to an Adventure • An Adventure from a Work in Progress • The Death of the King's Canary (발췌) • Betty London (발췌) **2부**_ • Modern Poetry • The Films • The Sincerest Form of Flattery • The Poets of Swansea • Genius and Madness Akin in World of Art • To Pamela Hansford Johnson • Spajma and Salnady • Answers to an Enquiry • The Cost of Letters • Poetic Manifesto • Idioms • Reviews.

『왕의 카나리아의 죽음』_풍자소설

The Death of the King's Canary, with John Davenport, intro. Constantine FitzGibbon, London, Hutchinson, 1976, vii, 144p. .

1940년 집필.

『단편집』_단편 44편

Dylan Thomas. The Collected Stories, ed. Walford Davies, intro. Leslie Norris, Dent, 1983, xxiii, 372p.

(서문 Leslie Norris, p.ix~xvii; 연표, p.xix~xxi; 작품, p,1~367; 출전, p.368~372).

수록작 • After The Fair • The Tree • The True Story • The Enemies • The Dress • The Visitor • The Vest • The Burning Baby • The Orchards • The End of the River • The Lemon • The Horse's Ha • The School for Witches • The Mouse and the Woman • A Prospect of the Sea • The Holy Six • Prologue to an Adventure • The Map of Love • In the Direction of the Beginning • An Adventure from a Work in Progress •『젊은 개예술가의 초상』전체 •『스킨 트레이드의 모험』의 3개 단편(A Fine Beginning, Plenty of Furniture, Four Lost Souls) • Quite Early One Morning • A Child's Christmas in Wales • Holiday Memory • The Crumbs of One Man's Year • Return Journey • The Followers • A Story(The Outing) • 부록. 초기작 (Brember, Jarley's, In the Garden, Gasper, Melchior, Balthasar).

『서한집』

Collected Letters, ed. Paul Ferris, Dent, 1985, xxiv, 982p.; Paladin,

1987; *Dylan Thomas. The Collected Letters*, ed. with intro. Paul Ferris, London, Dent, Vol. I (1931~1939); Vol. II (1939~1953), 1985; 개정판, Dent, 2000; W&N, 2017*, Vol. I (1931~1939), xxviii, 476p.; Vol. II (1939~1953), xxviii, 594p.

  * Vol. I (1931~1939): 연표 p.ix~x; 서문, p.xi~xx; 감사의 말, xxi~xxiii; 약어, 환율, xxv; 서한 원본 일례, xxvi~xxvii; 1부. '지방 시인' Provincial Poet 1931-4, p.3~200; 2부. '성공과 결혼' Success and Marriage 1934-9, p.201~457; 수신자 색인, p.459~460; 총색인, p.461~476.
  Vol II (1939~1953) : 연표, 감사의 말, 약어, 환율, 서한 원본 일례, p.ix~xvii; 1부. '작가의 삶' A Writer's Life 1939-49, p.3~327; 2부. '탈출' Ways of Escape 1949-53, p.329~570; 수신자 색인, p.571~573; 총색인, p.575~594.

『시 전집 1934~1953』

Dylan Thomas. Collected Poems 1934–1953, ed. Walford Davies and Ralph Maud, Dent, 1988, xviii, 268p.

(연표, p.ix~xi; 서문, p.xiii~xiv; 시, p.1~156; 주석, p.157~264; 색인과 첫 행, p.265~268).

딜런이 편한 1952년판 『시 전집』을 복원한 비평판. 아울러 그가 훗날 시집에 수록하고자 했던 2편의 시 추가(In Country Heaven, Elegy). 딜런 연구 두 거장의 상세한 주석.

『방송』

Dylan Thomas. The Broadcasts, ed. Ralph Maud, Dent, 1991, xiv, 307p.; *On the Air with Dylan Thomas: The Broadcasts*, ed. Ralph Maud, New

Directions, 1992, xiv, 305p.

(서문 Ralph Maud, p.v~xiv).

수록작 • Reminiscences of Childhood(1943) • Quite Early One Morning(1944) • Reminiscences of Childhood(1944) • Memories of Christmas(1945) • Welsh Poetry(1946) • On Reading Poetry Aloud(1946) • Poets on Poetry(1946) • Poets of Wonder(1946) • The Londoner(1946) • Wilfred Owen(1946) • Margate. Past and Present(1946) • How to begin a Story(1946) • What Has Happened to English Poetry?(1946) • Holiday Memory(1946) • Walter de la Mare as a Prose Writer(1946) • The Crumbs of One Man's Year(1946) • Sir Philip Sidney(1947) • The Poet and his Critic(1947) • Return Journey(1947) • A Death of Comic Writers(1948) • The English Festival of Spoken Poetry (1948) • Living in Wales(1949) • Edward Thomas(1949) • On Reading One's Own Poems(1949) • Swansea and the Arts(1949) • Three Poems(1950) • Poetic Licence(1950) • Persian Oil(1950) • The Festival Exhibition(1951) • Edgar Lee Masters(1952) • Home Town−Swansea(1953) • The International Eisteddfod(1953) • A Visit to America(1953) • Laugharne(1953).

『밀크우드 아래서』_결정판

Dylan Thomas. Under Milk Wood, ed. Walford Davies and Ralph Maud, Dent, 1995, xviii, 104p.

(서문 Walford Davies).

『영화 시나리오』

Dylan Thomas. The Filmscripts, ed. John Ackerman, Dent, 1995, xxvii, 414p.; *The Complete Screen Plays*, ed. John Ackerman, New York,

Applause Books, 1995, 448p.

수록작 • The Films(1930년 7월, 문법학교 교지 수록) • This is Colour (Strand Films, 1942년 개봉) • New Towns for Old(Strand Films, 1942) • Balloon Site 568(Strand Films, 1942) • CEMA(Council for the Encourage-ment of Music and Art) (Strand Films, 1942) • Young Farmers (1942년경 집필) • Wales. Green Mountain, Black Mountain(Strand Films, 1942) • Battle For Freedom(1942년 개봉) • These Are The Men (Strand Films, 1943) • Conquest of a Germ(Strand Films, 1944) • The Unconquerable People(Strand Films, 1944) • Our Country(Strand Films, 1944) • Fuel for Battle(1944년 개봉) • A City Re-Born(1945년 개봉) • A Soldier Comes Home(1945년 개봉) • The Doctor and the Devils (1944~1945년 집필, 1985년 개봉) • Twenty Years a-Growing(1944~1945년 집필) • Betty London(1945년 집필) • The Shadowless Man(1947년경 집필) • The Three Weird Sisters(1947~1948년 집필, 1948년 개봉) • No Room at the Inn(1947~1948년 집필, 1948년 개봉) • The Beach of Falesá(1947~1948 년 집필, 2014년 방송) • Me and My Bike(1948년경 집필) • Rebecca's Daughters(1948~1949년 집필, 1992년 개봉) • Poetry and the Film : A Symposium(1953년 10월 28일, 뉴욕에서 행한 심포지엄. 참석자 Maya Deren, Parker Tyler, Dylan Thomas, Arthur Miller. 사회 Willard Maas).

『육성 녹음』

Dylan Thomas. The Caedmon Collection Audio CD (11 CDs), intro. Billy Collins, HarperCollins/Caedmon, 2002; 무삭제판, 2004 (캐드먼 사의 녹음뿐 아니라 BBC, CBC의 녹음과 자료를 모두 수록. 'Caedmon'은 영국 최초의 시인으로 기록된 7세기 후반의 시인).

LP판 목록 Vol. I. A Child's Christmas in Wales and Five Poems (Caedmon

TC 1002), 1952; Under Milk Wood (Caedmon TC 2005), 1953; Vol.
II. Selections from the Writings of Dylan Thomas (Caedmon TC 1018),
1954; Vol. III. Selections from the Writings of Dylan Thomas (Caedmon
TC 1043), 1957; Vol. IV. Selections from the Writings of Dylan Thomas
(Caedmon TC 1061), 1957; Quite Early One Morning and Other
Memories (Caedmon TC 1132), 1960.

『전쟁 영화선』 _홍보영화 8편

Dylan Thomas. A War Films Anthology (DVD), intro. John Goodby, Imperial
War Museum, 2006 .

『딜런 토머스 시 전집』

The Collected Poems of Dylan Thomas, The New Centenary Edition, ed.
with intro. John Goodby, W&N, 2014, 512p.

『딜런 토머스 발견』

John Goodby, *Discovering Dylan Thomas. A Companion to the Collected Poems
and Notebook Poems*, University of Wales Press, 2017, 304p. (2014년 발견
된 노트 '제5권' 반영).

『노트 제5권』

The Fifth Notebook of Dylan Thomas, Annotated Ms. Edition, ed. John
Goodby and Adrian Osbourne, Bloomsbury, Modernist Archives, 2020
년 6월 25일, 224p.

Portrait of the Artist as a Young Dog 각국 판본 (초판 출간순)

영국 *Portrait of the Artist as a Young Dog*, London, J. M. Dent & Sons Ltd., 1940, 256p. (4월 4일).

미국 *Portrait of the Artist as a Young Dog*, New York, New Directions, 1940, 186p. (9월 24일).

프랑스 *Portrait de l'artiste en jeune chien*, Paris, Editions de Minuit, 1947, 264p. (Francis Dufau-Labeyrie 역); Seuil/Points, Nº 201, 1983, 224p. (같은 번역, Denis Roche 서문).

스웨덴 *Porträtt av konstnären som valp*, Stockholm, Albert Bonniers forläg, 1954, 202p. (Erik Lindegren 역, 「어느 따뜻한 토요일」은 Thorsten Jonsson 역); *Porträtt av konstnären som valp, Äventyr i skinnbranschen*, Stockholm, Atlantis, 1983, 229p. (같은 번역).

이탈리아 ① *Ritratto di giovane artista*, Torino, Einaudi, 1955, 202p. (Lucia Rodocanachi 역); ② *Ritratto di giovane artista*, Milano, Mondadori, 1962, 205p. (Maria Rodocanachi 역)[3]; ③ *Ritratto dell'autore da cucciolo*, seguito da *Avventure nel commercio della pelle, Gli inseguitori, Una storia*, Torino, Einaudi, 1966, xxi, 231p. (Alfredo Giuliani 서문, Lucia Rodocanachi, Floriana Bossi 공역).

---

3   동성이인. ① Lucia Rodocanachi(1901~1978). 이외에 딜런 산문 진집, James Agee, Thomas Merton, *Doctor Dolittle* 등 15종 번역. ② Maria Rodocanachi(생몰 불상). 이외에 W. R. Burnett의 소설 3종 번역(참조. 피렌체 국립도서관 DB).

덴마크 *Portræt af kunstneren som hvalp*, København, Gyldendal, 1955, 163p. (Jørgen Andersen 역, 「어느 따뜻한 토요일」은 Jorgen Nash 역); Gyldendal, 1970, 193p. 개정판 (같은 번역).

네덜란드 ① *Als een jonge hond*, Rotterdam, Ad Donker, 1958, 166p. (Hugo Claus 역); ② *Portret van de kunstenaar als een jonge hond* in *Alle Verhalen* (「산문집」), Baarn, De Prom, 2000, 445p. (Bert Meelker 역).

헝가리 *Az író arcképe kölyökkutya korából*, Budapest, Európa, 1959, 200p. (Gergely Ágnes 역, Ungvári Tamás 후기, Somos Miklós 그림); Budapest, Európa, 1989, 177p. 개정판 (같은 번역).

체코 *Portrét umělce jako štěněte*, Praha, Odeon, 1961, 201p. (Petr Pujman 역, 시 번역은 Jiřina Hauková).

포르투갈 ① *Retrato do Artista Quando Jovem Cão*, Lisboa, Livros do Brasil, 1961, 222p. (Alfredo Margarido 역); ② *Ficção completa. Retrato do artista quando jovem cão e outras histórias*, Lisboa, Livros do Brasil, 2015, iii, 467p. (José Lima 역).

아르헨티나 *Retrato del artista cachorro*, Buenos Aires, Compañia General Fabril Editora, 1962, 209p. (Juan Angel Cotta 역).

일본 ① ディラン・トマス, 仔犬のような芸術家の肖像, 東京, 昭森社, 1964, 301p. (松浦直巳 역); ② 子犬時代の芸術家の肖像, 東京, 京都創文社, 2004, 328p. (秋國忠教, 井田俊隆 공역).

폴란드 *Szczenięcy portret artysty*, Warszawa, P.I.W. (Państwowy Instytut Wydawniczy), 1966, 286p. (Tadeusz Jan Dehnel 역).

스페인 ① *Retrato del artista cachorro*, Madrid, Planeta, 1971, 221p. (위 Juan Angel Cotta 역); ② *Retrato del artista como perro joven*, Barcelona,

Fontamara, 1974, 196p. (Jori Oliver 역, Emilio Olcina Aya 서문, 주석).

독일 ① *Porträt des Künstlers als junger Dachs*, München, Carl Hanser, 1978, 174p. (Friedrich Polakovics 역); Leipzig, Insel, 1983, 184p. (같은 번역, Bernhard Scheller 후기, Johannes Karl Gotthard Niedlich 그림); ② *Porträt des Künstlers als junger Hund. Autobiographische Erzählungen*, München, Carl Hanser, 1994, 344p. (Klaus Martens, Erich Fried, Roger Charlton, Detlev Gohrbandt, Bruno von Lutz, Alexander Schmitz 공역); 상동, Frankfurt, Fischer, 1995, 336p.

크로아티아 *Portret umjetnika kao mladog psa*, Zagreb, G.Z.H. (Grafički Zavod Hrvatske), 1988, 231p. (Nikica Petrak 역).

갈리시아 *Retrato do artista como cadelo*, Vigo, Xerais, 1992, 163p. (Manuel Anxo Laxe Freire 역).

러시아 Дилан Томас, Портрет художника в щенячестве, Sankt-Peterburg, ABC, 2001, 192p. (Elena Aleksandrovna Surits 역).

이스라엘 דילן תומאס דיוקן האמן ככלב צעיר, Tel Aviv, Resling, 2004, 187p. (Oded Peled 역).

터키 *Sanatçının Genç Bir Köpek Olarak Portresi*, Istanbul, Altıkırkbeş Basın Yayın, 2011, 168p. (Duygu Dölek 역).

루마니아 *Portretul artistului ca tânăr câine*, Iaşi, Polirom, 2014, 200p. (Mihaela Ghiţă 역, Mircea Mihăieş 서문).

중국 狄兰·托马斯, 青年狗艺术家的画像, 桂林, 漓江出版社, 2014, 159p. (陈苍多 역).

생애[1]

"12. 나의 생애. 한 문단으로 된 감동의 자서전[2]

나는 글래모건[3]의 한 빌라에서 처음 세상의 빛을 보았습니다. 그리고 웨일스 억양과 양철 더미의 매연 폭격terrors 속에서 예쁜 아기로, 귀한 아이로, 반항아 소년으로, 그리고 병적인 청년으로 자랐습니다. 아버지는 학교 선생님이셨습니다. 내가 아는 가장 대범한 분이죠. 어머니는 카마던셔의 뿌리 깊은 농가 출신이십니다. 내가 아는 가장 쩨쩨한 분이죠. 하나

----

1   대표적 전기는 ① Constantine FitzGibbon, *The Life of Dylan Thomas*, Dent, 1965, 436p. 첫 공식 전기, ② Paul Ferris, *Dylan Thomas*, Hodder & Stoughton, 1977, 432p.; 개정판, *Dylan Thomas. The Biography*, Phoenix, 1999, 472p. 가장 정평 있는 전기, ③ Andrew Lycett, *Dylan Thomas: A new life*, W&N, 2003, 544p. 최신 전기.

2   12. My Life. A Touching Autobiography In One Paragraph. 1933년 11월 초, 갓 스무 살이 된 딜런이 패밀라에게 보낸 장문의 편지의 12번째 항목. 밑줄은 딜런 (『서한집』, ed. Paul Ferris, W&N, 2017, vol. I, p.61). 패밀라에 대해서는 주 16번과 부록 2 참조.

3   Glamorgan. 옛 웨일스 13개 자치주의 하나로, 글래모건의 두 도시가 카디프와 스완지였다.

뿐인 누이는 롱다리 여학생을 거쳐 아부와 속물적 사교성이 반반인 단계를 지나 안락한 결혼에 골인했습니다. 첫 담배('보이스카우트의 적')는 초등학교 꼬맹이 때 입문했고, 술('악마 왕')은 중학교 상급생 때였습니다. 시('노처녀의 친구')는 예닐곱 살 때 내게 처음 모습을 드러냈고, 이따금 그녀의 얼굴이 오래된 받침처럼 금이 가 있기는 합니다만 여전히 옆에 있습니다. 2년간 신문사 기자로 지내면서 나는 매일매일 영안실, 자살이 일어난 집 – 웨일스에는 자살이 많습니다 –, 그리고 칼뱅파 '예배당'에서 전화를 돌렸습니다. 2년으로 족했죠. 지금은 아무것도 안 하지만 글을 쓰고, 가끔 '일체무위How Not To Act'의 빵빵한 과시로 몇 푼을 건집니다. 내가 눈썹을 움직이는 걸 대놓고 싫어한 인간혐오 의사 한 분은 내가 앞으로 4년밖에 못 살 거라고 했습니다.[4] 당신의 속된 표현을 빌려서 – 당신이 그렇다는 말은 아닙니다, 정말로 – 그의 귓속에 '아, 그더셨셔요Sez You'라고 속삭여도 되겠습니까."

1914

10월 27일   웨일스, 스완지 시, 서쪽 2킬로미터 업랜스Uplands의 쿰돈킨 드라이브Cwmdonkin Drive 5번지에서 딜런 말레이스 토머스Dylan Marlais Thomas 태어남.

---

4   "훗날 그 지역의 한 의사 – Dr McKelvie 혹은 Dr Flood – 가 딜런이 결핵에 걸렸다고 경고했다는 신빙성 없는 이야기가 있었다."(Paul Ferris).

아버지 데이비드 존David John Thomas(1876~1952).

어머니 플로렌스Florence Hannah(본가 Williams, 1882~1958).

누나 낸시Nancy Marles Thomas(1906~1953).

아버지는 'D. J.' 혹은 'Jack'으로 불렸다. 카마던셔 존스타운 출신, 5남매 중 넷째로, 맏이인 누이와는 열두 살 터울이었다. 부친(Evan, 1832~1911)은 1852년부터 남서부철도South West Railways에서 근무, 일명 '경비원 토머스Thomas the Guard'로 불렸다. D. J.는 1872년에 설립된 신설 대학 애버리스트위스 대학University College of Wales, Aberystwyth 장학생에 선발되어 영문과를 우수 성적으로 졸업, 폰티프리드Pontypridd에서 교직을 시작, 이후 평생 (1899~1936)을 '스완지 문법학교Swansea Grammar School'에서 영문학과 고등 영어 교사로 재직했다. 집안의 바람에 따른 직업이었던 탓에 평생 '한 많은 남자'[5]였다. 그러나 단정한 옷차림, 열성적인 수업, 많은 제자들을 옥스퍼드와 캠브리지 대학에 보낸 명성 등 우수하고 모범적인 선생님이었다. 직접 시를 쓰기도 했고, 수업 시간에 큰 목소리로 시를 낭송, 훗날 아들의 BBC 방송 활동에 큰 영향을 미쳤다고 한다. 훗날 딜런은 "나와 같이 학교를 다닌 친구들, 그리고 그들이 늘 했던 이야기는 바로 그분의 낭송 덕에 난생 처음 셰익스피어와 저 수많은 시 속에 뭔가 있구나 라고 느꼈다는 것이다"라고 회고했다(1948년 인터뷰). 딜런은 아버지를 몹시 존경했고, 아버지도 아들의 문학 교사를 자처하여 그와 종종 문학을 논했

---

5   "He was undoubtedly a man with regrets." "A clever, disappointed man"(Paul Ferris, *Dylan Thomas. The Biography*, Phoenix, 1999, p.10, p.27).

다. 아버지 지인의 말로는 "토머스의 집은 방마다, 심지어 부엌조차 식탁 밑과 찬장에도 책으로 가득했다"고 전한다. 딜런은 아버지의 서가에 널린 방대한 양의 전집과 신간을 마음껏 즐겼고, 다른 시인들의 기법을 익혀 습작에 써먹기도 했다. 1931년 8월, 후두암이 발견되어 런던에서 힘든 치료를 받았다. 당시 딜런은 아주 심란했고, 이때 그의 시에 문체의 변화가 생겼다고 한다. 이후 암에서 회복되었지만 1936년 교직에서 은퇴, 부인과 함께 근처 비숍스톤Bishopston으로 이주한다. 이후 암이 재발, 1952년 12월 16일, 76세로 사망한다. 딜런의 가장 유명한 시 'Do not go gentle into that good night'⁶은 아버지의 투병을 애통해하는 애잔한 시다. 1953년 여름, 딜런은 아버지의 죽음을 기린 「애가Elegy」를 쓰기 시작했으나 몇 달 후 그의 죽음으로 19행의 미완성으로 남는다.

어머니 플로렌스(애칭 'Florrie')는 1882년 스완지 동쪽 공단 지역인 세인트 토머스St Thomas에서 태어났다. 집안의 먼 뿌리는 카마던셔의 농촌이

----

6   1951년 5월 28일, 딜런은 이미 두 편의 시 – 1949년 12월 'Over Sir John's Hill',
     1950년 11월 'In the White Giant's Thigh' – 를 발표한 로마의 다국어 잡지 「보
     테게 오스쿠레Botteghe Oscure」('어두운 상점')의 발행인 카에타니Marguerite
     Caetani(1880~1963)에게 편지를 보낸다. "방금 작은 시 하나를 끝냈고, 동봉합
     니다. (……) 이 작은 시를 보여줄 수 없는 유일한 인물은 다름 아닌 제 아버
     지이고, 그분은 자신이 죽어가고 있다는 사실을 모릅니다." 그해 11월, 「보테
     게 오스쿠레」 제8호(481p.)에 「탄식Lament」과 함께 발표된다(p.208~210). 이
     듬해 2월, New Directions 출판사의 『시골의 잠 속에서』에 첫 수록되고, 11월,
     Dent 출판사의 『시 전집 1934~1952』에 재수록된다(『시월의 시』, 이상섭 옮김,
     민음사, 2005[1975], p.132~145 참조).

다. 9남매의 막내로, 큰언니 앤Ann과는 무려 스무 살 터울이었다. 아버지
(George Williams, 1838~1905)는 대서부철도Great Western Railway 철로 감시원
이었고, 교회 집사였다. 아버지가 알뜰히 돈을 모아 집을 장만했고, 웨일
스 동쪽 폰티프리드Pontypridd에 가게 두 개까지 구입한 덕에 훗날 플로렌
스는 남편과 공동으로 쿰돈킨 집을 장만할 수 있었다고 한다. 학교 졸업
후 포목가게에서 재봉사로 일하던 중 당시 교직을 쉬고 있던 D.J.를 캐
슬 스트리트 연합교회에서 만났고, 얼마 후인 1903년 12월 30일, 그곳에
서 결혼식을 올렸다. 대단한 살림꾼에 온화한 성품이었고, 두 자녀와 평
생 끈끈하게 지냈다. 남편과 달리 외향적 성격에 대단한 이야기꾼으로,
딜런은 모친의 영향을 많이 받았다고 한다. 양가 모두 아들이 귀해 어머
니는 딜런을 애지중지하여 응석받이로 키웠고, 아들의 문학적 성공에 큰
자부심을 지녔다. 훗날 12개월 사이에 남편, 딸, 아들을 모두 잃은 비운의
여인이다. 1958년 8월 16일, 76세로 사망했다.[7]

---

7   사망 한 달 전인 7월, 라디오 방송기자이자 다큐멘터리 감독인 콜린 에드워
     즈Colin Edwards(1924~1994)는 딜런의 학창 시절 친구였던 자신의 사촌 틸
     리 로버츠 부인Mrs Tilly Roberts을 통해 플로렌스를 만났다. 딜런이 묻힌 로언
     Laugharne을 함께 방문하고 이야기를 나누던 중 "웨일스의 친구들과 친지들
     이 알았던 딜런, 청년과 성인 딜런, 비극으로 치닫기 이전의 '딜런의 참모습'
     을 알릴 필요가 있다고 절감하게" 된다. 플로렌스는 인터뷰의 중요성을 강조
     했고, 실제로 그는 1968년까지 이 작업을 이어갔다("나는 딜런의 친척들, 그
     의 다섯 차례 런던 방문, 세 차례 체코 여행, 두 차례 이탈리아 여행에서 만난 친구
     들과 문단 지인들 122명을 취재했다"). 이어 1970년대 중반까지 프랑스, 스위
     스, 이란을 방문, 총 151명을 인터뷰, 이를 바탕으로 미발표 전기 일부를 완

누나 낸시는 1906년 9월 2일생으로 딜런보다 8살 연상이다. 1904년에 태어난 첫째 사내아이는 며칠 만에 죽었다고 한다. 딜런이 어렸을 때 낸시는 동생의 '천사' 같은 모습에 반했다고 한다. 그녀도 문학을 사랑했고, '스완지 소극장Swansea Little Theatre'(현재 '딜런 토머스 극장')의 열성 단원이었다. 그곳에서 남편(Haydn Taylor)을 만났고, 1933년 5월 27일, 스완지 옥스위치Oxwich의 명소 세인트 일티드St Illtyd 교회에서 결혼했다. 이후 런던 외곽 철시Chertsey의 템스 강변 선상가옥에 살았다. 딜런도 수차 이곳을 방문했다. 이후 국민방위군의 간호보조부대에 입대, 장교 운전병으로 복무했다. 1943~1953년 인도에서 근무 중 남편과 이혼, 섬머스비Summersbee 대령(회계사)과 재혼했다. 1953년 4월 16일, 47세의 나이로 간암으로 사망했다. 딜런이 세 번째 미국 투어를 위해 출발한 날이었다.

이름— 부모는 영어와 웨일스어에 모두 능했지만 남매는 영어만 썼고, 아버지가 집에서 웨일스어를 가르쳤다고 한다. 딜런의 이름은 웨일스인임을 자부했던 아버지의 작명이다. 첫 이름 '딜런Dylan'은 12~13세기에

성했다. '딜런의 아동시절, 학창시절, 스완지 소극장 시절'에 관한 이들 자료는 현재 웨일스국립도서관에 소장되어 있다. 그는 캐나다 국립방송(CBC)을 위해 3개의 다큐멘터리 – '딜런의 참모습The Real Dylan', '청소년 딜런Dylan as a Youth', '내 아들 딜런My Son Dylan' – 를 찍었다. 그의 사망 후, 모든 인터뷰는 웨일스국립도서관에 기증되었고, 훗날 딜런 전기 전문가 데이비드 토머스 David N.Thomas에 의해 책으로 출간되었다(Dylan Remembered: Vol. 1: 1914-1934; Vol. 2: 1935-1953, ed. David N. Thomas, Brigend, Seren, 2003, 2004, 314p., 400p.) 플로렌스와의 인터뷰는 'My Son Dylan: Florence Thomas in conversation with Colin Edwards'.

쓰인 웨일스 신화 '마비노기온Mabinogion'에 나오는 인물 '바다의 아들Dylan ail Don'에서 따왔다고 한다. '딜런'은 오늘날(2014년 「가디언」지 인기순위 32위)[8]과 달리 당시 웨일스는 물론 영국에서도 아주 낯선 이름이었다고 한다. 그와 밥 딜런의 명성의 결과다. 가운데 이름 '말레이스Marlais'는 웨일스의 유니테리언교 목사이자 시인이었던 증조부 윌리엄William Thomas (1834~1879)의 필명 'Gwilym Marles'를 기린 것이라고 한다. 누이의 가운데 이름이기도 하다. 아울러 'Dylan'은 웨일스어로 ['dəlan](Dull-an)으로 발음되는 탓에 어머니는 아들이 '둔한 놈dull one'으로 놀림 받을까 걱정했고, 1937년 4월 BBC 라디오 웨일스에 첫 출연 당시 그 발음으로 소개되었다고 한다. 딜런은 영어식 발음을 선호해 분명한 지침(Dillan /ˈdɪlən/)을 주었다고 한다.

Dylan Thomas

1925

9월   스완지 문법학교 입학.

12월   첫 시 「말썽쟁이 개의 노래」, 교지에 발표(부록 1).

1927

1월 14일   「웨스턴 메일」[9]에 「그의 조시His requiem」 게재(「싸움」의 주 J 참조).

----

8   미국의 경우, 남성이 압도적으로 많고, '이름'은 1880년 이래 37만 3천 명, '성'은 262명이다(Names.org, 2020년 1월 현재).

9   *Western Mail*. 웨일스 카디프Cardiff에 본사를 둔 전국지(1869년 창간).

2월   「웨스턴 메일」에 「차선_The second best_」 게재.

7월 28일   「웨스턴 메일」에 '_If the Gods had but given_' 게재.

1928

4월 27일   친구 '댄' 존스[10]와 함께 '4개의 노래_Vier Lieder_' 완성(딜런 작사, 다
         니엘 작곡).

1929

10월 10일   경연에 출품한 시의 두 행, 주간지 「에브리맨」[11] 게재.

12월   교지에 에세이('현대시_Modern Poetry_') 발표. 현대시에 대한 폭넓
         은 지식을 보여줌.

----

10   Daniel Jenkyn Jones(1912~1993, OBE 훈장). 문법학교 동문이자 딜런의 평생
     친구다. 딜런보다 두 살 많은 한 학년 상급생으로, 문학을 사랑해 딜런과 가
     까워졌다. 같은 해에 졸업했고, 스완지 '카도마 갱단'의 일원이었다(「싸움」
     참조). 웨일스 펨브로크_Pembroke_ 출신의 작곡가이자 지휘자다. 딜런 사후, 그
     의 문학 신탁관리자 중 한 명이었다. 네 번째 교향곡을 딜런에게 헌정했고
     (_Symphony N° 4, In memoriam Dylan Thomas_, 1954), BBC 라디오극 「밀크우드 아래
     서」의 음악을 맡았다(1954). 또한 딜런의 단편집 『바다의 전망』(Dent, 1955)
     과 『시』(Dent, 1971)를 편찬했고, 회고를 남겼다(_My Friend Dylan Thomas_, Dent,
     1977, 166p.; 새 서문, Amazon Media, 2014, Kindle판).

11   _Everyman_. Dent가 발행한 유명 주간지(1912~1916, 1929년 1월 31일 복간, 1935
     년 폐간. 254x318mm, 2열 편집, 32p.)로, 복간호의 부제('책, 연극, 음악, 여행')
     는 훗날 딜런의 주된 관심사가 된다. 필자는 당대 명사들이었다(Ivor Brown,
     Arthur Machen, A. E. Coppard, G. K. 체스터턴, B. 러셀 등). 5년 후, Dent는 딜런
     의 작품을 출간하기 시작, 평생 관계를 유지한다.

1930

4월 27일   이날부터 자신의 시를 노트에 적기 시작, 1934년 4월까지 4권
의 노트에 기록. 2014년 11월, 제5권 발견(「싸움」의 주 H 참조).

1931

4월   교지에 첫 단편 「브렘버_Brember_」 발표.

8월   학업 중단. 스완지 지방지(_South Wales Daily Post_)[12]에 청소년 기자
로 취업, 18개월 근무.

1932

12월 16일   신문사 퇴사, 프리랜서로 활동. 누나가 소속된 '스완지 소극장'
에 합류, 이후 3년간 스완지에서 공연과 제작에 참여.

1933

5월 18일   주간지 「새 영문학」[13]에 시(「그리고 죽음이 권세 부리지 못하리
라」)[14]가 게재되면서 전국지에 처음으로 소개됨.

----

12   1893년 창간. 1932년 _South Wales Evening Post_로 개명. 자매지 _Herald of Wales_.

13   _New English Weekly_. 1932년 4월, 당대 최고의 편집자 오리주Alfred Richard Orage
(1873~1934)가 창간한 '사회, 문학, 예술 평론지_A Review of Public Affairs, Literature
and the Arts_'로, 1934년 11월, 그의 급사로 마이렛Philip Mairet(1886~1975)이 주
관, 1949년 폐간했다(22x32cm, 24p., 2열 편집, 가격 6펜스). 오리주는 이에 앞서
니체 사상과 사회주의를 표방한 주간지 「뉴 에이지_The New Age_」의 발행인으로
(1907~1922) 영국 모더니즘 문학과 지식인 사회에 지대한 영향을 미쳤다.

14   _And death shall have no dominion_ (『시월의 시』, 앞의 책, p.62~65).

5월 27일	누나 낸시 결혼.
6월 7일	시 「마법에 걸린 섬 *The enchanted isle*」(분실)이 BBC 시 경연에서 수상(28명, 총 11,000명 출품), 6월 28일 라디오 방송.
8월	첫 런던 방문, 신혼 누나 집에 체류. 문인들과 만남. 런던의 여러 신문과 인터뷰.
9월 3일	일요지 「선데이 레퍼리」('시인의 코너')[15]에 시 게재(*That sanity be kept*).
9월	패밀라 핸스포드 존슨[16]과 서신 교환 시작 (참조. 부록 2).
10월 29일	「선데이 레퍼리」에 시 게재(*The force that through the green fuse drives the flower*).
12월	문법학교 교지에 두 번째 단편(*Jarley's*) 발표(필명 '졸업생Old Boy').

----

[15] *Sunday Referee*. 1877년 *The Referee*로 창간한 스포츠지로, 딜런의 초기작 몇 편을 게재했고, 1934년 12월 그의 첫 시집 『18편』을 출간했다. 1930년대 대대적인 투자로 최대 40만 부까지 발행했고, 1939년 「선데이 크로니클Sunday Chronicle」(1885년 창간)과 합병했다. '시인의 코너Poets' Corner'는 수많은 시인, 극작가, 작가들이 묻히거나 기념된 장소인 웨스트민스터 사원의 남측 수랑을 일컫는 이름으로, 훗날(1982) 딜런의 명판이 놓인다.

[16] Pamela Hansford Johnson(1912~1981). 「선데이 레퍼리」에 글이 게재된 것을 계기로 13개월 동안 장문의 편지를 주고받았다. 딜런 연구의 중요 자료다. 딜런에 앞서 1933년 「선데이 레퍼리」('시인의 코너') 대상 제1회 수상자였다. 그의 첫사랑이었고, 결혼까지 생각한 진지한 관계였으나 불발했다. 이후 딜런의 평생 후원자이자 친구로 남았다. 훗날 작은 회고를 남겼다(*Important to me. Personalia*, Macmillan, 1974, 254p. 제19장 'Dylan'). 딜런과 마찬가지로 16세에 학업을 마치고 독학으로 문학을 수업, 수십 편의 소설, 극, 비평을 남겼다. CBE 훈장, 왕립문학원(RSL) 회원.

1934

두 번째 런던 방문, 패밀라와 동행.

New Verse, Criterion, Adelphi[17] 등 유명 잡지에 시, 단편, 서평 발표, 지명도가 높아짐.

3월 14일   BBC 문예지 「청취자」에 시(「해 안 비치는 곳에 빛은 터 오고」)[18] 게재. 이후 BBC가 외설물을 출간했다는 항의 편지가 방송사에 쇄도, BBC는 어쩔 수 없이 공식 사과 표명. 그러나 제2차 세계 대전 후 BBC는 다시 딜런에게 사과.

4월 2일   「선데이 레퍼리」('시인의 코너') 대상 수상. 첫 시집 출간 후원.

----

17   ***New Verse***. 시인이자 비평가, 큐레이터, 인류학자, 자연사가였던 제프리 그릭슨Geoffrey Grigson(1905~1985)이 창간한 잡지로, 1930년대 영향력 있는 잡지 중 하나였다(1933~1939). 그릭슨은 13권의 시집과 여러 선집의 저자로, 1936년 국제 초현실주의전에 작품을 출품했다. 1946년 현대미술원을 공동 설립했다.; ***The Criterion***. T. S. 엘리엇(1888~1965)이 창간한 문예지. 문학평론의 표준을 세우고자 했고, 유럽 지식인 공동체를 꿈꾸었다. 첫 호에 「황무지*The Waste Land*」를 발표했다. 유명 작가들(L. 피란델로, V. 울프, E. 파운드, E. M. 포스터, 예이츠 등)이 기고했고, 영국에 처음으로 프루스트, 발레리, 콕토를 소개했다. 계간지(1922~1939), 월간지(1927~1928); ***The Adelphi***. 존 머리John Middleton Murry(1889~1957)가 창간한 월간 문예지(1922년 6월~1955)로, 매호 한두 편의 소설을 게재했다(K. 맨스필드, D. H. 로렌스, 딜런, G. 오웰, H. E. Bates, Rhys Davies, G. B. Edwards). J. 머리는 60여 편의 작품과 천여 편의 글을 발표한 다산의 작가이자 걸출한 비평가였다.

18   *Light breaks where no sun shines*. "(……) 허벅지 사이의 촛불이 / 청춘과 씨를 데우고 노년의 씨들을 태운다"(『시월의 시』, 앞의 책, p.30).

7월	문법학교 교지에 단편 「정원에서*In the Garden*」 발표(필명 '졸업생').
10월 11일	*New Verse*에 '질의응답*Answers to an Enquiry*' 게재.
11월 10일	런던으로 이주, 스완지 출신 화가들과 동거(레비, 제인스[19]).
12월	잡지 *Adelphi*에 단편 「나무*The Tree*」 발표.
12월 4일	「해 안 비치는 곳에 빛은 터 오고」가 선집 『올해의 시*The Year's Poetry*』에 수록(p.133~134).
12월 18일	첫 시집 『18편』 출간(*The Sunday Referee*, Parton Bookshop).

1935

『18편』에 대한 언론 호평(*Listener, Morning Post, Spectator, TLS, Time and Tide, New Verse*).[20] 작가, 예술가와 교류. 3월에 잠시 스완지 체류. 여름에 평생 친구 버넌 왓킨스[21] 만남. 더비셔*Derbyshire* 체류(테일러 부부[22]의 집).

----

19   Mervyn Levy(1914~1996), Alfred Janes(1911~1999). 스완지 출신 화가로, 딜런과 다니엘 존스의 친구들이었다. 둘 다 딜런의 초상화를 남겼다(런던, National Portrait Gallery 소장).

20   *The Listener*. BBC 문예지(1929~1991); *The Morning Post*. 보수지(1772~1937), *The Daily Telegraph*가 인수; *The Spectator*. 정치, 문화, 시사 주간지(1828~); *TLS*(*The Times Literary Supplement*). 「타임스」 문학란. 1902년 시작, 1914년부터 별쇄 발행. 필자는 당대 명사들로, 1974년까지 모두 익명 발표했다(T. S. 엘리엇, 헨리 제임스, 버지니아 울프 등); *Time and Tide*. 정치, 문학 주간지(1920~).

21   Vernon Watkins(1906~1967). 둘이 처음 만났을 때 서로의 문체가 비슷한 것에 놀랐다고 한다. 시인, 번역가, 화가로, 음악가 다니엘 존스와 함께 딜런의 평생 친구였다. 웨일스 마이스텍Maesteg 출신으로 스완지에서 자랐다. 딜런은 그를 "영어로 시를 쓰는 웨일스 작가 중 가장 심오하고 완성도 높은 작가"로 극찬했다(전집. *The Collected Poems of Vernon Watkins*, Golgonooza Press, 1986, xviii,

| 7~8월 | *New Verse* 편집장 그릭슨 만남.[23] 소네트 작업(*Altarwise*). |

1936

| 4월 초 | 화가 어거스터스 존[24]이 런던의 펍 '밀 다발_{Wheatsheaf}'에서 케이틀린 맥나마라_{Caitlin Macnamara}(1913~1994) 소개. |

495p.). 딜런 사후, 그의 서한을 펴냈고(*Letters to Vernon Watkins*, Dent and Faber, 1957, 145p.), 부인은 남편 사후 15년 후 그가 남긴 자료를 바탕으로 회고록을 펴냈다. 제목은 1938년 그가 딜런에게 쓴 시(「친구의 초상」)에서 따왔다 (Gwen Watkins, *Portrait of a Friend*, Llandysul, Gomer Press, 1983, 226p.; Talybont, Y Lolfa, 2004, 224p.)

22 A. J. P. Taylor(1906~1990). 19~20세기 유럽 외교 전문가. TV 역사 강의로 명성을 얻었다. 첫 부인 마거릿_{Margaret}(1931년 결혼, 1951년 이혼)은 딜런의 옛 애인이었다. 1946년 옥스퍼드의 전원주택, 1949년 타프 강_{Tâf} 하구의 '보트 하우스_{Boat House}'를 딜런에게 제공, 큰 도움을 주었다.

23 그릭슨은 공격적이고 논쟁적이어서 문단에 적이 많았고, 딜런과도 처음에는 친구로 지냈으나 몇 달 후인 1936년부터 적이 되었다. 그러나 딜런은 그를 만나기 전부터 그의 작업에 강한 반감을 갖고 있었다. 일례로 1933년 11월 초, 패밀라에게 보낸 편지에서 이렇게 썼다. "내가 영국에서 '온' 마음을 다해 증오하는 사람 둘이 있습니다. 에드워드 엘가 경_{Sir Edward Elgar}과 제프리 그릭슨입니다. 한 사람은 이제껏 있었던 그 누구보다 한층 현학적인 바람과 헛소리를 아무 관심 없는 대중에게 불어넣고 있죠. 다른 한 사람은 '*New Verse*'를 펴냅니다. 그가 있을 자리는 저 아래 땅에 진즉 마련되어 있고, 아마 거기서 시뻘건 악마 동료들에게 평생 에즈라 파운드의 칸토스를 읽어줄 겁니다"(『서한집』, ed. Paul Ferris, 2017, 앞의 책, vol. I, p.61).

24 Augustus John(1878~1961, OM 훈장, 왕립미술원 회원). 웨일스 텐비_{Tenby} 출신의 화가, 삽화가, 판화가. 1910년경 영국 후기인상파의 주요 화가였다. 뛰어난 초상화와 새로운 유화 기법으로 유명했고, 런던 화단에서는 고갱, 마티스와

4월 8일 ~5월 20일	영국 최남단 콘월Cornwall 체류. 윈 헨더슨[25]과 짧은 사랑. 이후 런던으로 돌아가 케이틀린과 교제.
6월 11일	런던 국제 초현실주의전[26] 참관.
6월 26일	폴 엘뤼아르와 함께 시 낭송.
9월 10일	두 번째 시집 『스물다섯 편』 출간(Dent). 「선데이 타임스」[27]의 호평(이디스 시트웰,[28] "오든의 차세대 시인 중 최고의 시인이다").

비견되었다. 맥나마라 집안과 교류했고, 케이틀린은 그의 모델이자 옛 연인이었다. 딜런의 초상화 두 폭을 남겼다(1937~1938, 웨일스 국립미술관, 국립초상화미술관).

25 Wyn Henderson(1896~1976). 프리랜서 기자, 편집자. 여러 예술가들의 친구이자 애인이었다.

26 International Surrealist Exhibition. 6월 11일~7월 4일 뉴 벌링턴 화랑New Burlington Galleries, 전시 390여 종(그림, 조각, 드로잉), 참석자(앙드레 브르통, 폴 엘뤼아르, 살바도르 달리, 마르셀 뒤샹, 막스 에른스트, 헨리 무어 등), 개막식(브르통의 개막식 축사에 2천여 명 참석), 관객(일평균 1천여 명), 강연(브르통, '초현실주의의 비경계적 한계', 6월 16일/ H. 리드, '예술과 무의식', 6월 19일 / 엘뤼아르, '초현실주의의 시', 6월 24일/ Hugh Sykes Davies, '생물학과 초현실주의', 6월 29일/ 달리, '진짜 망상의 유령', 7월 1일).

27 The Sunday Times. 「타임스」 일요일판. 1821년 「뉴 옵서버The New Observer」로 창간, 이듬해인 1822년 「선데이 타임스」가 되어 현재에 이름. 정론지 중 최다 판매부수 자랑.

28 Edith Sitwell(1887~1964, DBE 훈장). 시인, 비평가. 처음에는 딜런의 시를 혐오했지만 이후 그를 천재로 평가했다. 세 자매의 맏이로, 모두 시인이었다. 1916~1921년에 현대 영시선집 『바퀴Wheels』를 매년 출간했다. 자신의 시를 작곡가 왈튼William Walton(1902~1983)의 음악과 함께 확성기로 낭송한 것으로 유명하다. 시집 20편, 고전주의 시인 포프Alexander Pope(1688~1744)의 전기 『알렉산더 포프』(1930), 베스트셀러 『영문학의 기인들The English Eccentrics』

1937

1월   딜런의 시(*We lying by seasand*)가 W. H. 오든과 마이클 로버츠가
           편한 잡지 *Poetry* '영국 특집호'에 수록,[29] 미국에 첫 소개.

1월~4월   미국 소설가 에밀리 콜먼[30]과 연애.

2월 13일   캠브리지 강연('현대시 등*Modern Poetry etcetera*').

4월 21일   BBC에서 첫 녹음('삶과 현대 시인*Life and the Modern Poet*').

4월~5월   화가 베로니카 십솔프[31]와 짧은 연애.

(1933) 등을 남겼다.

[29]   *Poetry. A Magazine of Verse*, Vol. XLIX, Nº IV (*English Number, Edited by W. H. Auden and Michael Roberts*, p.179~238). 딜런의 시는 첫 수록작인 오든의 두 편의 시 (*Journey to Iceland; O who can ever praise enough*……, p.179~182)에 이어 두 번째로 소개되었다(p.183). 20여 명의 쟁쟁한 시인들과 함께 수록되었다. '*Poetry*'는 1912년 10월 시카고에서 창간된, 영미권 유수의 시 전문지다. 구간은 'Poetry Foundation'에서 볼 수 있다.

[30]   Emily Coleman(1899~1974). 1930년 미국에서 출간된 소설(『눈 셔터*The Shutter of Snow*』, Viking Press, 245p.)로 1930년대에 작은 명성을 얻었다. 한 여인이 출산 후 자신을 그리스도로 생각, 두 달간 정신병원에서 겪은 이야기로, 반半자전적 소설이라고 한다. 딜런보다 14살 연상으로, 처음에는 유명 문인을 접하고자 했던 호기심에서 출발했지만 연애사로 번졌다. 아울러 그녀가 남긴 평생 일기는 1920~30년대 파리와 1940~60년대 영국에서 교류한 문인들, 그녀의 '열정적'이고 '지극히 성실한' 면모를 엿볼 수 있는 자료라고 한다. 일부가 출간되었다(*Rough Draft : The Modernist Diaries of Emily Holmes Coleman, 1929-1937*, ed. Elizabeth Podnieks, Newark, Univ. of Delaware Press, 2011, 430p.)

[31]   Veronica Sibthorp(1908~1973). 그녀의 두 번째 남편(John Waldo Sibthorp)은 1936년 딜런이 잠시 사건 윈 헨더슨의 애인 중 한 명이었다. 화가였던 세 번째 남편(John Amstrong)은 딜런이 그녀에게 보낸 편지를 모두 없애라고 했다고 한다. 그중 2통이 보존되었다.

6월	「웨일스」[32] 창간호에 단편 「모험의 서막Prologue to an Adventure」수록.
7월 11일	딜런 토머스, 케이틀린 맥나마라와 결혼(영국 최남단 콘월, 펜잰스 등기소).
9월 1일	스완지의 부모 집으로 이주.
10월 1일	장모 집으로 이주(햄프셔, Blashford).

1937년부터 1953년 사망할 때까지 딜런은 열두 곳에서 거주했고 – Blashford, Laugharne, Wiltshire, Chelsea, Bishopston, Talsarn, New Quay, Llansteffan (Blaencwm), Oxford, 이탈리아, South Leigh, Boat House (Laugharne) – 런던의 주거지도 몇 군데나 되었다.

1938

| 2월 초 | 헨리 트리스[33]가 자신의 시에 대한 책을 쓴다는 사실을 접하고 편지를 주고받음(부록 3). |

----

32 *Wales*. 발행인 리스Keidrych Rhys(1915~1987)는 웨일스 베들레헴 출신의 시인 이자 문학기자로, 딜런의 친구였다. 웨일스 문학에 큰 영향을 준 잡지로, 웨일스 작가들의 소설과 시를 게재했다. 창간호(33p.) 뒤표지 전면에 "보다 젊고 진보적인 웨일스 작가들의 창작물의 독립 팸플릿"이라는 취지로 발간의 변을 밝혔다. 계간(1937~1940), 전쟁 호외(1941, 1호), 연 2회(1943~1949), 1958 년 월간으로 복간, 1960년 1월 통권 47호로 폐간했다.

33 Henry Treece(1911~1966). 시인, 교사, 편집자로, 90편의 다작을 남겼고, 아동 역사소설로 유명했다. 1940년대에 그가 주도한 낭만주의적 운동 '새 종말론 *New Apocalyptics*'에 딜런이 참여를 거부하면서 관계가 악화되었다. 딜런에 관한 첫 비평서를 썼다(*Dylan Thomas. Dog among the Fairies*, London, Lindsay Drummond, 1949, 159p.)

4월	장모 집에서 스완지의 부모 집으로 이주.
8월	로언Laugharne의 베이 뷰BayView로 이주, 3년 거주.
10월 18일	맨체스터에서 '오든 그룹'[34]의 멤버인 오든, 데이 루이스, 맥니스, 스펜더 등과 함께 BBC 방송('현대의 뮤즈 *Modern Muse*').
11월	*Poetry*지의 '오스카 블루멘탈 상'[35] 수상.

1939

1월 30일	햄프셔, 도싯Dorset의 항구도시 풀Poole에서 장남 루엘린Llewelyn 탄생.
8월 24일	시와 단편집 『사랑의 지도』 출간(Dent). 9월 3일, 제2차 세계대전이 발발하면서 이 책은 거의 주목받지 못함.
12월 20일	New Directions에서 시와 산문선 『내가 숨 쉬는 세상』 출간. 미국에서의 첫 출간.[36]

----

[34] 언론이 만든 이름 '오든 그룹'이 생긴 계기였다. 4명의 시인이 처음 모인 날로, 훗날 데이 루이스는 그 의미를 하찮게 여겨 기억하지 못할 정도였다고 한다(자서전 *The Buried Day*, 1960). W. H. Auden(1907~1973), C. Day-Lewis(1904~1972), L. MacNeice(1907~1963), Stephen Spender(1909~1995).

[35] Oscar Blumenthal-Charles Leviton Prize. 1936년 신설된 문학상. 상금 100달러.

[36] New Directions는 1938년 초, 딜런이 새로운 수익을 창출하기 위해 접촉한 미국의 신생 출판사다(1936년 창립). 현재 유수의 세계적인 독립 문학 출판사다. 딜런과 동년의 젊은 대표 로린James Laughlin(1914~1997)은 Dent에서 출간된 딜런의 책을 미국에서 소량으로 복간(혹은 신간 독점)하는 것을 목표로 삼았다. 두 출판사 모두 딜런이 사망할 때까지 거의 수익을 내지 못했고, 이런저런

1940

4월 4일 단편집 『젊은 개예술가의 초상』 출간(Dent).

4월 6일 입대 신청, 신체검사에서 탈락. BBC에서 부정기적 프리랜서 대본 집필 시작.

7월~12월 로언을 떠나 부인과 아들 루엘린과 함께 친구 존 데븐포트[37]의 집(Gloucestershire, Marshfield)으로 옮김. 풍자 소설 『왕의 카나리아의 죽음』을 공동 집필.

9월 24일 미국판 『젊은 개예술가의 초상』 출간(New Directions).

12월 데븐포트의 집을 떠나 가족과 함께 비숍스톤Bishopston의 부모 집으로 이주.

1941

4월 뉴욕 주립대 버펄로의 로크우드 기념도서관과 거래하던 런던 도서상 버트램 로타[38]에게 1930~1934년에 작성한 노트 4권과 그 외 원고를 팔다(140달러). 소설 『스킨 트레이드의 모험』 작업, 4장章까지 쓰고 중단, 미완성.

우여곡절이 있었지만 딜런과 평생 충실한 관계를 유지했다. 딜런 사후의 결과로 보자면 상당한 가치의 투자였던 셈이다(참조. Paul Ferris, *Dylan Thomas, The Biography*, Phoenix, 1999[1977], p.183~184).

37 John Davenport(1908~1966). 비평가, 서평가.

38 Bertram Rota(1903~1966). 15세에 도서상에 입문, 20세에 독립하여 이후 19세기 후반~20세기 초반 출간된 초판본 전문가가 되었다. 1937년까지 수십 권의 도서목록을 발행했고, 미국 대학 및 기관들과 거래하면서 사업을 확장했다. 현재 아들이 'Bertram Rota Booksellers' 운영 중.

<u>5~6월</u>	1차 대공습('The Blitz') 종료. 시 집필 중단. 토머스 가족은 런던 여러 곳과 카마던셔의 부모 집(Blaencwm) 등에서 거주.
<u>9월</u>	도널드 테일러Donald Taylor의 영화사('Strand Films')에서 시나리오 작가로 작업 시작.
<u>11월</u>	옥스퍼드 대학교 영문학 클럽에서 낭독.

1942

<u>6월</u>	예술영화 작업차 잉글랜드 북부 출장. 배우 루스 오웬[39]을 만나 1년간 연애.
<u>7월</u>	아내 케이틀린과 함께 영화 작업차 스코틀랜드 출장. 글래스고의 사우스 스트리트 아트센터 방문. 스코틀랜드 시인 맥더미드, 그램 만남.[40]
<u>8월 20일</u>	카디건셔Cardiganshire 탤산Talsarn에서 케이틀린과 루엘린과 합류한 뒤 첼시의 공동주택으로 이주. 토머스 가족은 그 후 2년 동안 탤산과 웨일즈 서부 여러 곳에서 지냄.

---

39 Ruth Wynn Owen(1915~1992). "루스는 유부녀였다. 그녀는 딜런과 사랑에 빠졌지만 그의 정부가 되기를 거부했다. 그녀는 딜런이 친절하고, 상처를 잘 받고, 자신을 드러내려고 뽐내는 사람이라고 보았다. 딜런은 그녀에게 자신의 어린 시절을 들려주었다. 그는 그녀와 사랑에 빠졌다고 생각한 듯하다. 그러나 딜런의 편지는 불안했다. 그는 그녀에게 시 원고 하나를 주었고, 한참 후인 1943년 9월 카마던셔에서 장문의 연애편지를 보냈다. 딜런은 부인을 떠나지 않았다"(Paul Ferris, *Dylan Thomas, The Biography*, 앞의 책, p.209~210).

40 Hugh MacDiarmid(1892~1978). 스코틀랜드 시인, 기자, 정치가. 스코틀랜드 모더니즘과 문예부흥(19세기 말~20세기 중반)을 선도했고, 모더니즘 작가로

1943

<u>1월 7일</u>   BBC 라디오에서 '어린 시절의 회고*Reminiscences of Childhood*' 녹음.
방송인으로 활동하기 시작하면서 알럿, 맥니스, 레드그레이브
등 BBC 관계자 및 배우들과 친분을 맺음.[41]

<u>2월</u>   New Directions에서 『신작시*New Poems*』 출간.

<u>3월 3일</u>   런던에서 딸 에어런위*Aeronwy*[42] 출생.

1944

<u>2월</u>   1944년 1월부터 4월까지 이어진 공습('Baby Blitz')을 피해 서섹
스*Sussex*의 보샴*Bosham*으로 가족과 함께 이주.

는 드물게 공산주의자이자 스코틀랜드 민족주의자였다. 영어와 스코트어로
집필했다; William Sydney Graham(1918~1986). 스코틀랜드 시인. 생전에는
빛을 보지 못했지만 극작가 핀터Harold Pinter(1930~2008)의 후원, 유작집과
서한집, 비평서 발간으로 최근 재조명되었다. 시인(T. S. 엘리엇, 딜런, Edwin
Morgan)과 화가(Peter Lanyon)의 친구로 평생 집필에만 헌신했다(시집 *New
Collected Poems*, Faber and Faber, 2004).

41   Leslie Thomas John Arlott(1914~1991, OBE 훈장). 기자, BBC 크리켓 해
설자, 시인, 와인 감정가; Frederick Louis MacNeice(1907~1963, CBE 훈
장). 시인, 극작가, '오든 그룹'의 일원, 대중적으로 큰 사랑을 받음; Michael
Redgrave(1908~1985, CBE 훈장). 연극 및 영화배우, 감독, 작가, 아카데미 남
우주연상(1947).

42   Aeronwy Thomas-Ellis(1943~2009). 훗날 이탈리아 시 번역가로 활동. '딜런
토머스협회' 홍보대사 역임, 2003년 서부 웨일스 세레디전Ceredigion에 '딜
런 토머스 올레길The Dylan Thomas Trail' 만듦. 아버지에 대한 회고를 남김(*My
Father's House*, London, Constable, 2009, 304p.)

4월	딜런이 시나리오를 쓴 영국정보부MOI의 홍보영화 『우리 고향』 개봉(*Our Country*, 50분). 시 집필 재개.
9월 4일	가족과 함께 카디건셔의 뉴 키New Quay로 이주, 1945년 7월까지 거주. 그가 '판잣집'이라 부른 여름철 방갈로 '마조다Majoda'는 석면 건물로, 전기와 수도가 연결되지 않았고, 화장실은 외부에 있었다. 그해 겨울은 혹독했지만 딜런의 창작은 성인이 된 후 가장 왕성했다. 훗날 뉴 키는 로언Laugharne과 함께 「밀크우드 아래서」의 가상 도시 레어굽Llareggub[43]의 모델.
12월 14일	BBC 라디오 웨일스에서 「밀크우드 아래서」의 전신 격인 '어느 날 아침 일찍이' 녹음.

1945

*Poetry*지의 '레빈슨 상'[44] 수상.

3월 6일	'마조다 사건' 발생. 딜런과 여러 사람들이 있던 그의 집에 친구 남편인 비번 군인이 술에 취해 기관총을 난사한 사건.
7월	뉴 키를 떠나 1946년 3월까지 런던에서 거주.
12월 6일	BBC 라디오 웨일스('어린이 코너')에서 '크리스마스의 추억 *Memories of Christmas*' 녹음. BBC 정규 낭독자가 됨.

---

43 속어 '젠장, 아무것도 없네Bugger all'를 거꾸로 쓴 딜런의 신조어.

44 The Levinson Prize. '*Poetry*'지의 첫 문학상으로(1914년 신설), 반전운동 변호사였던 레빈슨Salmon O. Levinson(1865~1941) 가족이 기부한 금액으로 만든 문학상. 상금 500달러.

1946

2월 7일 Dent에서 출간된 시집『죽음과 입구』에 호평, 전국적 평판과 인기를 얻음. 런던 세인트 스티븐스 병원에서 알코올성 위장장애 치료를 위해 나흘간 입원.

4월 가족과 함께 테일러 부부의 여름 별장으로 이주(Oxfordshire, Holywell Ford). 1949년 5월까지 옥스퍼드 근처에서 거주.

5월 13일 위그모어 홀[45] 왕립 초청실에서 「펀 힐」, D. H. 로렌스의 「뱀」, W. 블레이크의 「호랑이」 낭송.

5월 16일 이 행사로 BBC 라디오 '세상사_The World Goes By_' 프로그램에 초청, 데이비드 제임스_David LLoyd James_와 인터뷰, 5월 19일 BBC 방송.

8월 케이틀린, 친구들과 함께 아일랜드 방문.

가을 BBC 3 프로그램 개시. 딜런은 배우, 사회자, 작가로 활동.

11월 8일 미국 New Directions에서『선집_Selected Writings_』출간.

1947

2월 10일 ~12일 딜런의 라디오 프로그램 중 최고 수작으로 꼽히는 라디오극 「귀향 여정_Return Journey_」에 대한 조사차 스완지 방문.

4월~8월 작가협회_Society of Authors_ 해외연수 장학생에 선발, 가족과 함께

----

45 Wigmore Hall. 런던 위그모어가 36번지에 있는 세계적 명성의 무대. 실내악과 성악 전문 공연장. 관람석 554석, 연 400회 공연, 주요 공연은 BBC Radio 3(고전음악과 오페라 전문 채널)에서 생중계.

이탈리아 방문.「밀크우드 아래서」집필 시작. 피렌체에서「시
골의 잠 속에서」집필.

1948
아버지와 함께 란겐Llangain 체류.
영화사('Gainsborough Films')에서 대본 집필(*Rebecca's Daughters, The Beach of Falesá, Me and My Bike*). 영화사는 곧 파산했지만 훗날 이 세 편은 영화화됨.
1948년 이후, 영화 작업은 급격히 감소.

1949
3월 4일
~9일　　체코슬로바키아 작가 노조 초청으로 프라하 방문, 예술가 컨퍼
런스에 참석.

5월　　마거릿 테일러가 사들여 빌려준 로언의 '보트 하우스'[46]로 가족
과 함께 이주.

5월 28일　　뉴욕시 '시 센터' 회장 브리닌[47]의 미국 강연 투어 초청을 수락.

7월 24일　　셋째 컴Colm 출생.

---

[46] Boat House. 딜런이 가족과 함께 생의 마지막 4년(1949~1953)을 보낸 집으로
특히「밀크우드 아래서」의 300여 행을 이곳에서 썼다고 한다. 타프Tâf 강 하
구를 내려다보는 절벽에 세워졌다("해안가 칠흑 속 마법의 굉음, 시간이 멈춘
곳, 아름답고 미친 곳. 이런 곳은 어디에도 없다"). 카마던셔 주 소유로 현재 딜
런 박물관.

[47] John Malcolm Brinnin(1916~1998). 미국 시인, 비평가. 딜런의 미국 투어를
기획하고 담당한 장본인. 딜런 사후, 그의 미국 체류를 미시적 기록으로 남

1950

<u>2월 20일</u>
<u>~5월 31일</u> 첫 미국 투어. 그의 시 낭송 강연은 예술 전파의 새 방법으로 인기와 명성을 얻음. 연극적 분위기, 청중과의 열띤 토론, 절절한 낭송으로 미국 대중들에게 낭만주의적 시인으로 각인됨.

<u>9월</u> 미국에서 만난 편집자 펄 카진[48]과 런던에서 재회. 마거릿 테일러가 그들의 관계를 케이틀린에게 알려 토머스 부부 사이가 악화됨.

겨 딜런의 부정적 이미지를 만드는데 크게 일조했다(*Dylan Thomas in America. An Intimate Journal*, An Atlantice Monthly Press Book, 1955, 302p.; Dent, 1956, 245p.) 5년 후, 딜런의 시 10편과 평론, 회고, 서한을 모아 펴냈다(*A Casebook on Dylan Thomas. Ten of Thomas's poems plus analyses and observations of the man and his work.* N. Y., Thomas Y. Crowell, 1960, xiii, 322p.) 1964년, 극작가 마이클스Sidney Michaels(1927~2011)가 브리닌의 책*Dylan Thomas in America*과 케이틀린의 회고록*Leftover Life to Kill*(1957)을 바탕으로 브로드웨이에서 공연을 올렸다(*Dylan*, Playmouth Theatre, 공연 1월~9월, 총 273회 공연). 이 작품은 그해 5월 24일, 제18회 토니상 최우수 작품, 최우수 연출, 최우수 남우, 최우수 여우 후보에 올랐고, 딜런 역의 알렉 기네스Alec Guinness(1914~2000)가 '햄릿' 역의 리처드 버튼 등 3명을 제치고 최우수 남우상 수상.

48 Pearl Kazin(1922~2011). 미국 투어 중 현금을 마련하려고 산문 하나를 팔기 위해 방문한 뉴욕 「하퍼즈 바자*Harper's Bazaar*」 사무실에서 처음 만났다. 2014년, 딜런 탄생 100주년에 그녀와 나눈 미공개 서한 6통이 웨일스의 한 출판사에서 출간되었다(*A Pearl of Great Price: The Love Letters of Dylan Thomas to Pearl Kazin*, Ed. and intro by Jeff Towns, Parthian Books, 2014, 120p. 후기 David Bell, 아울러 딜런을 연상시키는 주인공이 등장하는 1952년작 단편 '광대*The Jester*' 수록). 첫 편지는 1950년 7월 런던, 마지막 편지는 1951년 2월 이란에서 보낸 것이었다. 케이

1951

<u>1월 8일</u>
<u>~2월 14일</u> 영국-이란 정유사를 위한 다큐멘터리 대본 집필차 페르시아 방
문(영화는 제작되지 않음).

시 완성(*Lament; Poem on his Birthday; Do not go gentle*). 텍사스 주립대(UT Austin) 학생의 질문에 대한 답변인 일명 '시작詩作 선언문'[49] 작성.

1952

<u>1월 15일</u> 케이틀린과 함께 퀸 메리호를 타고 두 번째 미국 투어 출발. 5
월까지 미국 체류.

<u>2월 22일</u> '캐드먼 레코드'[50]에서 첫 녹음.

틀린은 특히 딜런과 펄의 관계에 분노했다고 한다. 펄은 훗날 문학비평가가
되었고, 1960년 『이데올로기의 종언』(1960)으로 유명한 사회학자 다니엘 벨
Daniel Bell(1919~2011)과 결혼했다. 후기를 쓴 아들(David Bell)은 프린스턴대
프랑스사 교수.

49 *Poetic Manifesto*. 1961년 *Texas Quarterly* 겨울호(Vol. IV, Nº. 4, 총 187p. 중
p.45~53)에 버넌 왓킨스, W. H. 오든, J. L. 보르헤스의 글과 같이 게재되었다
(Richard Jones, *The Dylan Thomas Country*; Dylan Thomas, *Poetic Manifesto, A Painters;s
Studio*; Vernon Watkins, *Swansea*; W. H. Auden, *The Quest Hero*; Miguel Enguidanos,
Imagination and Escape in the Short Stories of Jorge Luis Borges; Jorge Luis Borges, *Four
Fictions*).

50 Caedmon Records. 컬럼비아대학 동창인 22세 동갑내기 여성(Marianne
Roney, Barbara Cohen)이 1952년 뉴욕에서 창업한 레코드사로, 캐드먼은 오디
오북의 선구자, 오디오북 산업의 '밀알'로 불린다. 1952년 뉴욕 YMCA에서
있었던 딜런의 강연을 듣고 그에게 사업안을 전달했고, 이에 동의한 딜런이 2

<u>2월 28일</u> 미국 독점판 『시골의 잠 속에서』 출간. 그의 가장 유명한 시 'Do not go gentle into that good night' 수록.

<u>5월 16일</u> 케이틀린과 함께 미국에서 귀국. 「밀크우드 아래서」 집필. 『시 전집』 퇴고 작업. 짧은 '일러두기Note'와 서시 '저자의 프롤로그 Author's Prologue' 집필.

<u>11월 10일</u> Dent에서 『시 전집 1934~1952』 출간, 언론 호평 (「옵서버」의 필립 토인비, 「선데이 타임스」의 시릴 커널리)[51]. 이후 1955년 1월까지 8쇄, 영국에서만 3만 부 이상 판매.

<u>12월 16일</u> 아버지 D. J. 토머스 76세로 타계.

1953

<u>1월 20일</u> '윌리엄 포일 시문학 상'[52] 수상.

월 22일 역사적인 녹음을 행하게 된다. 덕분에 미국 내 딜런의 명성은 확고해졌고, 오디오북이라는 뉴미디어가 탄생하게 되었다. 딜런의 「웨일스의 어린이의 크리스마스」는 캐드먼사의 첫 작품으로, 1962년까지 육성 LP판은 40만 장 이상 판매되었다.

51 필립 토인비Philip Toynbee(1916~1981) : "영문학의 살아 있는 가장 위대한 시인이다."; 시릴 커널리Cyril Connolly(1903~1974) : "그의 작품 중 가장 독창적이다. 감동적 면모를 정교하게 뽑아냄으로써 이제까지 서정시 지고의 가치였던 분석과 맞서고 있다."

52 William Foyle Poetry Prize. 영국 '시문학 협회The Poetry Society'(1912년 창립)의 계간지(Poetry Review)가 수여하는 문학상 중 하나. 현재 1998년부터 '포일 올해의 젊은 시인상'으로 이어지고 있다(Foyle Young Poets of the Year Award, 전세계 11~17세 청소년 대상). 윌리엄 포일(1885~1963)은 영국의 유명 시점 '포

<u>3월 31일</u>	미국판『시 전집』출간(New Directions).
<u>4월 16일</u> ~6월 3일	세 번째 미국 투어. 출발 당일, 인도에서 누나 낸시 사망.
<u>5월 14일</u>	뉴욕 '시 센터'에서「밀크우드 아래서」의 첫 공연 지휘. 같은 날 영화 시나리오「의사와 악마들」출간. 시 센터 부원장 리즈 라이텔[53]과 외도 시작.
<u>5월 23일</u>	오페라 논의를 위해 보스턴에서 이고르 스트라빈스키와 만남.[54]
<u>5월</u>	BBC TV 방송용「야유회 *The Outing*」녹음.
<u>10월 19일</u>	네 번째 미국 투어 시작.
<u>10월 24일</u> ~11월 3일	뉴욕 첼시 호텔 투숙, 과음. 라이텔과 동행.「밀크우드 아래서」리허설 참석(24일, 25일). 심포지움 '시와 영화' 참석(28일), 낭독(29일). 몸이 좋지 않고, 기분 변화가 심함.

일즈_{Foyles}'(1903~)의 창립자로, 후계자인 딸(Christina, 1911~1999)의 유언에 따라 예술-교육 기부단체인 포일재단을 설립(2001), 유지를 잇고 있다(2018년 12월 현재 기부액 9,980만 파운드).

53 Elizabeth Reitell(1920~2001). 1952년 시詩 센터 부원장으로 딜런을 만났고, 뉴욕에서「밀크우드 아래서」의 제작을 맡았다. 딜런의 마지막을 함께한 여인으로 논란의 중심에 섰다. 이후 1950년대 말, 아서 밀러의 비서였고, 몬태나 야생협회에서 평생을 바쳤다.

54 Igor Stravinsky(1882~1971). 딜런 사후, "딜런의 천재성을 알았던 나와 모든 이들에게 엄청난 충격이었다"고 애도했다. 이듬해 그에게 바치는 만가를 작곡했다(*In Memoriam Dylan Thomas*, 1954, 6분, *Do not go gentle into that good night* 노래는 Eric Walter White). '스트라빈스키의 가장 감동적인 작곡 중 하나'로 평가받는다.

11월 4일   통풍과 소화 장애. 아마도 폐렴으로 몸이 아파 세 차례 주사를
           맞음. 마지막 모르핀 주사 이후 코마 상태가 되어 세인트 빈센
           트 병원 입원. 그곳에서 상태 악화.

11월 7일   케이틀린 토머스 뉴욕에 도착.

11월 9일 오후 12시 40분 딜런 토머스 사망.

11월 10일   11월 6일, 「타임스」가 평생 친구 버넌 왓킨스에게 요청한 익명
           의 장문의 추도사 게재('딜런 토머스. 혁신과 전통 *Mr. Dylan Thomas.*
           Innovation and Tradition ').[55]

11월 24일   로언Laugharne의 성 마틴 교회에 매장.

1954

1월 25일   BBC 제3프로그램[56]에서 '목소리 극' 「밀크우드 아래서」 첫 방
           송(제작 Douglas Cleverdon, 음악 Daniel Jones, '첫 번째 목소리' 역
           Richard Burton[57]). 그해 이탈리아 국립방송사RAI 국제 방송상
           '이탈리아 상Prix Italia' 수상.

----

55   마지막 문장. "순수는 항상 역설적이다. 돌이켜보건대, 딜런 토머스는 우
     리 시대 최고의 역설을 보여주었다."(Innocence is always a paradox, and Dylan
     Thomas presents in retrospect, the greatest paradox of our time).

56   BBC Third Programme. 1946~1967년 영국 전역에 송출된 BBC 라디오의 새
     채널로, 1946년 9월 첫 방송 이후, 영국 문화와 지성을 전파하는 데 지대한 역
     할을 했다. 1967년 9월, 'BBC Radio 3'로 개명.

57   리처드 버튼(1925~1984, CBE 훈장). 웨일스 글래모건셔의 작은 마을인 폰트
     리데픈Pontrhydyfen 출신으로 평생 영시와 웨일스 시의 열혈 독자였다. 어린
     시절부터 딜런의 열렬한 독자였고, 평생 그의 지지자였다('리처드 버튼 온라

1961~1963

<u>12월 31일</u>　다큐멘터리 「딜런 토머스」 개봉(감독 Jack Howells, 시나리오 Tony Earnshaw, 내레이션 Richard Burton, 흑백 35mm, 30분). 1963년 4월 8일, 제35회 아카데미 최우수 단편 다큐멘터리 오스카상 수상. 5월 6일, 미국 개봉. 11월 8일, 영국 TV 방영.

1971~1973

<u>8월 26일</u>　영화 「밀크우드 아래서」 베니스 국제영화제 출품(감독 Andrew Sinclair, 출연 Richard Burton, Liz Taylor, Peter O'Toole 등, 87분, 35mm 컬러). 1972년 1월 27일, 런던 개봉, 1973년 1월 21일, 미국 개봉. 영화는 상업적으로 성공하지 못했으나 현재 '고전'으

인 박물관'에서 그의 방대한 독서와 딜런에 대한 애정을 엿볼 수 있다). 딜런 사후 작은 글을 남겼다.＊ 1954년 「밀크우드 아래서」의 녹음에 참여했고('첫째 목소리' 역), 1972년 영화 「밀크우드 아래서」에 부인 리즈 테일러와 함께 참여했다. 그의 장례식에서는 유언에 따라 '*Do not go gentle into that good night*'이 낭송되었고, 딜런의 『시 전집』 한 권이 함께 매장되었다.

　＊ (일부) "그는 대장master, 나는 부하follower였다. 그는 늘 '화이트 호스White Horse' 펍으로 직행했고, 우리 모두는 독수리 떼처럼 그의 둘레에 모여들었다. 개중에는 그에게 전혀 관심이 없던 사람들도 끼어 있었다(……) 그는 놀라운 입담을 지녔고, 내가 아는 최고의 이야기꾼이었다. 어떤 이는 단지 그가 말하는 것을 들으려고 몇 시간을 있었다. 새 청중이 생기면 그는 뚝딱 놀라운 이야기 하나를 만들었다. 그의 멋진 육성이 울려 퍼지면 온 술집이 귀를 기울였고, 그의 모자 뒤로 생생한 이미지가 쑥쑥 튀어나왔다"(Melvyn Bragg, *Rich: The Life of Richard Burton*, Hodder & Stoughton, 1988, p.211에 재인용).

로 재평가됨. 2012년, 감독이 웨일스에 저작권을 기부. 2014년, 딜런 탄생 100주년 기념 디지털 복원, 재개봉.

1982

<u>3월 1일</u> 웨스트민스터 사원 '시인의 코너'에 기념 명판 설치(1977년, 딜런 애호가인 지미 카터 대통령이 영국 공식방문에서 제안).

DYLAN THOMAS

27 OCTOBER 1914

9 NOVEMBER 1953

Time held me green and dying

Though I sang in my chains like the sea[58]

Buried at Laugharne

1994

<u>7월 31일</u> 케이틀린 토머스, 시칠리아 카타니아Catania에서 80세로 사망. 유언에 따라 로언의 성 마틴 교회, 딜런의 곁에 묻힘.[59]

58　"나는 사슬 속에서 바다처럼 노래하였지만 / 시간은 나를 푸르게 또한 죽어가게 하였지"(「펀 힐 농장」, 이상섭 옮김, 앞의 책, p.122).

59　친가와 자식 모두를 놀라게 한 유언이었다. 딜런 사후, 케이틀린은 1957년 9월, 아이들과 함께 영국을 떠나 로마로 갔다. 동행한 배우겸 작가 고든Cliff Gordon은 동성애자였고, 그녀의 술친구에 불과했다. 그해 말, 한 식당에서 시칠리아 영화감독 파지오Giuseppe Fazio를 만나 동거를 시작, 죽을 때까지 함께

1995~2001

1995년, '문학의 해'를 기념, 1825년에 세워진 스완지의 상징 길드홀Guild-hall 건물을 새롭게 단장하여 웨일스 국립문학센터 '티 렌Ty Llên'(문학의 집)으로 개관(카터 전 미국 대통령 참석). 1998년, '딜런 토머스 센터'로 개명. 2001년, 딜런 토머스 전시회.

2002

<u>1월 31일</u>   다큐멘터리 '*Dylan on Dylan*' 영국 개봉(제작 Timon Films, 시나리오 및 감독 Andrew Sinclair, 음악 Brian Gascoigne, 출연 Richard Burton, Liz Taylor, Peter O'Toole, 딸 Aeronwy 등, 65분).

2003

<u>11월 22일</u>   딜런 사망 50주년 기념, BBC TWO 다큐멘터리 시리즈 'Arena'에서 딜런의 생애와 작품을 새롭게 조명한 「딜런 토머스. 무덤에서 요람까지」 방영(*Dylan Thomas: From Grave to Cradle*, 감독 Anthony Wall, 시나리오 및 내레이션 Nigel Williams, 60분; 2009년 5월 16일, BBC FOUR 재방영).

했다. 마흔아홉에(1963) 아들을 낳아 딜런의 성을 따랐다(Francesco Dylan). 딜런에 관한 몇 권의 책을 남겼다(*Leftover Life to Kill*, Putnam, 1957, 239p.; *Not Quite Posthumous Letter to My Daughter*, Putman, 1963, 174p.; George Tremlett 공저, *Caitlin: A Warring Absence*, London, Seeker & Warburg, 1986, xvi, 212p.). 전기는 Paul Ferris, *Caitlin: The Life of Caitlin Thomas*, London, Hutchinson, 1993, 320p. 그녀에 관한 상세 자료는 사이트 'Caitlin Thomas: Learning more'(David N. Thomas).

2006

'딜런 토머스 상Dylan Thomas Prize' 창설. 1980년대에 'Dylan Thomas Award' (상금 1,000£)가 있었으나, 재정부족으로 중단. 2006년 스완지 소재 미국 기업 EDSElectronic Data Systems의 후원으로 새롭게 재개. 2010년 3회까지 격년 시상, 2011년부터 매년 시상(상금 3만 파운드). 자격은 40세 미만 영어권 작가, 응모는 출판사, 편집자, 에이전트(극작품은 제작자), 분야는 딜런이 활동한 모든 창작 분야(시, 소설, 단편, 산문, 드라마, 연극, 시나리오).

2013

7월 1일　　탄생 100주년 홍보대사 웨일스 공Prince of Wales 찰스 왕세자, '보트 하우스' 방문.

2014

100주년 사이트 (dylanthomas100.org).

3월 25일　　탄생 100주년 기념우표 공식 발행 (아래 사진).

4월~11월　　탄생 100주년 행사(스완지, 웨일스, 런던에서 30여 공식행사).

　　9월 3일~5일　　탄생 100주년 학술회(스완지 대학).

　　9월 5일~12월 24일　　육필 원고 전시회('티 렌').

4월 30일　　BBC One Wales에서 딜런의 마지막을 그린 드라마「뉴욕의 시인」방영(A Poet in New York, 시나리오 Andrew Davies, 감독 Aisling Walsh, 딜런 토머스 역 Tom Hollander, 케이틀린 역 Essie Davis, 말콤 브리닌 역 Ewen Bremner, 리즈 라이텔 역 Phoebe Fox, 60분; 75분판은 BBC Two에서 5월 18일 방영).

11월~12월　　19편의 시가 적힌 5번째 노트 발견. 12월, 소더비 경매에서 스

100주년 기념우표

완지 대학에 낙찰(「싸움」의 주 H 참조).

2015

5월 14일   「밀크우드 아래서」의 뉴욕 초연(1953년 5월 14일)을 기념한 '세
계 딜런 토머스의 날International Dylan Thomas Day' 창설. 이후 매년
이날 세계 각국에서 다양한 행사.

부록

Swansea Grammar School Magazine, 1903년 11월호 표지.
'Virtue and Good Literature'(인성과 양서)

말썽쟁이 개의 노래 (1925년 12월)

Song of a Mischievous Dog, in *Swansea Grammar School Magazine*[1], Vol. 22, No 3, p.74.

많은 이들이 말하지. 개도 한철이 있고,
고양이 목숨은 여러 개라고.
다른 이들은 이렇게 생각하지. 바닷가재는 분홍이고,
벌은 절대 벌집 속에서 일하지 않는다고.
아, 수는 적지만 이렇게 주장하는 이들도 있지. 말은
머리에 뿔이 하나 혹은 두 개라고.
그리고 암말이 새둥지를 만들 줄 안다고 낄낄대는 친구는
붉은 당나귀만큼이나 드물지.

----

1   *Swansea Grammar School Magazine*. 월간으로 창간, 1903년부터 연 3회 발행했다.
     딜런은 한 학년 상급생인 퍼시 스마트_{Percy Smart}(1912~1991)와 함께 편집을 도
     맡았고, 1930년 여름 퍼시의 졸업 후에는 딜런 홀로 편집과 살림을 꾸렸다. 그
     는 매호 한 편에서 많게는 (졸업년도인 1931년 7월호에) 4편의 글을 발표했고,
     졸업 후인 1933년 두 호에도 시와 산문을 발표했다(총 29편의 시, 단편, 산문,
     극작품).

어쨌든 뭐니 뭐니 해도 나도 행복의 순간이 있고,
난 뼈를 귀히 여겨 사랑하기에,
혹 그게 과자일까 싶어도 일단 달려들고,
토끼와 돌멩이를 즐겨 쫓고 또 쫓지.
허나 내 가장 큰 기쁨은 제대로 문,
포동포동하고 맛난 종아리.
그러니 혹 한입 가득 물었어도
날 너무 잔인하다 여기지 마시기를.

부록 2

패밀라 핸스포드 존슨에게 보낸 편지 발췌 (1933~1934)

in *The Collected Poems of Dylan Thomas*, ed. John Goodby, W&N, 2014, p.270~272.

1933년 10월 15일

나는 블레이크를 뒤따르고 있지만, 그분보다 너무 뒤처진 나머지 그분의 발뒤꿈치에 달린 날개만 보입니다. 난 아주 어릴 적부터 시를 써왔고, 늘 같은 문제를 가지고 씨름하고 있습니다. '가사 그리기' 같은 재주와는 전혀 다른 것으로서 시의 개념과, 섬세하지만 일상적인 감정을 몇 개의 잘 고른 언어로 표현해내는 것에 대해 고심해온 겁니다. 타협은 있을 수 없습니다. 단 하나의 적절한 단어는 언제나 존재합니다. 그러니 그 단어가 불러일으키는 상스러운 연상이나 터무니없는 연상에도 불구하고 그걸 써야 합니다. 내가 (「내가 두드렸을 때*Before I knocked*」에서) '배신double-crossed'이라는 단어를 쓴 건, 하려는 말이 그것이기 때문입니다. (……) 시는 스스로 형태를 찾아갑니다. 형태를 덧붙여서는 안 됩니다. 시의 구조는 언어와 그 표현으로부터 생겨나야 합니다.

1933년 11월 초

당신이 내 시에서 흉하다고 하는 것은 사실, 육체적인 것의 강조에 불과합니다. 나의 거의 모든 이미지는 눈에 보이고 손에 잡히는 육체의 세상으로부터 나온 것이므로, 그 조상에 따라서 배열됩니다. 피상적인 아름다움과 피상적인 추함을 대조시키기 위해서, 나는 나무와 철탑을 대조시키지 않고 (……) 그보다는 인간의 팔다리와 인간의 내장을 대조시키죠. 물론, 깊이 들여다보면 이 모든 대조적인 것들은 똑같이 아름답고 똑같이 추합니다. 연상에 의해서만, 몸에서 버려지는 것이 몸 자체보다 혐오받는 것이죠. (……) 식탁에 앉은 모습은 예의바르고, 화장실에 앉은 모습은 예의에 어긋납니다. 결정하기 따라서는 축하 파티는 화장실에서 하고, '먹고 마신다'는 말만 꺼내도 몹시 부적절한 행동이 될 수도 있었을 겁니다. (……) 어째서 육체의 강조가 흉측한 것으로 간주될 수 있는지 도저히 모르겠습니다. 몸, 그 모습, 죽음, 질병은 사실입니다. 나무의 사실만큼이나 확실한 것이죠. 육체도 나무와 같은 흙에 그 뿌리를 두고 있습니다. 우리가 가진 '흙의 성질'에 대해 내가 아는 최고의 묘사는 존 던John Donne의 「헌신Devotions」에 나오는데, 그 시에서 던은 인간이 흙 중의 흙이며, 몸은 흙이요, 머리카락은 땅에서 자라는 야생 관목이라고 묘사합니다. 그러므로 한 가지 생각이나 행동의 묘사는, 그것이 아무리 난해하다 해도, 육신의, 그 살과 피부, 혈액, 힘줄, 핏줄, 분비선, 기관, 세포나 감각으로 번역될 수 있습니다.

나의 작은, 뼈대가 연결해주는 섬으로부터 나는 알고 있는 모든 것을 배웠고, 모든 것을 경험했고, 모든 것을 감지했습니다. 내가 쓰는 모든 것은 그 섬과 불가분의 관계입니다. 그러니 나는 가능한 그 섬의 모습을 이용해서 생각의 모습을 묘사하고, 몸의 진동을 이용해서 심장의 진동을 묘사합니다.

1933년 12월 25일

당신은 당신이 '참새sparrow'와 함께하며, 따라서 당연하게도, '화살arrow'
과 함께한다고 고백했습니다. 그렇게 된다면 당신은 수레barrow와도 함께
한다고 할 수 있을 겁니다. 그렇다고 하니까요. 건방지게 굴려는 게 아닙
니다. 단지…… 그런 글이 얼마나 '근본적으로' 잘못된 것인지 보여주려
는 것뿐입니다.

나는 바람과 함께하는 자요, 미풍과 함께하는 자이며,

들판을 잠기게 하는 폭우와 함께하는 자요,

나는 시내와 함께하는 자요, 바다와 함께하는 자이며,

곡식 속에 잠든 구더기와 함께하는 자이다.

(……) 거기엔 '톰 콜리 아저씨와 모두들' 같은 부분이 너무 많아요. 우선,
독자는 당신이 이 모든 것과 함께한다고 믿는다는 걸 믿지 않습니다. 그
걸 독자에게 증명해야 하는데, 당신과 관련되었다고 하는 것을 줄줄이
나열한다고 해서 증명할 수는 없을 겁니다. 언어와 이미지의 마술을 써
서, 그 관계가 사실임을 독자에게 분명히 보여주어야 합니다. 그런데 "내
피는 장미의 혈관에서 뽑아낸 것이며"라는 구절에서만 당신은 증거를 제
공하고 있습니다. (……) 당신이 자신과 다른 것들의 관계를 줄줄이 말하
고 있지만, 시 속에는 당신이 예로 들어 보이는 이것들과의 관계가 존재
하지 않습니다. 당신이 제비와 함께하고, 장미와 함께하는 자라면, 장미
는 제비와 함께하는 자입니다. 당신이 말하는 이런 것들을 함께 연결시
키도록 하세요. 당신의 언어와 이미지로 당신의 살이 어떻게 나무를 감
싸고, 나무의 살이 당신을 감싸는지 보여주세요. 물론, 당신이 어떤 작업

을 했는지 알고 있습니다. "나는 정반대의 것들과 함께하는 자"라고 말하고 있죠. 나는 당신이 그런 사람임을 알고 있지만, 당신과 정반대의 것들을 연결하고, 그 정반대의 것들을 서로 연결시킴으로써 내게 그 말을 증명해야 합니다 (⋯⋯).

1934년 5월 2일

모든 작가는 언어를 향해서 혹은 언어로부터 작업한다는 이론을 당신에게 말한 적이 있나요? 이야기한 적이 있다 하더라도 다시 이야기할게요. 그건 사실이니까요. 당신이 좋아하는 어떤 시인이나 소설가도 '언어로부터' 작업하거나, '언어를 향해' 나아가며 작업합니다. 리얼리즘 소설가, 가령 베넷[1]은 사물을 보고, 듣고, 상상하고, (그리고 물질세계나 물질적으로 지적인 세상의 모든 것들을) 그리고 그런 경험을 표현하기에 가장 적합한 매체로 언어를 찾아갑니다. 반면 셸리 같은 낭만주의 시인은 우선 자신의 매체이고, 매체를 통해 자신이 보고, 듣고, 생각하고, 상상하는 것을 표현합니다.

---

1 Arnold Bennett(1867~1931). 다작의 소설(40여 편), 논픽션(20여 편), 연극(12편), 시나리오(7편), 오페라(1편)를 남김.

헨리 트리스에게 보낸 편지 발췌 ('나의 변증법')(1938)

in *The Collected Poems of Dylan Thomas*, ed. John Goodby, W&N, 2014, p.273~275.

1938년 3월 23일

(……) 캐머론과 마지[1] 말입니까. 캐머론의 시를 나보다 더 우러러보는 사람은 없을 것이고, 마지의 시도 애정은 한 방울도 없지만 존중하는 바입니다. 하지만 당신이 내게 캐머론이나 마지처럼 "하나의 이미지를 중심으로 에워싸는 동심원적인 움직임"이 없다고 할 때, 중심 이미지를 에워싸며 동심원적으로 움직이는 것은 내가 의식적으로 피하는 방법이라

----

[1]   Norman Cameron(1905~1953). 딜런이 가장 귀히 여긴 스코틀랜드 시인. 독학으로 작가가 되었고, 70여 편의 시를 남겼다. 딜런 사망 6개월 전 뇌출혈로 사망했다. 비용, 볼테르, 발자크, 랭보 등 다수의 프랑스 문학을 번역했고, 『히틀러의 탁상 대화*Hitler's Table Talk*』(1941~1944)를 공역했다(시집. *The Winter House*, 1935; *Work in Hand*, 1942, 공저; *Forgive Me, Sire*, 1950; *Collected Poems 1905~1953*, 1957; *Collected Poems and Selected Translations*, ed. Warren Hope, Jonathan Barker, 1990); Charles Henry Madge(1912~1996). 시인, 기자, 사회학자. 1937년 개설한 사회연구소 '대중관찰Mass-Observation'의 설립자로 더 유명하다(시집. *The Disappearing Castle*, 1937; *The Father Found*, 1941; *Of Love, Time and Places: Selected Poems*, 1994).

는 사실을 고려하지 않은 겁니다. 캐머론의 시에는 하나 이상의 이미지가 '필요하지' 않습니다. 그의 시는 한 가지 아이디어를 중심으로, 하나의 논리적인 지점에서 다른 지점으로 움직이며 원을 그립니다. 내가 쓰는 시에는 많은 이미지가 '필요합니다'. 그 중심이 수많은 이미지이기 때문입니다. 나는 하나의 이미지를 만들고 – '만든다'는 적당한 표현이 아닙니다. 나는 하나의 이미지가 내 속에서 감정적으로 '만들어지게' 한 뒤 그것에 내가 갖고 있는 지적, 비판적 힘을 적용합니다 – 그 이미지가 다른 이미지를 낳게 하고, 그 이미지가 첫 이미지와 상충되게 하고, 다른 두 이미지가 함께 만든 세 번째 이미지가 네 번째 상충되는 이미지를 만들게 하고, 그 모든 이미지들이 내가 부여한 형태의 한계 속에서 서로 충돌을 일으키게 합니다. 각각의 이미지는 그 속에 자신을 파멸시킬 씨앗을 품고 있으며, 이처럼 나의 변증법my dialectical method은 중심의 씨앗으로부터 싹트는 이미지를 끊임없이 쌓아가고 무너뜨리는 작업으로서, 그 자체로 파괴적이며 동시에 건설적인 것입니다.

이 말을 다시 읽어보면, 정말이지 허튼 소리 같다는 데 나도 동의합니다. 내가 이미지들이 새끼를 낳고 상충하게 '둔다'는 말은 시 쓰기에서 나의 비판적 역할을 부인하는 것입니다. 하지만 내가 설명하려는 것은 — 내게도 모호한 것이기는 하나 — 내 모든 시 속에 깃든 생명력은 중심 이미지 주위를 동심원적으로 움직일 수 없다는 것입니다. 그 생명력은 중심으로부터 나와야 합니다. 이미지는 다른 이미지에서 태어나고 죽어야 합니다. 그리고 내 이미지의 모든 시퀀스는 창조와 재창조, 파멸과 상충의 시퀀스가 되어야 합니다. 나는 동기가 되어주는 하나의 경험으로부터 시를 만들어낼 수 없습니다. 캐머론이나 다른 이들은 그렇게 하고, 그렇기에 그와 다른 시인들이 중심 이미지를 가지고 시를 쓰는 것이 설명되지요. 나는 시 전체를 관통하는 하나의 연속된 행위가 존재한다고는 믿지만, 그것은 서사를 통한 명징함을 목표로 하는 지적인 것입니다. 나의 목표는, 당신 말대로, 전통적인 방식으로 '상황을 정리하는 것'입니다. 이미지들 사이의 불가피한 충돌 - 동기가 되는 중심, 서로 충돌하는 것들이 가득한 자궁이 지니는 창조적이고, 재창조적이고, 파멸적이고, 상충되는 본질 때문에 불가피하다고 하는 것이죠 - 로부터, 잠시 동안의 평화를 만들고자 하는데, 그것이 바로 시입니다. 나는 내 시가 시를 탄생시키는 시간의 살아 있는 흐름 바깥에 단정한 원형으로 정렬시켜놓은 경험이 되기를 바라지 않습니다. 그렇게 될 수도 없고요. 내 시는 모든 방향으로 흘러가는 흐름 속에서 물이 스며들지 않는 한 구간입니다. 그렇게 되어야 합니다. 그 속의 온갖 상충하는 이미지들은 잠시 정지하는 그 시간 동안 화해하는 겁니다. 초기에 쓴 내 시들이 긴 시 한 편의 일부인 것처럼 보인다는 데 나도 동의합니다. 그건 내가 적절한 순간에 내 이미지들과 짧은 평화를 이루는 데 성공하지 못했기 때문입니다. 이미지들이 형태의 한계 위에 대롱거리며 매달려 있었고, 시를 다른 시로 끌고 갔습니다. 상충하는 흐름은 불안정한 벽을 넘어 흘러갔고, 완전한 휴전 상태를 어찌 어찌 끌어내기 위해 앞뒤가 맞지 않는 점과 대시 부호들이 이어졌습니다.

1938년 5월 16일

내 시 대부분은 두려운 예상에 대한 질문과 거기서 오는 공포, 두려움의 발견과 그 대면임을 나도 압니다. 내 속에는 야수와 천사, 광인이 들어 있고, 내가 알고자 하는 것은 그들의 작업이며, 내 문제는 그들의 통제와 승리, 패배와 봉기이며, 나의 노력은 그들의 자기표현입니다. 동봉하는 새

시 「내 동물은 어떻게*How Shall My Animal*」는 상세한 질문입니다. 그리고 이 시 역시 그 질문의 결과이며, 현재로서는 내가 닿을 수 있거나 희망할 수 있는 최대치입니다. 모든 시가 그렇듯이 이 시는 그 자체의 질문이자 대답이며, 그 자체의 상충이자 합일입니다. 내가 당부하고자 하는 것은 오로지 내 시를 문자 그대로 받아들여 달라는 것입니다. 시의 목적은 시 자체가 남기는 자국입니다. 그것이 바로 총알이자 과녁이며, 칼과 성장, 환자입니다. 시는 그 자체의 끝, 즉 마지막 행을 향해서만 움직입니다. 그 이상은 무엇이든지 시 전반(poetry)의 문제이지 주어진 시 한 편(poem)의 문제가 아닙니다. 그것이 나의 비평적 주장입니다. 비평이라는 말을 할 수 있다면 말입니다. 나머지는 시적 주장이며, 시에서만 개진할 수 있습니다. (……) 참, 스티븐 스펜더는 얼마 전 올해의 시 리뷰에서 이렇게 말했습니다. "토머스의 시는 수돗물처럼 틀어진다. 그것은 시작도 끝도, 형태도 지적인 통제도 이해가능한 통제도 없는, 시 같은 것에 불과하다." (……) [하지만] 사실 스펜더의 말은 진실의 정반대입니다. 내 시들(poems)은 형태를 갖추고 '있으며', 수돗물처럼 틀 수 있는 것이 결코 아니며, '물이 스며들지 않는 부분'입니다. 모호성은 대부분 철저히 압축하기 때문입니다. 내 시는 결코 흘러가지 않습니다. 그보다는 오히려 잘 다듬어 놓은 것이죠. 사실 스펜더는 형태에 대해 아무것도 모릅니다. 그의 시(poetry)는 시 전반(poetry)과 매우 비슷하고 시(poems)와는 너무 동떨어져서 그의 작품 대부분이 얼마 지나지 않아 조지 왕조시대[1714~1830] 졸작들만큼이나 읽을 수 없는 것이 될 겁니다.

1938년 7월 6일 혹은 7일

당신이 내 시에, 「서류에 서명한 손*The hand that signed the paper*」 이외에는 사회

의식이 결여되어 있다고 말한 것이 흥미로웠습니다. 나는 대체로, (대열을 갖춘 사상가들과 제복을 입은 시인들과는 반대로) 반사회적이지만, 매우 사교적이기는 합니다. 하지만 내 시에 사회의식이 없다고 - 사회와 접촉하는 증거가 없다고 - 하다니 알 수 없는 소립니다. 내가 사용하는 이미지의 대다수가 영화, 축음기, 신문에서 나오고, 요즘 널리 쓰는 속어와 클리셰, 말장난을 사용하니까요. 당신이 한 말은 내 시가 (인간의 행복을 획득하고 '관리'한다고 하는) 정치에 무관심하고, (비감상적인 폭로이며 행복 혹은 다른 어떤 단어도 불행보다 중요하지 않은) 시에만 관심을 갖는다는 뜻이었음을 나도 물론 압니다. (원하신다면 좀 더 자세히 설명해드리겠습니다. 그렇다고 모호한 말은 아니지만, 좀 더 부연하면 어떻게든 도움이 될 수도 있으니까요.) 하지만 당신 말을 들어보니 당신은 사실 내가 주위 환경을 알지 못하고, 사회에서 동떨어져 접촉이 없다고 여기는 것 같습니다. 내가 비틀거리는 다람쥐 한 마리를 히틀러의 침공이나 에스파냐에서 일어난 살인, 가르보-스토코프스키의 연애, 왕족, 홀릭스Horlicks 음료, 사형, 탄광 사고, 조 루이스, 사악한 자본주의자들, 성스러운 공산주의자들, 민주주의, 디 애시스 크리켓 대회The Ashes, 영국 국교회, 산아제한, 예이츠의 음성, 내가 움직이고 돌아가는 세상의 기계들, 펍-아기-날씨-정부-축구-세대차-속도-립스틱, 온갖 작은 억압들, 자산 조사, 파시스트의 분노, 신문, 지나가는 번개, 분출, 방귀, 실패한 기획, 손풍금, 주석 피리, 곡사포, 죽어가는 사람들이 내는 작은 소리, 내가 먹고, 마시고, 사랑하고, 일하고, 증오하고, 기뻐하며 살아가는 세상에서 쏟아져 나오는 신음소리들과 똑같이 중하게 여긴다는 말이라면, 당신 말이 옳습니다. 하지만 나도 이런 것늘을 의식하고는 있습니다.

『젊은 개예술가의 초상』, 초판 표지 문안

Dent, 1940.

딜런 토머스는 이 책에서 그가 이제껏 보여준 작품들의 놀라운 독창성이 그의 삶에 어떻게 뿌리를 둔 것인지를 보여주고 있다. 비록 픽션의 형태를 빌렸지만 그동안 숱한 비판적 논쟁을 야기한 젊은 시인은 여기서 런던으로 오기 전 웨일스에서 보낸 시절의 소년, 학생, 청년으로 등장한다. 그는 이야기에 사실성을 도입했고, 여기에 선명한 인물들, 기발하고 유머러스한 사건들, 뜻밖의 반전과 공포, 그리고 사랑과 증오의 불꽃을 가미함으로써 이야기를 풍성하게 만들었다. 자신과의 독특한 간극에서 그의 시를 이해할 수 있는 한층 선명한 길이 보인다. 그것은 바로 사람과 사건에 대한 영민하고 재빠른 이해에 기반하고 있음을 증명하고 있다. 저자는 그의 세 번째 책에서 이제는 누구나 인정하는 그의 블레이크풍 상상력에 드라마 감각을 더하고 있다. 단편 「타웨가 흘러가는 곳」은 저자가 얼마나 멋지고 순수한 이야기꾼의 재능을 지녔는지 보여준다.

이 책은 딜런 토머스의 첫 책이 출간된 이후 일어난 논쟁과 그것으로 야기된 수많은 현재진행형 논의들을 해결해줄 것이고, 동시에 그의 비판자와 옹호자 모두를 설레게 할 더 많은 논의를 제시할 것이다. 분명 『젊은 개예술가의 초상』은 이 분야 최고의 대담하고 도발적인 책 중 하나다.

주

복숭아

A *The Peaches*

발표: *Life and Letters To-day*, Vol. 19, № 14, 1938년 10월호, p.76~95.

초판: p.7~39. 대화 문장을 늘리고, 욕설 하나를 약어로 수정.

B **'J. Jones, Gorsehill', 'The Hare's Foot', 'The Pure Drop'**

실재와 가상, 추억과 환상이 뒤섞인 이름들이다. 일종의 자전소설인 이 단편집의 전체적인 특징이다. "토머스는 그가 어렸을 때 접한 장소와 그가 들은 인물들의 행적을 글 쓸 당시의 장소와 인물들과 섞고 중첩시켰다. 그는 어린이의 상상의 세계에 본래의 모습을 변형시킨 가상의 인물들과 가상의 장소들을 뒤섞고 더했다"(Denis Roche, 프랑스어판, Seuil/Points, 2013, p.7~8). 딜런은 고향 스완지와 카마던셔 랜스티팬Llanstephan의 이모네들이라는 두 개의 유년을 평생 간직했고, 그중 큰 이모 앤Ann이 편힌Fernhill 농장을 가장 사랑했다. 'Gorsehill'은 가상의 지명으로, 금작화, 갈대, 양치류가 무성했던 펀힐을 고스란히 반영하고 있다고 한다(참조. David N. Thomas, 'A True

Childhood: Dylan's Peninsularity', in *Dylan Thomas. A Centenary Celebration*, ed. Hannah Ellis, Bloomsbury Continuum, 2014, p.7~29). 'gorse'(금작화, 가시양골담초, 학명 Ulex europaeus)는 지중해성 콩과 식물로, 스완지 는 물론 영국 전역에 퍼져 있고, 최근 온난화로 번식이 가속되었다 (높이 약 2미터, 노랑 꽃, 줄기에 가시, 가시 모양 잎); 'J. Jones'는 이모 앤 존스Ann Jones(1862~1933)의 성에서 이모부 제임스 존스James 'Jim' Jones(1864~1942)와 중첩되고, 작중 '애니'는 이모의 실제 이름과 겹친 다. 괴팍하게 그려진 '짐 아저씨'처럼 실제로 "앤의 친척들은 짐 존스 를 '최악의 남자a terrible man', 게으른 사람에 술꾼이라고 했다. (……) 1940년, 이 책이 나오고 2년 뒤 그가 사망했으니까 혹 누가 그에게 책 을 전해주었다면 자신의 모습을 어렵지 않게 발견했을 것이다"(Paul Ferris, *Dylan Thomas. The Biography*, Phoenix, 1999[1977], p.30). 앤 이모와 각 별했던 딜런은 1939년 세 번째 시집『사랑의 지도』에 헌시「장례식 후After the funeral. In memory of Ann Jones」를 수록했고, 이를 1942년 웨일스의 한 예술 출판사(Caseg Press)에서 500부 한정판 낱장(273x185mm) 출 간한다. 1945년에는 펀힐의 추억을 담은「펀 힐Fern Hill」을 발표했다; 'The Hare's Foot', 'The Pure Drop'은 가상의 펍.

C **grammar school**

'문법학교'는 당시 학제로 중고등학교에 해당한다. 딜런은 1925년 9월부터 1931년 8월까지 재학했다. 1682년, 설립자 고어Hugh Gore (1613~1691) 주교의 이름을 딴 'Bishop Gore School'로 개교, 1853년, 'Swansea Grammar School for Boys'로 개명, 이후 수차 이름이 바뀌었 다가 원래의 이름을 되찾았다. 1988년, 1869년에 건립된 옛 건물을 '딜런 토머스관'으로 명명하였다. 2013년, 웨일스 우수 학교 2위에 선정되었고, 가장 유명한 동문은 딜런 토머스다.

D **Gwilym**

영어의 'William'에 해당하는 웨일스어. 앤 이모네 외아들의 실제 이름은 이드리스Idris Jones(1897년생)였다. 딜런에게는 외사촌이 다섯 명 있었고, 그중 남자가 셋이었는데, 둘은 딜런이 세 살이 되기 전에 죽었다고 한다. 당시 어린 딜런과 지낸 남자 외사촌은 이드리스가 유일했고, 작중 "스무 살이 다 된 키 큰 청년" 그윌림과 달리 이미 30대였다. 앤 이모네는 1908년 크리스마스에 펀힐로 이주했다고 한다.

E **Neath**

스완지 북동쪽 11킬로미터 떨어진 도시.

F 전형적인 도시 사람으로 그려진 '윌리엄스 부인'은 딜런의 어머니 플로렌스와 친하게 지낸 '바셋 부인Mrs Bassett'을 모델로 삼았다고 한다. 쿰돈킨 드라이브에서 멀지 않은 고지대 로즈힐Rosehill의 큰 집에 살았고, 동네 유지인 전 시장 바셋의 두 번째 부인으로, 부인의 아이들이 입던 옷을 물려받아 쓴 딜런으로서는 좋지 않은 감정을 가졌을 것이라고 한다. 훗날 부인은 이웃처럼 지냈던 딜런이 쓴 글을 보고 지인에게 이런 험한 말을 했다고 한다. "그들[작중인물]이 누구일지 모를 정도로 우리를 멍청이dull로 생각했나 보네요. 하지만 우리는 '그렇게' 멍청이가 아니에요. 절대 그를 용서치 않겠어요."(Paul Ferris, *Dylan Thomas. The Biography*, 앞의 책, p.31~32).

G **harmonium**

오르간과 비슷한 악기

H **Daimler**

1896년 창립한 영국의 고급 자동차 회사(Daimler Company).

Corinne Griffith

1920년대 최고의 인기를 구가한 미국의 무성영화 스타(1894~1979).

할아버지 댁 방문

A ***A Visit to Grandpa's***

발표: *New English Weekly*, Vol. 12, № 22, 1938년 3월 10일, p.431 ~432.
초판: p.40~51.

딜런은 양가 할아버지를 본 적이 없다. 친할아버지(Evan Thomas)는 1911년, 외할아버지(George Williams)는 1905년 사망했다. 어머니 플로렌스에 따르면 작품 속 '할아버지'는 딜런의 외증조부 – 친할머니(Anne Thomas, 본가 Lewis)의 아버지(William Lewis) – 로, 기껏해야 딜런이 네다섯 살 때 아버지로부터 들은 이야기라고 한다. 그는 정원사였고, 1795년 랭거독에서 태어나 카마던에서 오래 살았으며, 1888년 93세로 사망, 작중 '할아버지'의 소원대로 랭거독의 교회 묘지에 묻혔다고 한다(참조. David N.Thomas, 앞의 글).

B **Johnstown, Llanstephan, Llangadock, Carmarthen,**
Carmarthenshire

이 글에서 언급된 존스타운, 랜스티팬, 랭거독, 카마던은 카마던셔 주를 둘러싼 토위Towy. Tywi 강 하구의 마을들이다. 토위 강은 웨일스 전체를 가로지르는, 웨일스에서 가장 긴 강이다(120킬로미터).

C **whippet**

그레이하운드와 비슷한 날쌘 개.

D **Llanstephan**

랜스티팬 – 1970년대까지 'Llanstephan'으로 쓰였고, 현재 공식 표기는 'Llansteffan'이다 – 은 외가 친척들이 6대째 농사를 짓고 살았던 곳이다. 그중 앤 이모의 펀힐 농장은 훗날 「펀 힐」에 행복하게 묘사되었다 (1945년, *Horizon Magazine* 발표, 1946년, 그의 가장 유명한 시집 「죽음과 입구」에 수록. 참조. 『시월의 시』, 앞의 책, p.116~123).

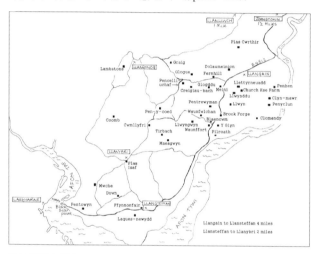

랜스티팬의 농장들_© David N. Thomas, 앞의 글

E **'Edwinsford Arms'**

딜런이 사랑했던 랜스티팬의 펍으로, 그는 이곳의 '어두컴컴한 바와 남자 화장실에 걸린 수사슴 머리'에 열광했다고 한다.

F **Llangadock**

랜스티팬에서 북쪽 랭거독까지는 약 50킬로미터. 참고로, 딜런도 어린 시절 기관지염과 천식을 앓았고, 평생 고생했다.

G   세례 요한 축제의 마지막 날 스틱스 숲에서 행해진 'Mock Mayor Election'으로, 가짜 시장을 뽑는 행사였다. 최근 이벤트로 복원되고 있다고 한다.

H   **Dai Thomas**
'Dai'(/daɪ/)는 'David'의 웨일스어('Dafydd') 약칭.

I   **the coracle**
옛 웨일스 원주민의 동그란 작은 배. 나무통을 파서 불로 단단하게 만든다. 아직도 아일랜드 일부 섬에서 사용한다(Aran, Blasket 제도). 옛 웨일스 뱃사람에게 '코러클'은 바이킹의 '랑스킵langskip'에 비견되는 신성한 배로, 6세기 아일랜드 성자 브렌던Saint Brendan(484경~577경)의 생애를 그린 전설에 따르면 브렌던과 그 제자들도 이 배를 타고 카나리아제도와 아이슬란드를 발견했다고 한다(8세기 후반의『수도원장 성자 브렌던의 항해*Navigatio sancti Brendani abbatis*』, 10세기경의『브렌던의 생애*Vita Brendani*』. 이상 프랑스어판 편집자 주, 앞의 책, p.46). '코러클'은 딜런의 미완성 시 'In Country Heaven'에 한 번 언급되었다("어린 이솝이 코러클이 떠 있는 토위 강가에서 글을 짓네Young Aesop fabling by the coracled Towy").

패트리시아, 이디스, 그리고 아놀드
··

A   *Patricia, Edith, and Arnold*
발표: *Seven*, №7, 1939년 크리스마스, p.4~11.
초판: p.52~70. 약간의 구두점 수정.

딜런의 어머니 플로렌스는 쿰돈킨 드라이브 5번지 집에 하녀 겸 간호사 애디 엘리엇Addie Elliot을 고용했고(주급 6실링), 그녀는 딜런이 태어나기 전 2주 동안 일했다고 한다. 딜런의 산파이기도 한 그녀는 작중 '이디스Edith'의 바탕이 되었다고 한다. 다음은 애디 엘리엇의 증언이다. "다들 애기 때의 그를 사랑했죠. 머리칼이 아주 근사했어요. 오, 아주아주 새하얗고, 대단한 곱슬머리였어요. 아주 흰칠한 아이였죠. 키는 그다지 크지 않았고, 다들 애가 혹 계집애처럼 되지 않을까 걱정이었죠." 또한 어린 딜런은 작중 '소년'처럼 질문이 엄청 많았다고 한다. "그래요. 그는 늘 궁금해 했어요. 이야기를 제대로 들려주어야지 혹 이야기를 만들어내면 아이는 이렇게 말했죠. '어제 한 이야기랑 다르잖아요.' 그래서 항상 정확해야 했어요." (David N. Thomas, 앞의 글) 딜런의 전기를 쓴 폴 페리스의 기술은 다르다. "애디 엘리엇은 딜런이 두 살 때 토머스 네를 떠났다. (……) 이디스는 애디의 뒤를 이은 하녀 servant girl였다"(Paul Ferris, *Dylan Thomas. The Biography*, 앞의 책, p.27, 29).

B **Uplands**

스완지 시에서 서쪽 2킬로미터 떨어진 교외 도시. 쿰돈킨 드라이브 5번지는 딜런의 생가다. 그는 여기서 스물세 살까지 살았다.

싸움

A ***The Fight***

발표: *Life and Letters To-day*, Vol. 23, №27, 1939년 12월호, p.326~339.

초판: p.71~95. 'Mr Daniels'를 'Mr Samuels'로 변경.

「싸움」은 10여 년에 걸친 시공간이 뒤섞여 있다. 작중 '나'는 딜런이

스물세 살까지 살았던 스완지의 딜런(중학생, 월터스 로드, 댄의 집 '웜
리', 스케티, 펜다인 샌즈, 싱글턴 공원, 카도마, 하이 스트리트, 에버슬리
로드 등)인 동시에 1937년 7월, 케이틀린과 결혼 후 6개월간 머물었던
장모네의 딜런이기도 하다(샌드뱅크스, 테라스 로드, 린드허스트 등).

B Tunney

진 튜니Gene Tunney(1897~1978)는 미국의 전설적인 기교파 헤비급 복서.

C the Sandbanks

잉글랜드 남부의 작은 반도. 해변이 유명한 관광지로, 땅값이 세계에
서 손꼽힌다.

D sago pudding

사고 야자나무에서 나오는 쌀알 모양의 흰 전분을 넣어 만든 디저트.

E Pendine Sands

카마던 만의 광활한 모래사장으로(11킬로미터) 20세기 초부터 자동차
레이싱 경기장으로 유명하다.

F Melba Pavilion

원래 이름은 'Patti Pavilion'. 19세기 후반 유럽과 미국을 휩쓴 이탈리
아 소프라노 아델리나 파티Adelina Patti(1843~1919)가 잠시 살았던 스
완지 밸리의 저택이다(참조. James A. Davies, *Dylan Thomas's Swansea, Gower
and Laugharne*, University of Wales Press, 2014).

G *Blue Book*

1920년대 런던에서 출시된 모리스Morris & Sons 사의 담배(*Blue Book
Mixed Cigarettes*).

H my exercise-books full of poems

딜런은 1930~1934년에 걸쳐 4권의 노트에 200여 편의 시를 썼다(46

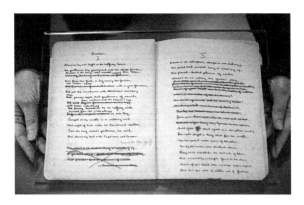

5번째 노트_© *Economist*, 2015년 5월 15일

편, 72편, 53편, 41편). 생전 발표한 92편 중 37편이 이 노트에서 시작되었다(원본. 뉴욕 버펄로대학 도서관; 판본. *Poet in the Making. The Notebooks of Dylan Thomas*, ed. Ralph Maud, Dent, 1968; *Dylan Thomas. The Notebook Poems, 1930~1934*, ed. Ralph Maud, Dent, 1989). 그런데 놀랍게도 2014년 11월, 19편의 시가 적힌 5번째 노트가 발견되었다. "1953년 그의 사망 이후 가장 흥분되는 발견"(100주년판 시 전집 편찬자 John Gooby 교수)이라는 이 노트는 딜런의 장모 이본ʏᵛᵒⁿⁿᵉ ᴹᵃᶜⁿᵃᵐᵃʳᵃ이 하녀(Louie King, 1984년 사망)에게 오븐에 넣고 태울 것을 지시한 것으로, 하녀는 이를 까맣게 잊고 있다가 그의 사망 소식을 듣고 보관했고, 이후 그녀의 유족이 서랍 속에서 발견했다고 한다. 작성 시기는 4번째 노트 이후로 추정된다. 첫 시는 1934년 7월 20일 애인 패밀라에게 보낸 연시 '*All all and all*'(첫 시집 『18편』에 수록)이며, 더불어 그의 가장 난해한 시들(*Altarwise by Owl-light; I, in my intricate image*)이 적혀 있다고 한다. 노트가 발견된 지 한 달 후인 12월, 소더비에서 경매, 스완지 대학에 104,500

파운드(약 1억 6천만 원)에 낙찰되었다(참조. *Guardian*, 2014년 11월 13일자, *Economist*, 2015년 5월 15일자; 판본. John Goodby, *Discovering Dylan Thomas. A Companion to the Collected Poems and Notebook Poems*, University of Wales Press, 2017).

I *Bookman*. 호더 앤 스토튼Hodder & Stoughton(1868년 창립) 출판사가 간행한 유명 월간지(1891~1934). 매월 신간목록, 서평, 삽화, 광고 등을 수록했다. 쪽수는 200~300쪽. 신간은 ① 예술, 시, 순문학, ② 역사, 전기, 여행, ③ 소설, 기타 문학, ④ 아동서로 구분했고, 출판사 및 도서 광고를 게재했다. 매년 '크리스마스 특집호'를 발행했다; Walter de la Mare(1873~1956). 시인, 단편소설가, 아동문학가. 딜런은 1946년 11월 30일, BBC에서 그의 아동문학에 대해 방송했다('*Walter de la Mare as a Prose Writer*'. 1954년『어느 날 아침 일찍이』에 수록); Robert Browning(1812~1889). 시인, 극작가; Stacy Aumonier(1877~1928). 단편소설가; Rupert Brooke(1887~1915). 시인. 제1차 세계대전 중 발표한 전쟁시집『1914년 외 *1914 & Other Poems*』(1915)의 「병사 *The Soldier*」로 유명; John Greenleaf Whittier(1807~1892). 미국 퀘이커교 시인, 노예폐지운동가; *Hope*. 상징주의 화가 왓츠George Frederic Watts(1817~1904)의 그림(1886년, 유화, 142.2×111.8cm, 테이트 미술관).

J **A poem I had had printed in the 'Wales Day by Day' column of the *Western Mail* (……)**

「웨스턴 메일」은 1869년 창간한 웨일스 전국지로, 1927년 1월 14일, '웨일스의 일상' 란에 12세 학생 딜런의 시「그의 조시」를 게재했다(고료 10실링). 1971년, 딜런의 평생 친구 다니엘 존스가 편한『시』(*Dylan Thomas: The Poems*, Dent)가 출간되면서 한 독자(유족)에 의해 이

시가 당시 십대들이 애독한 주간지 「청소년 신문The Boy's Own Paper」 (1879~1967) 1923년 11월호에 게재된 기고자 릴리언 가드Lillian Gard의 동명의 시를 상당 부분 표절한 것으로 밝혀졌다. 결국 이 시는 시집에서 삭제되어 재출간되었다.

K **Walking to his house (……) I recited pieces of my poems.**
'그'는 앞서 말한 다니엘 존스를 말한다('생애' 주 10번 참조). 첫 싸움도 그와의 첫 만남을 묘사한 것이다. 당시 딜런의 나이는 14세인 1929년 여름으로, 그가 노트에 시를 쓰기 시작한 1930년 이전이었으나 이 글을 위해 윤색한 것으로 보인다(참조. *The Collected Poems of Dylan Thomas*, ed. John Goodby, W&N, 2014, p.290). 아울러 「싸움」에 삽입된 시들은 1971년, 존스가 편한 『시』에 수록된다. 뒤에 언급될 '웜리Warm-ley'는 존스의 어린 시절의 집 이름이다.

L **Sketty church**
딜런의 집에서 서쪽 2마일(3.2킬로미터) 떨어진 스케티에 있는 '성 바울 교회St Paul's Church'로, '문법학교' 근방이다(500미터).

M **The Elms, The Croft, Kia-Ora**
영국 명가들의 이름을 딴 가상의 펍들이다. '느릅나무The Elms' 사장에게는 왜 느릅나무가 없냐고 시비하고, '더 크로프트' 여사장에게는 돌멩이를 던지고, '안녕하세요Kia-Ora' 술집에는 문마다 욕을 써놓겠다는 심보다. 'kia ora'는 뉴질랜드 영어화된 마오리족의 인사말이다('안녕', '건강하세요').

N **A woman stood on 'Lyndhurst' steps with a hissing pom**
'린드허스트' 계단은 묘비로 만든 돌계단을 뜻한다. 햄프셔의 유명 관광지 린트허스트에 있는 '성미카엘과 모든 천사 교회St Michael and All

Angels Church'는 묘비로 만든 돌계단이 유명하다고 한다. 거기서 착상한 표현으로 보인다. '폼'은 포메라니안Pomeranian.

O *Waller's rum-and-butter.* 상표명; 에이넌(Eynon). 가워 반도의 한 항구; charlotte russe. 스펀지케이크 속에 크림을 넣은 디저트; Cydrax. 탄산과 사과즙이 든 청량음료 상표명.

P **Would the 'Swans' beat the 'Spurs'?**
'스완스'와 '스퍼스'는 각각 프로축구팀 스완지 시티Swansea City(A.F.C., 1912년 창립)와 토트넘 홋스퍼Tottenham Hotspur(F.C., 1882년 창립)의 애칭.

Q **the Kardomah**
딜런은 보헤미안 예술가들의 모임인 '카도마 갱단The Kardomah Gang, The Kardomah Boys, Kardomah Group'의 일원이었다. 그의 마음의 고향이었다. 시인으로는 문법학교 동문이자 「이브닝 포스트」 동료였던 피셔Charles Fisher(1914~2006), 평생 친구 왓킨스Vernon Watkins(1906~1967), 프리차드John Prichard, 음악가로는 작곡가 다니엘 존스, 화가로는 제인스Alfred Janes(1911~1999), 레비Mervyn Levy(1914~1996), 오웬Mabley Owen, 워너Tom Warner 등이 있었다. '카도마' 카페는 「이브닝 포스트」 건너편 하이 스트리트 옆 캐슬 스트리트에 있던 카페로, 1900~1960년대에 번창했던 잉글랜드와 웨일스의 체인점으로, 현악 4중주 공연을 들려줬다고 한다. 하이 스트리트는 스완지의 가장 번화한 상점가의 중심이었지만 제2차 세계대전 중—1941년 2월, '3일의 야간 공습Three Nights Blitz'—잿더미로 변했다.

R **a Reverend Bevan**
이모부 데이비드 리스David Rees - 엄마의 언니(Theodosia)와 1897년 결혼-는 목사였다. 스완지 근방에서 목회 활동 중 그의 집에 잠시 머문 어린 딜런은 "당신의 머리칼 비듬부터 발가락 티눈까지 다 싫어요 I hate you from your dandruff to your corns"라고 썼고, 이에 그는 딜런이 "정신병원에 들어가야 할 아이"라고 했다고 한다(Paul Ferris, *Dylan Thomas. The Biography*, 앞의 책, p.14). 딜런은 이 글에서 그를 거만한 '비반 목사'로 그리고 있다. 부모의 상이한 종교적 태도가 딜런의 유년에 영향을 미쳤는데 아버지는 공공연한 무신론자였고, 어머니는 규칙적으로 예배에 참가했으며, 어린 딜런은 카마던셔의 스마이나Smyrna 교회, 뉴턴Newton의 보혜사 연합교회에 엄마와 누나와 함께 다녔다고 한다.

S **Richard Dix, Jack Holt**

리처드 딕스(1893~1949)와 잭 홀트(1888~1951)는 20세기 초 무성-유성영화의 미국 스타들이다. 리처드 딕스는 바위처럼 듬직한 이미지, 잭 홀트는 깔끔한 콧수염과 멋진 턱, 날렵한 주먹질로 멋진 터프가이를 상징했다.

T **'Break, break, break, on thy cold, grey stones, O sea'**

테니슨Alfred Tennyson(1809~1992)의 시 「부서져라, 부서져라, 부서져라 *Break, Break, Break*」(1835년 집필, 1842년 출간)의 첫 연.

특이한 리틀 코프

A ***Extraordinary Little Cough***

발표 : *Life and Letters To-day*, Vol. 22, N⁰ 25, 1939년 9월호, p.415~425.

초판 : p.96~114. 문장에 더 많은 대화 추가.

B **George Hooping**

성(Hooping)이 '백일해whooping cough'와 동음. 별명 'Little Cough'는 '꼬마 백일해, 꼬마 기침꾼' 정도의 뜻.

C **the end of the Peninsula**

'반도'는 가워 반도Gower Peninsula를, '반도 끝'은 로실리Rhossili를 뜻한다. 로실리는 가워 반도 남서부 끝 작은 마을로, 본문의 '5마일이나 펼쳐진 바닷가 위 들판'은 현재 5킬로미터에 이르는 유명한 해변과 모래 언덕이다. '문법학교'에서 26킬로미터 떨어져 있다. 참고로, 가워 반도는 1956년 영국 최초 '특별 명승지'에 선정되었다(AONB, Area of Oustanding Natural Beauty, 영국 전체 33곳, 그중 웨일스 4곳).

D **'N.T.'**

딜런의 여덟 살 연상 누나 낸시Nancy Marles Thomas.

E **St Thomas**

스완지 동쪽, 타웨 강 건너편의 공단 지역. 딜런의 어머니가 태어난 곳이기도 하다.

F **'Dempsey would hit him cold.'**

'그him'는 앞 장 「싸움」에서 언급된 '튜니'로 보인다. 그 경우, 작중인물들의 실제 나이가 짐작되지만(12~13세), 여기서는 10대 중반으로 설정되어 있다. 1927년 9월 22일 시카고, 뎀시Jack Dempsey(1895~1983)는 튜니Gene Tunney(1897~1978)와 선수로서 마지막 경기를 치른다. 딱 1년 전인 1926년 9월 23일, 필라델피아에서 뎀시가 튜니에게 헤비급 챔피언을 앗긴 뒤 벌어진 리턴매치였다. 전설의 매치, 일명 'The Long Count Fight'로, 이런 이름이 붙여진 것은 튜니가 7라운드에서 다운당했을 때 뎀시가 중립 코너로 가지 않아 레퍼리가 3~8초 동안 카운

트를 하지 않았고, 결국 10라운드 종료 후 뎀시의 판정패로 끝나면서
이후 큰 논란이 일었다고 한다. 당시 파이트머니는 사상 최초 2백만
달러를 넘었고(265만 달러), 튜니는 100만 달러를 받았다(현재 1,500만
달러 상당). 뎀시는 미국 프로복서로(1914~1927), 현대 권투 최초의 스
타였고, 헤비급 세계챔피언이었다(1919~1926). 1920년대 상징적 인물
로, 공격적 스타일과 괴력의 펀치로 권투 역사상 가장 인기 높았던 선
수다. 사상 최초 1백만 달러 파이트머니, 관중 동원에서도 세계기록
을 세웠다. 화가 벨로스George Bellows(1882~1925)의 그림 「뎀시와 피르
포」가 유명하다(*Dempsey and Firpo*, 1924, 캔버스에 유화, 129.9×160.7cm,
Whitney Museum of American Art).

G **Ben Evan's store**

'Ben Evans store'는 1895년 스완지 옛 시장 자리에 세운 웨일스 최초
의 백화점으로, 스완지의 자랑이었다. 고급 상품과 엄격한 품질관리
로 '웨일스의 해러즈Harrods of Wales'로 불렸다(해러즈는 1849년 창립).
프랑스풍 건축물로, 제2차 세계대전 당시 독일의 폭격으로 잿더미로
변했다.

H **Porthcawl**

스완지에서 남동쪽으로 31킬로미터 떨어진, 브리스틀 해협을 바라보
는 유명 해수욕장.

I *No, No, Nanette*

브로드웨이 연극(*My Lady Friends*, 1919)을 각색한 뮤지컬 코미디로
(1925), 그해 브로드웨이와 런던 웨스트엔드에서 사각 321회, 665회
장기 공연했다. 가장 유명한 두 노래는 *Tea for Two, I Want to Be Happy*.

J **_Tea for Two_** (일부)

"내 무릎 위 당신이 보여요. / 둘만을 위한 차, 차를 마시는 우리 둘, / 당신만 바라보는 나, 그리고 오직 나만을 위한 당신. / 우리 옆엔 아무도 없어요. 우릴 보거나 듣는 누구도, / 친구도 친척도 안 보여요. / 오늘은 주말 휴일이에요. / 알리고 싶지 않아요, 자기야, / 우리에게 전화가 생겼다는 걸, 자기야. / 해가 뜨면, 당신은 일어나 / 설탕 케이크를 굽기 시작하죠. / 내가 먹을 케이크, / 훗날 사내아이들이 먹을 케이크를. / 우린 가정을 꾸릴 거예요. 당신에겐 아들, 내겐 딸. / 보이지 않나요? / 우리가 얼마나 행복할지?"

개처럼 말이야

A **_Just Like Little Dogs_**

발표 : *Wales*, № 10, 1939년 10월호, p.255~260.

초판 : p.115~128. 마지막 '톰'의 대화에 여자들의 이름을 언급, 결론에 작은 반전을 가했다. 기타 몇몇 단어 변경, 문장 추가.

B **Fishguard Alley**

가상의 골목길. 피시가드 암즈Fishguard Arms 펍이 실재했던 것으로 보아 그 펍이 있던 골목길 캐슬 레인Castle Lane으로 짐작된다. 잭 스티프Jack Stiff는 「가르보 할머니」에도 등장하는 장례식장 직원.

C **Rodney Street**

리버풀의 '로드니 스트리트'는 의사들이 대거 거주하는 주택가로, 집들은 모두 조지 왕조(1714~1830) 시대의 건축물이다. 그중 60채 이상이 사적지로 보호받고 있다고 한다.

D   Rabbiotti's all-night café

당시 유명 카페 '라바이오티Rabaiotti'를 연상한 듯하다. 스완지에서 90
킬로미터 떨어진 남부 웨일스의 카디프Cardiff에 있던 카페로, 1880년
대 웨일스로 이주한 이탈리아인 라바이오티Antonio Rabaiotti가 개장한
카페였다. 현재 5대째 'Café Rabaiotti' 운영 중.

E   Mannesman Hall

'Mannesmann Hall'은 스완지 공장지대 플래스말Plasmarl에 있던 매네
스맨 양철공장 주변의 유명 권투장이었다고 한다.

F   Brynmill

스완지 서쪽 3킬로미터의 교외로, 스완지만을 바라보고 있다.

G   "Melba"

「싸움」의 주 F 참조.

H   Tawe

웨일스 남부를 흐르는 강(48킬로미터).

I   'Abyssinia!'

20세기 중반 처음 등장한 감탄사라고 한다.* '에티오피아'의 별칭으
로, 영어의 '또 봐요I'll be seeing you'와 발음이 엇비슷해서 생긴 표현이다.
참고로 이 글은 1939년 10월 발표되었다.

> *The Shorter Oxford English Dictionary on Historical Principles, ed. Lesley
> Brown, William R. Trumble, Angus Stevenson, 5th ed., Oxford,
> Oxford University Press, 2002, p.11(§목 'Abyssinia').

타웨가 흘러가는 곳

A **Where Tawe Flows**

   초판 : p.129~160.

B **'Lavengro'**

   19세기 영국 소설가 바로우George Henry Borrow(1803~1881)의 소설 『라벤그로. 학자, 집시, 신부Lavengro: The Scholar, the Gypsy, the Priest』(1851, 총3권)에서 차용한 이름이다. 그의 가장 유명한 작품으로, 한동안 19세기 영문학의 고전으로 평가받은 소설이라고 한다. 저자에 따르면 '라벤그로lav-engro'는 집시어로 '말의 장인word master'을 뜻한다. 역사가 트르벨리언G. M. Trevelyan(1876~1962)은 이 작품을 "강인하고 기이한 인물들이 살았던 당대의 정신이 숨 쉬는 책"으로 평했다. 여행기 작가이기도 했던 바로우는 집시들과 각별한 관계를 맺었고, 집시는 그의 작품에서 큰 위치를 차지했다고 한다. 주저는 『스페인의 성경The Bible in Spain』(1843), 자전소설 『라벤그로』, 후속편 『집시 젠틀맨The Romany Rye』(1857), 『영어-집시어 사전』(1874).

C **Burke and Hare**

   1827년 11월부터 1828년 10월 사이 스코틀랜드 에든버러에서 16명을 살해하고 이를 해부학자 녹스Robert Knox(1791~1862)에게 팔아넘긴 아일랜드 이민자 윌리엄 버크William Burke(1792~1829)와 윌리엄 헤어William Hare(1792/1804~?)를 말한다. 버크는 1829년 1월 28일 교수형에, 헤어는 2월 5일 풀려났다. 훗날 딜런의 시나리오 「의사와 악마들The Doctor and the Devils」(1953)의 소재가 되었다(1985년 영화화).

D **'We're Ogpu men!'**

'Ogpu'(ОГПУ)는 구소련 국가비밀경찰 '합동 국가정치보안부Joint State Political Directorate'(1923~1934)의 러시아어 약자.

E **'Heil, Saunders Lewis!'**

당시 친 히틀러와 유대 혐오 발언으로 유명했던 작가 손더스 루이스 (1893~1985)를 조롱한 표현이다. 아이러니하게도 현재 20세기 웨일스 문학의 가장 뛰어난 작가 중 하나로 평가 받고 있다. 시인, 극작가, 역사가, 비평가로, 1970년 노벨문학상 후보로 거론되기도 했고(솔제니친 수상), 2005년에는 BBC 웨일스 선정 '웨일스 최고의 위인' 10위에 선정되었다. 웨일스 분리주의운동 지도자로, '웨일스 국민당'을 창당했다.

F **'Where's the trouble and strife, Mr Evans?'**

'trouble and strife'는 영국 속어('마누라').

G *Cinderella*

영국 최초의 거대 담배회사 '윌스W. D. & H. O. Wills'가 1888년 출시한 5 개비짜리 담배(1달러). 제2차 세계대전 발발 후 없어졌다.

H **G. B. S.**

조지 버나드 쇼George Bernard Shaw(1856~1950). 아일랜드 작가, 사회주의 사상가, 94세에 사망, 스물다섯에 채식주의자가 되었다.

I **'Okay, Roderick!'**

앞의 '하일!'과 마찬가지로 독일풍 표현이다. '로데릭'은 8세기에 출현한 독일 이름으로, 고대 잉글리시에 유입되어 이름과 성으로 쓰였다가 19세기 초, 역사소설가 월터 스코트(1771~1832)의 시집 『돈 로데릭의 환영』 출간으로 다시 유명해졌다고 한다(*The Vision of Don Roderick, and*

Other Poems, 1811, Edinburgh, London, 170p. 711년 스페인 서고트족 최후의
왕 '로데릭Don Roderick'이 주인공).

J **John O'London's Society**

주간지 '*John O'London's Weekly*'(*JOLW*)는 런던의 출판업자 뉴스George
Newnes(1851~1910)가 1919년 4월 창간한 종합 문예지다. 당시 영국
의 대표적인 문예지로, 남녀노소가 사랑했다고 한다. 필진은 명사와
신진이 고루 포진했다(W. Churchill, Rebecca West, Arnold Bennett, Max
Beerbohm, W. S. Maugham 등). 영문법과 어휘 사용법을 알려주는 글쓰
기 코너와 양서 추천도 있었다. 양차 세계대전 중 인기를 구가했으나
(최고 8만 부 발행), 제2차 세계대전이 발발하면서 독자의 상당수가 군
에 징집되고, 취향 변화와 제작비 상승으로 1954년 9월 폐간했다. 딜
런의 경우, 사망 3개월 전인 1953년 8월 7일, 웨일스 출신 시인 미미

1953년 8월 7일자 *JOLW* 1면 (240 x 290mm)

328

죠셉슨Mimi Josephson(1911~1998)과의 인터뷰 '보트 하우스의 시인'이
JOLW 1면 기사로 게재되었다.

K **the 'Bevagged Loveabond'**

『사랑받는 방랑자*The Beloved Vagabond*』(1906)는 윌리엄 존 로크William
John Locke(1863~1930)의 가장 유명한 소설이라고 한다. '방랑자'로 변
장한 19세기 프랑스 건축가가 주인공으로, 연극(1908)과 영화(1915,
1923, 1936)로 수차 각색되었다.

L **'If you want to make a Venetian blind, stick him in the eye with a**
hatpin.'

'블라인드를 만들려면 블라인드(맹인)를 만들어야 하겠군' 정도의
말장난. 'Venetian blind'는 납작한 가로대를 엮어 만든 빛 가리개.
'hatpin'은 비녀와 유사한 장식 머리(모자)핀.

M **Mosleyite**

오즈월드 모즐리Oswald Mosley(1896~1980). 정치가, 영국 파시스트 연
맹BUF, British Union of Fascists(1932~1940) 창립자.

N **"우리 민족의 (…) 지긋지긋하네."**

한 비평가는 이 대화의 의미를 이렇게 설명했다. "여기서 유머는 두
'지식인'(교사 험브리스와 전직 양조장이 로버츠)이나 이 자리에 없는
배즐 고스 윌리엄스(딜런이 기자로 있던 지방지 「사우스 웨일스 데일
리 포스트*South Wales Daily Post*」의 기고자로 짐작된다)의 악의적 농담에 담
겨 있는 것이 아니다. 당시 수상이었던 램지 맥도날드를 비꼬는 농담
은 이런 류의 모임에서 늘 회자되고 빈복되었을 일종의 비꼼이라
는 점에서 사실성은 높지만 독창적인 것은 아니다. 오히려 전직 양조
장이인 로버츠 씨의 거친 발언이 중요한데, 이로써 딜런 토머스는 누

구나 금방 알아챌 수 있는 또 다른 웨일스풍 유머 – 투박하고, 무뚝뚝하고, 평등주의적이고, 거나하게 맥주 나발을 부는 듯한 남부 웨일스풍 – 를 살려냈다"(*Encyclopedia of British Humorists: Geoffrey Chaucer to John Cleese*, ed. Steven H. Gale, Routledge, 1996, 제1권, p.1115~1116).

참고로, '온루커Onlooker'(구경꾼)는 언급된 「사우스 웨일스」가 아닌 지매지 「헤럴드 오브 웨일스*Herald of Wales*」의 한 지면; 램지 맥James Ramsay MacDonald(1866~1937)은 영국 최초의 노동당 내각(1924), 노동당 최초 수상 역임(1929~1935).

O **"The Poplars"**

딜런의 아버지는 카마던셔 존스타운의 'The Poplars'라는 이름의 농가에서 태어나고 자랐다. 그의 부모는 이 집에서 1870년대부터 어머니가 사망한 1917년까지 살았다(참조. David N.Thomas, 앞의 글).

P **'(......) that the everyday man's just as interesting a character study as the neurotic poets of Bloomsbury.'**

영국 모더니즘에 대한 딜런의 비판. '블룸즈버리 그룹'에 시인은 드물었지만 1905년 그들이 펴낸 첫 책은 시집이었다.『기쁨의 여신』은 그룹 멤버 4인의 시 44편을 모은 '익명'의 시집으로, 영문학사에서 완전히 잊혔다가 최근 연구에서 종종 거론되는 책이라고 한다(*Euphrosyne. A collection of verse*, London, Elijah Johnson, 90p. 필자 Lytton Strachey, Leonard Woolf, Clive Bell, Saxon Sydney-Turner). '블룸즈버리 그룹'의 핵심 멤버는 클리브 벨Clive Bell(미술비평가, 1881~1964), 바네사 벨Vanessa Bell(후기인상파 화가, 1879~1961, V. 울프의 동생), E. M. 포스터Edward Morgan Forster(소설가, 1879~1970), 로저 프라이Roger Fry(미술비평가, 후기인상파 화가, 1866~1934), 던캔 그랜트Duncan Grant(화가, 1885~1978), J. M.

케인즈John Maynard Keynes(경제학자, 1883~1946), 데스몬드 맥카시Des-mond MacCarthy(문학기자, 1877~1952), 리튼 스트레이치Lytton Strachey(전기작가, 1880~1932), 레너드 울프Leonard Woolf(논픽션 작가, 1880~1969, V. 울프의 남편), 버지니아 울프Virginia Woolf(소설가, 1882~1941).

Q **'No Philippstein about him, though I'm not an anti-Semite.'**

독일계 유대인 이름 중 '—슈타인-stein'이 많은 것을 빗댄 표현.

R **'No nasturtiums.'**

옛 요크셔 표현이라고 한다. 누군가에게 '한련화nasturtium, 旱蓮花, 물냉이'를 던지는 것은 도발과 무례의 표현이고, 'No nasturtiums'는 이를 경고하는 뜻이라고 한다. 여기서는 '인신공격은 하지 말게!' 정도의 뜻. 앞서 토머스의 말, "전 입을 다물게요I will have hush"와는 격이 다른, 현학적인 험브리스 씨의 특징을 보여준다. '한련화'는 꽃의 강렬한 색상(주황과 빨강)과 형태(방패 모양) 때문에 서구에서는 '애국심'과 '정복'을 상징하는 경우가 많다고 한다. 라틴어 합성어다('nāsus' 코 + 'tormentum' 괴롭히다 혹은 'torquēre' 비틀다).

S **a bit of a Valentino in a bucolic way**

당대의 섹스 심벌 루돌프 발렌티노Rudolph Valentino(1895~1926).

T **Toryism**

전통주의와 군주주의를 기반으로 한 영국 보수주의.

U **stone**

영국에서 체중을 재는 단위. 18스톤은 약 113킬로그램.

V **'Remember what the great Caradoc Evans says? The Cardies always go back to Wales to die when they've rooked the cockneys and made a packet.'**

형용사 '위대한'에는 캐러덕 에반스(1878~1945)에 대한 딜런의 마음
이 담겨 있다고 보는 편이 맞다. 일례로, 청년 딜런은 1933년 10월 말
(19세), 패밀라에게 보낸 장문의 편지에서 웨일스에 대한 반감의 일
단을 드러냈다. "내가 얼마나 이 모든 것에서 벗어나고 싶은지 당신
께 다 말하기는 불가능합니다. 옹색함과 더러움, 웨일스 민족의 끝없
는 추함, 그들과 관련된 모든 것, 내가 신경도 안 쓰는 어머니의 옹졸
함, 그리고 낄낄거리는 친척들 무리. 너 뭐하니. 글 써요. 글을 쓴다
고? 넌 항상 글을 쓰네. 넌 뭘 아니? 넌 글을 쓰기에는 너무 어려. (내
가 실제보다 더 어려 보인다는 것은 인정합니다.) 아, 난 '벗어날' 겁니다.
몇 달 후엔 런던에서 살 겁니다"(『서한집』, ed. Paul Ferris, W&N, 2017,
vol. I, p.48). 에반스는 웨일스 소설가이자 극작가로, 데뷔작인 단편집
『나의 민족: 서부 웨일스 소작농 이야기 My People. Stories of the Peasantry of West
Wales』(London, Andrew Melrose Ltd., 1915, 276p.)는 비국교도 웨일스인에
대한 연민과 동시에 그들의 빈곤, 비열, 위선을 사실적으로 묘사함으
로써 웨일스인의 타성과 자부심에 일대 충격을 가한 작품이다. 이 작
품은 웨일스에서 신랄한 비판을 받았고, 에반스는 한때 웨일스 언론
이 선정한 '웨일스에서 가장 미움 받는 사람'이었다고 한다. 당시 런
던 평단에서는 그를 졸라, 고리키, 조이스('웨일스의 제임스 조이스')에
비교하기도 했고, 오늘날에는 지극히 현대적인 최초의 영국-웨일스
문학으로 평가받기도 한다. 이후 수많은 소설, 극, 단편을 썼지만『나
의 민족』의 성공에 미치는 작품은 없었다. 이 작품은 앤더슨 Sherwood
Anderson(1876~1941)의『와인즈버그, 오하이오』(1919; 김선형 옮김, 시
공사, 2016), 조이스(1882~1941)의『더블린 사람들』(1914)과 비교되며,
분위기는 조지 브라운 George Douglas Brown(1869~1902)의『녹색 덧문의

집*The House with the Green Shutters*(1901)에 가깝다고 한다. 딜런의 초기 단편과 초현실적 산문(『사랑의 지도』의 산문들)은 에반스의 이 작품에 영향을 받았다고 한다.

누가 함께 오면 좋겠어요?

A **Who Do You Wish Was With Us?**
초판 : p.161~182.

B **Raymond Price**
실존인물 트레버 휴즈Trevor Tregaskis Hughes(1904~1966)를 모델로 했다고 한다. 문학에 관심이 많았던 사무원으로, 1931년 6월, 「사우스 웨일스 데일리 포스트*South Wales Daily Post*」에 실은 딜런의 새로운 잡지 후원 광고에 처음으로 응한 사람이었다. 딜런은 졸업을 앞둔 그때부터 그와 장문의 서신을 나누면서 미래의 잡지인 '산문과 운문*Prose and Verse*'에 대해 긴 이야기를 나누었고, 그가 보낸 단편에 세세한 평을 달기도 했다. 잡지 발행은 불발로 그쳤지만 딜런이 오래전부터 산문에도 큰 관심을 지녔음을 알려주는 자료다.

C **Worm's Head**
로실리 근방 가워 반도 끝자락의 바다로 뻗은 긴 바위.

D **'Mutt and Jeff!'**
1907년 만화가 버드 피셔Bud Fisher(1885~1954)가 창조한 두 허풍쟁이 '머트와 제프'가 주인공이자 제목인 미국 최초의 신문 연재만화. 키다리 'Augustus Mutt'는 멍청한 경마광, 땅딸이 'Jeff'는 정신병원 수감자로, 경마 애호가다. 선풍적 인기를 얻으면서 경마 이외의 주제로 넓혀 갔고, 1983년까지 여러 만화가를 거치며 연재되었다. 이후 책으로 출간되었다.

E **dandelion and burdock**

민들레 발효액과 우엉 뿌리로 만든, 중세시대부터 내려온 영국 술. 현재 탄산주로 판매.

F **the G.W.R.**

'The Great Western Railways'. 영국 서부 전체와 웨일스 대부분을 운행하는 철도회사(1833년 창업, 1948년 국유화). 딜런의 외할아버지도 대서부철도의 철로 감시원이었다.

G **snooker-room**

스누커는 22개의 공으로 승부를 결정하는 당구 경기의 일종.

H **Standing there, legs apart, one hand on my hip, shading my eyes like Raleigh in some picture (……)**

월터 롤리Walter Raleigh(1552~1618)의 수많은 초상화에서 자주 보이는 포즈이지만 한 손으로 햇볕을 가리고 있는 모습은 찾지 못했다. 롤리 경은 여왕 엘리자베스 1세의 총신으로, 신세계 최초의 잉글랜드 식민지를 세운 인물이다. 정치인, 탐험가, 작가, 시인이었다.

I **'We'll see W. B. Yeats and you can kiss the Blarney.'**

아일랜드 코크Cork의 관광명소 블라니 성의 '마법의 돌Blarney Stone'에 키스하는 것으로, 몸을 뒤로 젖혀 돌에 키스하면 평생 '감언이설blarney'과 아첨을 잘하게 된다고 한다. 예이츠William Butler Yeats(1865~1939)는 아일랜드 시인으로, 20세기 최고의 시인 중 한 명.

J sanatorium in Craigynos

'Craig-y-nos'('Rock of the Night' 밤 바위) 성은 웨일스 포위스Powys에 있는 빅토리아 시대 고딕 성이다. 위에서 언급된(「싸움」의 주 F) 소프라노 아델리나 파티가 1878년에 구입, 사저로 사용했다. 1919년 그녀의 사망 후, 1921년 웨일스 국립기념 트러스트가 구입하여 결핵요양원으로 개조, '아델리나 파티 병원'으로 명명, 1986년까지 병원으로 운영되었다. 현재 호텔, 레스토랑, 회의장으로 운영 중.

가르보 할머니

A *Old Garbo*

발표 : *Life and Letters To-day*, Vol. 22, No 23, 1939년 7월호, p.66~80.
초판 : p.183~210. 도입부에 300여 단어 추가, 기타 작은 수정.

B Mr. Farr

청년 딜런이 신문사에서 만난 실존 인물. "프레디 파Freddie Farr는 1925년 웨일스 타지에서 온 사람으로 저돌적이고 유능한 법조 기자이자 복싱 담당 기자였다. 나이는 40대 중반이었다. 뛰어난 속기사에 골초였고, 독한 맥주를 사랑했으며, 한물간 멋쟁이였다. 그의 아들에 따르면 딜런이 그린 아버지 묘사는 정확했다고 한다. 그러나 이 작품 마지막에 언급된, '내가 한참 뒤에 이 일을 글로 써서 보여주었더니'와 달리 그는 딜런이 신문사를 그만둔 지 얼마 후 사망했다"(Paul Ferris, *Dylan Thomas, The Biography*, 앞의 책, p.65).

C **Tawe News**

가상의 신문사. 1931~1932년 딜런이 공연 평을 쓰며 청년 기자로 있던 웨일스의 두 지방지(*South Wales Daily Post*, 자매지 *Herald of Wales*)의 추억이다(프랑스어판 편집자 주, 앞의 책, p.162).

D **Woodbine**

1888년 출시된 전설의 영국 담배. 필터 없는 저가의 독한 담배로 20세기 초 노동자들과 양차 세계대전의 군인들에게 인기가 높았다.

E **Wesleyan**

18세기 국교회 신학자 존 웨슬리John Wesley(1703~1791)의 복음주의 부흥운동인 감리회 운동Methodist Movement으로 등장한 개신교 교파. 국내에 웨슬리의 전작이 소개되었다.

F **Woolworth**

의류 및 가정용품 저가 시장을 선도한 미국의 세계적 소매 체인(1879년 창업). 1912년 스완지 캐슬 스트리트Castle Street에 매장을 오픈, 대성공했고, 1927년 하이 스트리트의 카메론 호텔을 매입, 이듬해 확장 이전했다. 1940~1941년 독일의 1차 대공습('The Blitz')으로 붕괴, 이후 단층으로 운영되다가 1959년 재건축, 1986년 영국 체인('Argos')에 매각되었다.

G **Florrie**

딜런의 엄마 'Florence'의 애칭.

H **'What's for you, Mr Swaffer?'**

딜런을 당시 「데일리 엑스프레스」의 유명 연극평론가 해넌 스와퍼Hannen Swaffer(1879~1962)로 치켜세워준 표현. 뒤에 언급된 '해넌'도 같은 인물. 주 M 참조.

I **The Regal, *White Lies*, Connie Bennett, foam-bath**

여러 추억을 뒤섞어놓은 묘사로 보인다. 리걸 극장_{Regal Cinema}은 1931
년 런던(Uxbridge, High Street)에 개관한 아르 데코풍 영화관. 「하얀 거
짓말」은 1934년 12월 미국에서 개봉, 이듬해 3월 런던에서 상영한 콜롬
비아 픽처스 영화로, 악덕 신문사주의 딸로 분한 배우는 페이 레이_{Fay}
_{Wray}(1907~2004). '코니' 베넷_{Constance Bennett}(1904~1965)은 1920~1930
년대 할리우드 최고 개런티 스타. '거품 목욕'은 코니가 자신의 화장술
과 거품 목욕을 시연한 5분짜리 영상(*Daily Beauty Rituals*, 1937).

J **the International Stores**

'The International Tea Company's Stores'(1878년 창업)는 런던에 본사
를 둔 유명 식료품점으로, 한때 '세계에서 가장 큰 식료품점'으로 불
렸다. 1994년 폐업.

K **Marks and Spencer**

1884년 창립한 유명 소매 체인. 1902년, 스완지 아케이드 16~20번지
에 개장, 1932년 9월 10일, 옥스퍼드 스트리트 273번지로 이전했다.
딜런이 이 글을 잡지에 발표한 3개월 후인 1939년 10월, 화재로 붕괴
되어 임시 매장을 운영했으나 1941년 대공습으로 파괴되었다(참조.
사이트 Marks in Time).

L **Allsopps**

1807년 창립한 맥주 회사 'Samuel Allsopp & Sons'의 맥주는 카디프산
_産 '올브라이트_{Allbright}' 맥주와 함께 쓴맛 맥주로 유명하다.

M **Cassie, Hannen**

주 H 참조. 친구 레슬리도 동료 기자로 짐작된다. 서로 당대 최고의
기자들로 치켜세워준 표현이다. '케이시_{Cassie}'는 「데일리 미러」의 유

명 칼럼니스트 윌리엄 코너William Connor(1909~1967)가 30년 이상 사용한 필명 '카산드라Cassandra'의 애칭이었다.

N *The Crucifixion (……).* '**Too much platitudinous verbosity.**'
파 씨의 말이 딜런의 리포트를 언급한 것인지, 작품을 언급한 것인지는 불분명하다. 1930년대 영국 문단에 '십자가형' 운운의 제목을 한 공연물은 없었다. 참고로 1938년, 딜런의 동년배 작가로 일찌감치 BBC 진출을 목표로 삼은 델더필드R. F. Delderfield(1912~1972)는 빌라도 총독을 주인공으로 한 3막극「유대의 불꽃」을 BBC에 제안했다(*Spark in Judea*, 1936년 Birmingham Repertory Theatre 초연, 1937년 11월 28일 런던 Ambassadors 공연). 당시 BBC의 시나리오 검토자였던 시인 퍼드니John Pudney(1909~1977)는 오든의 고교 친구로, 딜런의 런던 방송계 입문을 도운 사람이자 술친구였다. 퍼드니는 델더필드의 작품을 긍정적으로 보았지만 신중한 방송을 위해 BBC 종교부의 의견을 구했고, 종교부는 로마군의 시각에서 본 '십자가형'을 다룬 이 극의 '너무 사실적인too realistic' 묘사가 종교 문제를 야기할까 우려해 즉각 불허했다고 한다(참조. J. P. Wearing, *The London Stage 1930-1939*, Rowman & Littlefield Publishers, 2014, p.643; Ian Rodger, *Radio Drama*, Macmillan, 1982, p.52; Keith Williams, *British Writers and the Media, 1930–45*, Macmillan, 1996, p.34). 또한 1940년, 영국 공군은 당대 유명 작가들을 대외홍보요원으로 활용했고, 델더필드는 퍼드니, 헨리 트리스(딜런 생전에 그에 대한 첫 비평집을 출간한 시인)와 함께 복무했다. 그는 제2차 세계대전 후 소설로 진출하여 성공, 데뷔작을 출간했고(Boston, Baker's Play, 1951; London, Kenyon-Deane, 1953), TV로도 방송되었다(BBC *Sunday Night Theatre*, 1953년 4월 5일). 딜런은 평생 이 작가나 작품을 언급한 적이 없다.

O **Fleet Street**

런던의 신문사 거리. 영국 언론을 상징하는 표현이다. 16세기 초 인쇄 및 출판으로 유명해졌고, 20세기까지 대부분의 영국 국영 신문이 이곳에서 발행되었다. 1980년대에 대부분 이전했다.

P **the Plaza**

'The Plaza Cinema'는 스완지 킹스웨이 71번지에 있던, 웨일스에서 가장 큰 극장이었다. 1931년 2월 14일 개관, 1965년 4월 폐관, 이후 철거되어 현대식 '오데옹 극장'이 새로 들어섰다.

Q **the Mission to Seamen**

'The Missions to Seamen'(1835년 설립)은 선원을 위한 성공회 산하 복지 자선단체. 현재 이름은 'The Mission to Seafarers'. 1856년, 스완지 남항 South Dock에 '미션'이 건립되었고, 1868년, 성 니콜라스 교회 건립으로 1919년까지 그곳에서 운영되었다. 1920년, 교회는 창고로 개조되었고, 뉴컷 브릿지New Cut Bridge 건물이 '미션' 건물로 새롭게 건립되었다.

R 문단 전체가 여러 영화의 추억을 뒤섞어놓은 것으로 보인다. '링컨' 관련 영화는 IMDB에 따르면 1930년대에 세 편이 만들어졌다. ① *Abraham Lincoln*(1930, 96분)은 「국가의 탄생」(1915)을 만든 감독(D.W. Griffith) 작품이다. ② *Lincoln in the White House*(1939년 2월, 단편영화, 21분) ③ *Young Mr. Lincoln*(1939년 5월, 100분, 감독 존 포드, 주연 헨리 폰다)은 가장 유명한 작품으로, 1939년 다수의 상을 수상했고, 1940년 오스카상 각본상 후보에 올랐다. 아울러 잭 오키Jack Oakie(1903~1978)가 수영복 차림 여성 코러스들과 합창하는 신은 1930년 8월 미국에서 개봉한 파라마운트의 흑백 뮤지컬 코미디(*Let's Go Native*)의 한 장면을 연상시킨다.

S **the Empire**

'The Empire Theatre'는 칼튼 극장_{Carlton Cinema}(옥스포드 17번지) 옆
극장이었다(옥스퍼드 18번지). 1900년 개관, 1957년 폐관, 1960년 철거
되었다. 내부가 화려했고, 스완지 최초로 전기가 가동된 빌딩이었다
고 한다.

T **Lola de Kenway, Babs Courcey, Ramona Day**

"이 이름들에서 그들의 행실이 짐작되고, 또 그것을 암시하고 있다.
「어느 따뜻한 토요일」에서 바텐더는 이렇게 말한다. '이 바에서 엄청
취한 엠파이어의 쇼걸을 스무 명도 더 봤어요. 아, 그 여자들! 그 다리
라니!'"(James A. Davies, 앞의 책, p.62).

U **Hafod**

스완지 도심에서 북쪽 5킬로미터에 있는 공단으로, 해포드 구리공장
Hafod Copperworks의 본산이었다. 공장은 1810년 설립, 1천여 명의 노동
자가 있던 세계 최대 규모의 구리공장이었다. 1883년에는 스완시에
140여 개의 공장이 있었다고 한다. 1924년, 경쟁사 '모르파_{Morfa}'(1835
년 설립)와 합병, 세계 구리산업의 중심지가 되었고, 주민 1만 5천여 명
의 터전이었다. 이후 자원이 고갈되어 1971년 영국에서 가장 침체한
공단이 되었고, 1980년에 폐쇄, 현재 공단 유적으로 관리되고 있다.

V **Little Moscow**

양차 세계대전 중 영국에서 등장한 표현이다. 1930년 「사우스 웨일스
South Wales Daily News」가 처음 사용했다(1927년 1월 14일 딜런의 시를 처음
게재한 「웨스턴 메일」과 1928년 합병한 신문사). 특히 영국의 세 지역 –
Vale of Leven(스코틀랜드), Chopwell(잉글랜드), Maerdy(웨일스) – 을
가리켰는데, 언론의 의도는 이들을 모욕하기 위한 것이었으나, 역설

적으로 이들 도시들은 이를 자랑으로 여겼다고 한다. 이후 자본주의 사회에서 좌파나 공산주의가 득세한 도시나 마을, 노동자계층이 다수인 지역이나 중공업과 노조가 강하게 연결된 곳을 지칭하는 표현으로 널리 퍼졌다.

w *Bread of Heaven*

원제 *Cwm Rhondda*(「론다 계곡」)는 웨일스 출신 작곡가 존 휴즈John Hughes(1873~1932)의 가장 유명한 찬송가로(1905), 웨일스 국가처럼 불린다. 제목 '천국의 빵'은 영어판 가사 때문이다(아래).

"나를 인도하소서, 오, 위대한 구세주여. / 나는 불모의 땅을 건너는 순례자. / 나는 약하고, 주는 강하도다. / 당신의 힘센 팔로 나를 잡아주소서. / 천국의 빵, 천국의 빵을 / 끝없이 끝없이 내게 주소서. / 끝없이 끝없이 내게 주소서. // 수정 샘을 트시어 / 치유의 물이 흐르게 하소서. / 불타는 구름 기둥이 / 내 모든 길을 인도하게 하소서. / 힘센 구원자여, 힘센 구원자여, / 늘 나의 힘과 방패가 되소서. / 늘 나의 힘과 방패가 되소서. // 요르단 땅에 들어섰을 때, / 내 두려움이 멸하도록 명하소서. / 죽음을 끝장내고, 지옥을 멸하고, / 가나안 해변에 나를 안착하게 하소서. / 찬송하고, 찬송하니 / 당신께 영원히 나를 바치리라. / 당신께 영원히 나를 바치리라."

x *One of the Ruins, Cockles and Mussels*

당시 가장 유명했던 대중가요들. *One of the Ruins*는 자칭 '호국경' 크롬웰의 유적 파괴를 풍자한 노래다(원제 「크롬웰이 조금 훼손한 유적 하나*One of the Ruins that Cromwell Knocked About a Bit*」, 1920). 1922년 10월 4일, '뮤직홀의 여왕' 마리 로이드Marie Lloyd(1870~1922)가 런던 엠파이어 뮤직홀에서 이 노래를 부른 뒤 3일 후 사망한 것으로 유명하다고 한다; *Cockles and Mussels*(「조개와 홍합」)은 일명 「몰리 말론Molly Malone」으로, 더블린 시의 비공식 찬송가다. 우리의 '아리랑'과 유사한 민요로, 노래의 기원에 대해서는 논란이 분분하다.

Y　아래 언급되는 19세기 아일랜드 민요 「트럴리의 장미The Rose of Tralee」의 가사 일부. 아름다운 미모로 '트럴리의 장미'로 불린 매리Mary를 기린 노래.

Z　앙고스투라angostura는 쓴맛의 액체로, 칵테일에 사용한다. 페르네 브랑카Fernet Branca는 이탈리안 칵테일. 폴리Polly는 스카치위스키와 자몽 쥬스로 만든 칵테일.

A² **The Lily of Laguna**

뉴멕시코의 푸에블로 원주민 여인과 사랑에 빠진 미국 흑인 남자를 그린 노래(1898). 영국 작곡가 스튜어트Leslie Stuart(1863~1928)가 '시각 사투리'(발음대로 표기한 영어)로 쓴 흑인풍 노래로, 뮤직홀에서 즐겨 불렀고, 1950년대까지 인기였다.

B² **War Cry**

구세군 기관지. 1879년 12월 27일, 런던에서 창간. 영국판 제호는 변함이 없다. 한국은 1909년 7월 1일 창간된 월간 「구세공보」(「구셰신문」으로 창간)가 2003년 8월호로 지령 1000호를 맞았다.

C² **'Mabel!'**

'동성애자!'라는 뜻. 한때 영미 양국에서 인기 높았던 여자 이름으로, 1930년대부터 인기가 식었고, 1960년대 이후로는 거의 사용하지 않는다고 한다. 남성에게 드문 수식어 'Amabilis'(lovable, dear)가 남녀 모두에게 사용된 기원은 5세기 프랑스 남자 성자(Amabilis of Riom, ?~475)와 7세기 프랑스 여자 성자(Amabilis of Rouen, ?~634)의 존재에 기인한다. 이후 이름 'Amable'이 노르만족에 의해 영국으로 넘어가면서 중세 내내 'Amabel'과 그 약자인 'Mabel'이 모두 사용되었다. 15세기 이후 드물게 쓰이다가 19세기 빅토리아 시대에 출간된, 당시 디킨즈와 새커리의 인기를 능가한 베스트셀러 덕에 이 이름이 선풍적 인기를 얻게 되었다고 한다(Charlotte M.Yonge, *The Heir of Redclyffe*, 1853. 아일랜드인 'Mabel Kilcoran'과 또 다른 인물 'Amabel'이 등장).

어느 따뜻한 토요일

A **One Warm Saturday**

초판 : p.211~254.

B **wicket**

크리켓 용어. 일종의 골대.

C **'Look out, Duckworth, here's a fast one coming.'**

당시 명성을 날린 크리켓 선수 조지 덕워스George Duckworth(1901~1966)로 치켜세운 것.

D **Punch and Judy**

펀치와 그의 부인 주디가 주인공인 영국의 전통 인형극(1662년~).

E **Stop Me tricycle**

1922년, 육류업체 '월스Wall's'(1786년 창업)가 당시 생소한 아이스크림 사업을 시작, 소매상 판로가 난관을 겪자 대중에게 직접 판매하기 위해 고안한 세발자전거. 곧 전국적 인기를 끌었고, 캐치플레이스는 '나를 세우고 하나 사세요Stop Me and Buy One'였다. 아이들에게 '월시Wall-

_{sie}'로 불린 이 세발자전거는 1939년 당시 영국 전역에 8,500대가 운행했다고 한다.

F   **Coney Beach**

'Coney Beach Pleasure Park'는 포스코울 해수욕장의 작은 놀이공원이다(1920년 개장). 제1차 세계대전에 참전하고 귀국하는 미군을 위한 오락시설이었고, 이름은 뉴욕 코니아일랜드의 광활한 놀이공원을 기렸다. '자이언트 레이서_{Giant Racer}'는 뉴욕 코니의 전설적인 롤러코스터(1911~1926)로, 1927년 더 큰 규모의 '사이클론_{Cyclone}'으로 대체되었다.

G   Great Britain의 약자.

H   *Lady Moira*, **Ilfracomb, Brynhyfryd**

Lady Moira. 유람선 이름; Ilfracombe(/'ɪlfrəkuːm/). 잉글랜드 노스 데번_{North Devon}주의 작은 해안 마을. 유명 휴양지; Brynhyfryd. 스완지의 작은 마을.

I   **'Bass'**

1777년 윌리엄 배스_{William Bass}가 창립한 맥주회사. 1877년, 세계 최대 맥주회사였다고 한다. 배스의 페일 에일은 한때 영국 최다 판매를 자랑했고, 로고인 빨간 삼각형은 영국 최초의 등록상표다.

J   **'Once round Bessy, once round the gasworks.'**

딜런이 만든 표현이다. 체격이 큰 여자를 놀리듯 묘사했다. '베시_{Bessy}'는 '엘리자베스_{Elizabeth}'의 애칭들(Liz, Bessie) 중 하나.

K   **Bye-bye blackbird**

1926년 발표된 노래 '*Bye Bye Blackbird*'는 헨더슨_{Ray Henderson}(1896~1970) 작곡, 딕슨_{Mort Dixon}(1892~1956) 작사의 유명 대중가요.

이후 딘 마틴(1950), 마일즈 데이비스(1957), 링고 스타(1970), 폴 매카트니(2012) 등 많은 가수들에 의해 리바이벌되었다. 아래는 1926년 가사 전문.

> "검은 새야, 검은 새야, 하루 종일 블루스를 / 내 문 밖에서 노래하는 너. // 검은 새야, 검은 새야, 너도 길을 떠나렴. / 볕드는 가게, / 겨울 내내 네가 매달려 있을 곳으로. / 이제 너도 집으로 가렴. / 검은 새야, 검은 새야, 너도 길을 떠나렴. / 햇볕이 풍성하게 드는 곳으로. // 내 모든 사랑과 고민을 챙겨 / 난 이제 간다, 조용히 노래하며. / 이제 안녕, 검은 새야. // 누군가 날 기다리는 곳, / 설탕처럼 달콤한 그분이 있는 곳. / 이제 안녕, 검은 새야. // 여기선 누구도 날 사랑하지도 이해하지도 않아, / 아, 다들 내게 넋두리만 늘어놓았지. // 짐을 챙기고, 불을 밝힐 거야. / 오늘밤은 늦을 거야. / 검은 새야, 안녕."

L   아래 주 Q 참조.

M   **'Jew's Harp'**

구금口琴. 여기서는 술집 이름. 편자형 금속에 철사를 친 원시 현악기로, 이빨 사이에 물고 손가락으로 현을 퉁겨 소리를 낸다.

N   **Ramon Novarro, Charley Chase**

라몬 노바로(1899~1968)는 루돌프 발렌티노(1895~1926) 사후 세계적 섹스 심벌로 부상했던 멕시코 출신 미국 배우. MGM 영화사는 그를 '남미의 연인Latin lover'으로 크게 선전했고, 1920~1930년대 초에 전성기를 누렸다; 찰리 체이스(1893~1940)는 단편 코미디 영화로 유명한 미국 배우.

O   **'Hark to Mrs Grundy!'**

'그런디 부인Mrs Grundy'은 꽉 막힌 벽창호를 일컫는 관용어. '도덕 선생

님' 정도의 뜻. 기원은 영국 극작가 모튼Thomas Morton(1764~1838)의 5
막극『쟁기질을 더 빨리Speed the Plough』(1798)에서 등장하지는 않지만 가
장 중요한 인물인 'Mrs Grundy'에서 유래했다. 훗날 버틀러Samuel But-
ler(1835~1902)의 도발적 풍자소설『에레환Erewhon: or, Over the Range』(1872)
에 등장하는 대모 '이드그런Ydgrun' – 'Grundy'의 아나그램 – 이 작품
내내 줄곧 사회규범을 읊으면서 더욱 유명해졌고, 보통명사화 되었다.

P **'He's got that Kruschen feeling.'**

'크루센 소금Kruschen Salts'은 6가지 소금과 과연산 혼합물로, 위통 완
화와 제산제로 쓰였다. 1920년대에 많이 팔렸고, 유사제품도 많았다.
당시 이 상품의 광고 문구가 "That 'Kruschen' Feeling!"이었다. '쌩쌩
합니다! 개운합니다!' 정도의 뜻.

Q **'When Gabriel blew his whistle down in Dowlais.'**

다울레스는 웨일스 멀실 티드필Merthyr Tydfil 시의 한 마을로 19세기에
최대 5천 명의 노동자가 일했던 세계적인 철강업 중심지였다. 1930
년, 남부 웨일스의 카디프Cardiff로 생산지가 바뀌면서 급격히 쇠락했
다. 이를 비유한 표현.

R **'A bit of *lux in tenebris*.'**

요한복음(1, 5). "빛이 어두움에 비취되, 어두움이 깨닫지 못하더라et
lux in tenebris lucet et tenebrae eam non conprehenderunt".

S ***The Shepherd's Lass***

'*The Shepherd's Song*'는 1892년 만들어진 노래(작곡 Edward Elgar, 작사
Barry Pain).

T **God's in His Heaven, All's right with the world.**

브라우닝Robert Browning(1812~1889)의 운문극「피파가 지나간다Pippa

Passes」(1841)의 가장 유명한 구절 : "그해 봄, / 어느 날 아침, / 아침 일곱 시, / 언덕의 진주 이슬 / 종다리는 날고, / 가시나무 위 달팽이, / 신이 하늘에 있어— / 세상은 평안하네!"(제1부 '아침' 221~228행, '피파의 노래').

U   테니슨Alfred Tennyson(1809~1992), 『모드Maud, and Other Poems』(1855) 중 일부(Maud XXI, 4~5연).

V   **House of Commons**

'화장실lavatory' 또는 '옥외 화장실outhouse'의 은어.

작품

A   1888년 조셉 덴트Joseph Malaby Dent(1849~1926)가 창립한 출판사다(J. M. Dent and Company). 1909년 'J. M. Dent & Sons'로 개명했다. 100주년인 1988년, 'W&N'(Weidenfeld & Nicolson, 1949년 창립)이 Dent를 인수했고, 1991년 오리온 출판그룹Orion Publishing Group이 W&N을 인수, 이어 1998년에 매출 세계 3위의 아셰트 그룹Hachette Book Group이 오리온을 인수, 산하 피닉스Phoenix 출판사에서 Dent의 목록을 출간하고 있다. Dent의 상징인 문고본 '에브리맨Everyman's Library'은 1906년 출발, 그해에 152종을 출간했다. 기획 의도는 저가(권당 1실링)에 학생, 노동자, 지식층 등 '보통사람Everyman'을 위한 1천 권의 고전을 소개하는 것이었다. 현재 양장본은 랜덤하우스Random House에서, 문고본은 피닉스에서 발행 중이다.

옮긴이 이나경

이대 물리학과 졸, 2009년 서울대 영문과 대
학원에서 르네상스 로맨스와 영시 연구로
박사학위를 받았다(필립 시드니, 에드먼드 스
펜서, 메리 로스의 작품 연구). 번역가로 100
여 종의 역서가 있다.

젊은 개예술가의 초상

초판 1쇄 발행 2020년 8월 1일

지은이 .... 딜런 토머스
옮긴이 .... 이나경
펴낸이 .... 조동신
펴낸곳 .... 도서출판 아도니스
전화 031-967-5535
팩스 0504-484-1051
이메일 .... adonis.editions@gmail.com
출판등록 2020년 1월 29일 제2017-000068호

디자인 .... 허미경
제작 .... 한영문화사

ISBN 979-11-970922-0-6 03840

가격은 뒤표지에 있습니다.